BERNHARD LASSAHN

Die Schönheit der Frauen

W0368336

Buch

Bernhard ist ein einsamer Mann und lebt zurückgezogen mit zwei leibhaftigen Löwen in der Gegend von Osnabrück. Sein größter Wunsch ist es, sich mit seinen Löwen zu verständigen. Ein unmögliches Begehren, wie es scheint, und doch glaubt Bernhard plötzlich einen Weg gefunden zu haben, die Sprache der Löwen zu erlernen... Constantin behauptet, eine neuartige Pastille entwickelt zu haben, die wahrhaft magische Kräfte besitzt: Sie soll Männer gegen die Liebreize der Frauen unempfänglich machen. Aber natürlich gibt es da ein paar Nebenwirkungen... Am Bahnhof Zoo treffen zwei Menschen rein zufällig aufeinander. Schon bald sitzen sie in einem Restaurant, kurz darauf verbringen sie eine zärtliche Liebesnacht. Am nächsten Morgen klingelt es an der Tür, und ein Kurier bringt die Nachricht vom Gewinn eines Preisausschreibens. Der Preis ist eine Weltreise für »frisch Verliebte«...

Jedesmal werden Geschichten von einsamen Menschen erzählt, die auf ihre Weise nach einem Weg suchen, mit dem Verlust von Zärtlichkeit und Nähe in unserer Zeit umzugehen. Immer spielt Musik eine wichtige Rolle. Sie verrät die Sehnsucht nach einer Liebe, die alles verändert wie der Hauptgewinn in der Lotterie des Lebens – die richtige Musik für die »Schönheit der Frauen«.

Autor

Bernhard Lassahn, geboren 1951, ist Erzähler und Dichter mit Leib und Seele. Er hat Romane, Erzählungen, Gedichte, Sachbücher, Hörspiele, vor allem aber Kinderbücher geschrieben. Bekannt geworden ist er als Autor der Geschichten von »Käpt'n Blaubär« und von zahlreichen Büchern für Kinder und Jugendliche. Er lebt in Hamburg und ist im Netz unter: bernhard-lassahn.de.

Von Bernhard Lassahn außerdem bei Goldmann lieferbar:

Auf dem Schwarzen Schiff. Roman
(Goldmann Hardcover/30911)

Bernhard Lassahn

Die Schönheit der Frauen

GOLDMANN

Umwelthinweis:
Alle bedruckten Materialien dieses Taschenbuches
sind chlorfrei und umweltschonend.

Originalausgabe Juni 2001
Copyright © 2001 by Wilhelm Goldmann Verlag, München,
in der Verlagsgruppe Bertelsmann GmbH
Dieses Werk wurde vermittelt durch die
Literarische Agentur Thomas Schlück GmbH, 30827 Garbsen
Umschlaggestaltung: Design Team München
Umschlagfoto: Imagine
Satz: Uhl + Massopust, Aalen
Druck: Elsnerdruck, Berlin
Verlagsnummer: 44904
Redaktion: Andrea Längst/RM
Herstellung: Sebastian Strohmaier
Made in Germany
ISBN 3-442-44904-9
www.goldmann-verlag.de

1 3 5 7 9 10 8 6 4 2

»We are ugly but we have the music.«
Leonard Cohen

Die Schönheit der Frauen
wird uns vorgeführt
in drei Wundern und einem Lied.

»... außerdem habe ich schon immer gerne versucht, mir die geheimen Spielregeln der Welt mithilfe von Geschichten zu erklären, auch wenn ich selbst weiß, wie aussichtslos das ist. Fast so, als würde ein Betrunkener versuchen, einen runden und einen viereckigen Bierdeckel deckungsgleich übereinander zu legen, es klappt nie, trotzdem versucht man es doch immer wieder.«

Erstes Wunder

»Die Frauen hatten etwas von einer runtergespielten Schönheit an sich, alle waren schön, schienen aber so zu tun, als müssten sie das eher untertreiben; eine hatte eine zerrissene Jeans an, dazu aber eine mandarinenfarbene Bluse, die sicher sehr teuer war; eine andere trug eine olivgrüne Lederhose und dazu ein billiges T-Shirt mit der Aufschrift ›Western Union‹. Sie gaben sich betont locker; und doch gab es zumindest ein teures Detail in ihrer Kleidung. Sie wirkten wie Auserwählte – auserwählt durch den vertrauten Umgang mit all den imposanten Gerätschaften.«

»Ich weiß, es wird einmal …« Er war in einer übermütigen Stimmung, als er seine Löwen kraulte und ein Lied aus seiner Kindheit schmetterte, »… ein Wunder gescheh-eh-hen« – einer erstaunlich übermütigen Stimmung, über die er gleichzeitig erschrak. »Ich bin viel zu aufgeregt!« Zwar wusste er genau, dass seine Löwen ihn nicht verstehen konnten – noch nicht! –, dennoch änderte er vorsichtshalber seinen Tonfall.

»Der neue Papst«, erklärte er ernsthaft, »vollbringt richtige Wunder, versteht ihr? Auch auf dieser Pilgerreise werden Wunder erwartet, wenn nur eine wahrhaft gläubige Seele darum bittet.«

Genau da lag das Problem: Eine wahrhaft gläubige Seele war Bernhard streng genommen nicht. Er war evangelisch – und auch das nicht mit großer Überzeugung. Er hatte die Audienz beim Papst zufällig gewonnen beim

Presseball, zu dem er nicht einmal persönlich erschienen war. Unter allen Abonnenten der »Neuen Osnabrücker Zeitung«, der NOZ, waren an jenem Abend, nach dem fast schon traditionellen Auftritt von Udo Jürgens, einige Sonderpreise verlost worden, und einer davon war die Papstaudienz, gestiftet von der katholischen Kirche in Zusammenarbeit mit einem führenden Reiseveranstalter – ein Hauptgewinn.

Er hatte die Zeitung gerade erst zwei Wochen vorher abonniert, als kleine Maßnahme, um sich wieder ein bisschen, wie er es selbst nannte, auf die Welt um ihn herum einzulassen – und dann gleich so etwas!

»Der Papst kommt direkt nach seiner Amerikareise zu uns«, erklärte er Tristan, als hätte dieser eine Erklärung verlangt, »und jedes Mal wenn der Papst in die Kamera gerufen hatte: ›America, I love you!‹, hat es geklungen wie: ›I laugh you!‹« Da musste Bernhard selber lachen. »Man nennt ihn auch den Touristen-Papst.«

»Prrr Phgoor Bhht«, brummte Tristan.

Schon wieder hatte Bernhard das Gefühl, dass er nicht so über den Papst reden – ja, nicht einmal denken – dürfte. Ich bin eben einfach nicht der Richtige, dachte er und fühlte sich wie ein kleiner Sünder, der die Strafe Gottes fürchten musste, die unweigerlich über jeden verhängt würde, der versuchte, seinen Stellvertreter reinzulegen. Der Papst durfte auf keinen Fall merken, dass er evangelisch war, da wäre er bestimmt kleinlich.

Bernhard hatte sich vorgenommen, nicht allzu viel von einer Verständigung zu erwarten; es würde, wie auch immer, eine bruchstückhafte, indirekte Verständigung bleiben, man durfte sich das nicht so vorstellen wie in billigen Filmen, in denen Cowboys und Indianer fließend deutsch sprachen. Nur weil Deutsch zufällig die internationale

Dompteursprache war, hieß das noch lange nicht, dass Deutsch auch Grundlage einer wirklichen Verständigung werden könnte. Sicher würde jede Sprache der Tiere stets eine Art Fremdsprache bleiben. Da müsste auch eine Verständigung von Gattung zu Gattung unterschiedlich ausfallen. Am wenigsten konnte er wohl von seinen tropischen Zierfischen erwarten. Mehr erhoffte er sich da schon von seinen beiden Löwen, deren Brummen und gelegentliches Brüllen ihm schon oft wie ein hochkompliziertes Sprachsystem vorgekommen war; ein System, das man nur noch knacken musste wie einen geheimen Code. Er fühlte sich sogar manchmal bereits an der Schwelle zu so einer Verständigung. Da war kein großes Wunder mehr nötig – nur ein kleines.

Die Tiere hatten von jeher ein besonderes Verhältnis zu ihm, schon vor seinem Unfall. Als würden sie ihn unter all den Menschen herauskennen – herausriechen vielleicht: Hunde waren schon immer auf ihn zugekommen, Katzen, Pferde, ganz besonders die Vögel. Die ließen ihn näher an sich heran als jeden anderen Menschen; bei ihm flogen die Tauben nicht davon, sondern setzten sich auf seine Schulter. Einmal hatte er an einem Spielplatz gesessen, als ein vielleicht dreijähriges Mädchen auf ihn zukam, einen Plastikeimer in der Hand. »Hier, guck mal!«, hatte sie gesagt und ihm einen Käfer gezeigt, den sie im Eimer hatte. »Kannste behalten«, als wüsste auch sie längst Bescheid.

Sein Haus, in das er sich seit seiner frühzeitigen Pensionierung zurückgezogen hatte, lag am Stadtrand, mit nur mangelhafter Anbindung an den Nahverkehr; hier hörte die Besiedlung langsam auf, zwei große Sammelbehälter für Altpapier und Altglas standen wie auf verlorenem Posten. Diese grünen Behälter, die jeden Montag ausgetauscht wurden, erschienen ihm wie Wesen aus einer fremden Galaxie. Hier fehlten die Spaziergänger, die ungeduldig an ihren Hundeleinen zerrten, die kleinen Heimzoogeschäfte, in denen es nach Fischfutter roch; und es fehlten die selbst geschriebenen Suchmeldungen an Laternenpfählen »Katze entlaufen« – alles, was eben so typisch war für das Tierleben in der Innenstadt. Und doch gehörte dieser Siedlungsraum auch nicht zum Land, wo es noch üblich war, Hühner oder Kaninchen zu halten. Es war eine Übergangszone, in der die Stadt langsam ins Land ausfranste; eine Zone, die ganz den Autos gehörte. Gegenüber lag passend dazu eine riesige Tankstelle mit Waschanlage und Gebrauchtwagenverkauf, viel zu großflächig, um sich weiter stadteinwärts anzusiedeln. Fahnen flatterten um das Gelände, die an die Flaggen eines Ritterturniers erinnerten: »Alles für das Auto«, konnte er von seinem Badezimmerfenster aus lesen, und nachts leuchtete der Slogan wie künstliches Mondlicht. Seit etwa einem Monat war zusätzlich die Leuchtschrift »Nichts ist unmöglich – Toyota« montiert worden, wobei er allerdings von seinem Fenster aus nur »Toyo« erkennen konnte.

Er war womöglich der Einzige in dieser Zone, der überhaupt Tiere hielt – Löwen und exotische Fische. Seine Nachbarn dagegen, zu denen er keinerlei Kontakt hatte, hatten riesige Schüsseln auf ihren Garagen, als wollten sie sich zum Ausgleich für die mangelhafte Verkehrsanbindung mit einem direkten Zugriff auf die Satellitenprogramme entschädigen.

Bernhard hätte gerne wieder mehr Kontakt mit den Menschen gehabt, nachdem er sich mit der Haltung seiner Löwen isoliert hatte. Er hatte sie gestohlen, und keiner durfte wissen, dass er Raubtiere bei sich in der Wohnung hielt – dann wiederum glaubte er, dass die Welt eigentlich froh sein musste, dass er ihre Geheimnisse nicht ausplauderte. Er kannte nämlich den Trick der Raubtierdressur. Irgendjemand hatte es ihm beiläufig erklärt, Bernhard hatte sich dabei sofort als kleinen Jungen gesehen, der mit roten Bäckchen im Zirkus saß und noch nachträglich betrogen wurde. Es war ein ganz einfacher Trick – gleichzeitig eine allgemeine Regel, nach der die Welt auch außerhalb der Zirkuskuppel funktionierte: Lebewesen wurden gefügig gemacht, indem man ihnen jedwede Zärtlichkeit vorenthielt. Der Dompteur wuchs mit den kleinen Raubtieren auf, sodass die ihn nie angreifen würden, weil sie ihn als Ersatz für die Eltern sahen. Irgendwann musste der Dompteur dann ruckartig aufhören, die kleinen Raubkatzen zu streicheln, zu kraulen, zu liebkosen, und schon gehorchten sie ihm, weil sie vermutlich die Welt nicht mehr verstanden und willig alles taten – durch brennende Reifen sprangen oder was auch immer –, weil sie dem Glück ihrer Kindheit nachtrauerten. Das war der ganze Trick. Als er eines Tages in einem so genannten Babyzoo, wie sie neuerdings in Gegenden entstanden waren, die sonst für den Tourismus nicht sonderlich interessant waren, zwei kleine Löwen sah und mit anhören musste, wie eine zynische Stimme hinter ihm erklärte, dass die beiden, sobald sie größer wären, an ein Spezialitätenrestaurant nach Bremen verkauft würden, weil es sich ein Babyzoo natürlich nicht leisten könne, ausgewachsene Raubtiere zu halten, hoffte Bernhard zunächst nur, dass die anwesenden Kinder das nicht mitbekommen hatten. Dann aber merkte er, dass er einen Entschluss gefasst hatte: Jetzt reicht es, hatte er sich gesagt, man kann doch keine Tiere essen, die einen Namen haben und auf die so viele zärtliche Gefühle gerichtet werden. So entwendete er Tristan und Tarzan noch in der nächsten Nacht. Ein Babyzoo konnte es sich auch nicht leisten, die Tiere aufwändig zu bewachen. Sollten sie getrost alle kommen und ihn der Löwenentführung beschuldigen, dann würde er verraten, was er wusste, und der Babyzoo könnte zumachen. Er fühlte sich völlig im Recht, ja, er hatte sogar das Gefühl, er hätte gegen die ganze Welt einen Trumpf in der Hand. Da sollte ihm doch das Amt für Landschaftspflege – ausgerechnet so eine lächerliche Behörde war zuständig für die Genehmigung zur Haltung exotischer Haustiere – auf die Schliche kommen und versuchen, ihm Ärger zu machen, sollten sie doch!

Sie kamen ihm gar nicht erst auf die Schliche. Es fügte sich wie von alleine; es kam alles zusammen: sein Unfall mit frühzeitiger Pensionierung und seine Scheidung von einer ziemlich zänkischen Frau, die – wie ihm natürlich erst, als es zu spät war, klar wurde – von ihm erwartet und auch durchgesetzt hatte, dass er sich von allen bisherigen Freunden und Bekannten lossagte: Nun stand er da in seiner 4-Zimmer-Wohnung, allein gelassen und verbittert mit einem geheimen Wissen von den Spielregeln der Welt. Und Tristan und Tarzan, die Löwen, waren seine einzige Gesellschaft.

Und nun? Was sollte er anziehen, wenn er zum Papst ging? Er stand immer noch vor dem Kleiderschrank und überlegte. Er wurde einfach das Gefühl nicht los, dass er nicht der Richtige für den Papst war. Der Heilige Vater würde beleidigt sein, wenn er von seinem Anliegen erfuhr, er würde reagieren wie alle andern auch, die stets alles, was mit Tieren zu tun hatte, nicht ernst nehmen konnten, obwohl Tiere immer auch Teil der eigenen Existenz waren. Vielleicht würde ihn der Papst auslachen – nein, der Papst lachte nicht, auch wenn er immer gesagt hatte, »America, I laugh you«, der lachte nie, grundsätzlich nicht, der lächelte nur.

Ob er wenigstens probeweise beten sollte? Er hatte nicht

mehr gebetet, seit er als Kind einmal ziemlich starkes Fieber gehabt hatte, nicht mal vor den Operationen nach seinem Unfall hatte er gebetet. Ausgerechnet so einer wollte zum Papst!

»Ich werde von vornherein darauf Wert legen, dass nicht alle Tiere automatisch katholisch werden müssen! Versprochen! Oh ... so spät. Mal sehen, ob sie schon was bringen. Vielleicht ein neues Wunder.« Nachdem sie noch gemeinsam den Rest der Werbesendung angeschaut hatten, kamen die Nachrichten. Tatsächlich kam der Papstbesuch als erste Meldung, noch vor einem Flugzeugabsturz.

Was werden die Löwen von mir denken, wenn sie mich erst im Fernsehen sehen? Er kraulte Tristan, der interessiert auf den Bildschirm zu gucken schien. Ob die mich überhaupt erkennen werden auf dieser Mattscheibe?

Er hatte schon bald einen Termin bei »Talk im Dritten«, zu dem interessante Leute aus allen Bevölkerungsteilen eingeladen wurden. Eigentlich wollte er gar nicht an die Öffentlichkeit treten – andererseits eben doch. Er hatte lange genug allein mit seinen Löwen gelebt und war sicher, dass ihm die Tiere etwas zu sagen hatten. Bernhard glaubte sogar, dass auch die Löwen darunter litten, dass diese Verständigung nicht besser war als so, wie sie zurzeit war. Er war so vertraut mit den Löwen, dass er womöglich so etwas wie ein Botschafter der Tierwelt werden konnte. Eine Art Löwenflüsterer. Es müsste da nur noch einen kleinen Ruck geben, dann wüsste er wirklich, was die Löwen – und auch andere Tiere – fühlten und dachten und den Menschen sagen wollten. Dann könnte er versuchen, alles zu erklären.

»Vielleicht kann ich dann schon ein bisschen was erzählen, das ich von euch gelernt habe, das wäre nun wirklich mal ein interessantes Thema für eine Talkshow«, erklärte er den Löwen und verfiel wieder in diese unangebracht übermütige Laune, die ihm eigentlich fremd war. Er wollte bei der Gelegenheit unbedingt die Ernsthaftigkeit seines Interesses betonen und dabei auf das Werk von David Friedrich Weinland hinweisen – auch wenn dieser große schwäbische Denker längst in Vergessenheit geraten war. Er hatte Bücher verfasst wie »Einige Gedanken über die Tierseele«, »Noch ein Wort betreffs unserer Raben«, »Einige Gedanken über die Namen der Tiere und deren ethnologische Bedeutung«, »Über die knarrenden Geräusche bei den Rentieren«, »Notizen über die Bandwürmer der Indianer«. Bernhard wollte möglichst viele dieser Titel erwähnen, damit er nicht so alleine dastehen musste und immerhin eine Geistesgröße – wenn auch eine allgemein verkannte – an seiner Seite wusste.

Er stand auf, bevor der Radiowecker klingelte. Er zog nun doch seinen schwarzen Anzug an, den er zuletzt zur Beerdigung eines Bekannten angehabt hatte, der Busfahrer gewesen war, mit überhöhter Geschwindigkeit ein Schulkind angefahren und seither zurückgezogen als Schäfer gelebt hatte, bis er überraschend gestorben war. Den ganzen Morgen gingen ihm lateinische Konjugationsformen durch den Kopf, dormire, dormo, dormis, dormit, dormimus – oder? – dormistis, obwohl er wusste, dass der Papst relativ gut Deutsch sprach.

Er war noch nicht ganz wach, hatte Visionen, dass nur noch flüsternd weiterverbreitet würde, was in keiner Zeitung zu lesen war und überall noch geheim gehalten wurde, aber eben doch unter der Hand von einem zum anderen weitergegeben wurde: Die Wale sind ausgestorben, es ist so weit; es wird nie wieder Wale geben.

Er hatte wenig Appetit, trank aber schon zum Frühstück – trotz einiger Bedenken – ein kleines Glas Wein. Sein Toaster funktionierte nicht mehr, die Brotscheiben schnellten heraus, ohne dass sie richtig braun geworden waren.

Die Innenstadt war kaum wiederzuerkennen. Zwar war Osnabrück nur eine Zwischenstation auf der groß angelegten Papstreise, die diesmal hauptsächlich in die Länder Osteuropas führen sollte, dennoch hatte sich die Stadt herausgeputzt wie für ein Jahrhundertereignis. Überall flatterten gelb-weiße Fähnchen, und in der Dielinger Straße hing ein Transparent:

OsnabrücKer sind **OK**,
aber unser Papst ist es auch.

Blumen standen in den Fenstern, als wäre es plötzlich Sommer geworden; Sicherheitsbeamte mit Sprechfunkgeräten hielten sich unauffällig in den Hauseinfahrten, und immer wieder fielen Bernhard Verkaufsstände auf, bei denen man Papstvideos kaufen konnte und kleine Papstpuppen in Plexiglaskästen. Fast herrschte Volksfeststimmung; gelbweiße Wimpelchen überall, und große Plakate, die auf eine alternative Veranstaltung hinwiesen, bei der der ortsansässige, kritische Liedermacher Heinz Rudolf Kunze auftreten wollte, ohne dabei, wie eigens hervorgehoben wurde, seine übliche Gage zu verlangen. Bernhard war beeindruckt. So viele Menschen! Viele davon mit Fotoapparaten oder kleinen Videokameras, wie er sie noch nie vorher gesehen hatte – er kam auch so wenig unter Leute. So sahen sie also aus: die vielen Stillen im Lande, die vielleicht sogar – ähnlich wie er – zurückgezogen gelebt hatten und sich nur zu solchen Gelegenheiten in die Stadt wagten.

Er überraschte sich selbst bei dem Gedanken, dass es vor der historischen Kulisse des Westfälischen Friedens zu einem historischen Frieden zwischen Mensch und Tier kommen könnte, musste aber im selben Moment den Kopf schütteln und entschuldigte sich damit, dass einem solche Phantasien beim Flanieren vor historischer Kulisse nur allzu leicht unterlaufen konnten, da fühlte man sich automatisch bedeutend. Sechzehnhundertneunundvierzig Westfälischer Friede, memorierte er, Fünfzehnhundertvierzehn historischer Kniefall des Elefanten Hanno vor dem Papst Leo dem Fünften – noch in der Engelsburg –, Hanno hatte mit spektakulärem Aufwand aus Portugal eingeschifft werden müssen, heute reiste der Papst selbst in die Diaspora. Damals wurde der Kniefall Hannos als Unterwerfung der Tierwelt unter die Menschen angesehen und zugleich als Unterwerfung des gesamten heidnischen Indiens, das der Elefant repräsentierte. Hanno war erstaunlicherweise nur vor dem Papst auf die Knie gefallen, allen anderen Würdenträgern war diese Ehrung vorenthalten worden, irgendwie musste der Elefant den Papst erkannt haben – am Geruch vielleicht? Irgendwie musste Hanno gewusst haben, dass er nur vor Leo dem Fünften auf die Knie gehen sollte. So hatte der Elefant mitgespielt bei einem historischen Ereignis, das die geistliche Vorherrschaft des Papstes festigte und gleichzeitig das Vorurteil ausräumte, ein Elefant habe keine Knie; ein Vorurteil, das damals allgemein verbreitet war – so wie immer noch die Ansicht vorherrschte, im Brummen, Grunzen oder Brüllen der Tiere stecke nur ein dumpfes animalisches Aufbegehren, keinesfalls aber die Möglichkeit eines differenzierten Ausdrucks.

Er musste seinen Hauptgewinn vorzeigen. Nur mit dieser speziellen Eintrittskarte durfte er zum Papst und um ein Wunder seiner Wahl bitten. Er fühlte sich sofort unbehaglich wie bei einer mündlichen Prüfung und memorierte wieder die Verben der i-Konjugation. Plötzlich fürchtete er die Frage, ob er denn die Menschen nicht mochte; fürchtete sie, weil er wahrheitsgemäß hätte mit Nein antworten müssen – den Papst konnte man schließlich nicht anlügen.

Es duftete stark nach Weihrauch. Je näher er dem Papst kam, desto weniger Frauen sah er. Dafür trugen die Männer lange Gewänder und bewegten sich nur noch in Tippelschritten. Dazu passte auch, dass alle nur noch flüsterten, als würden sie geheime Botschaften weitersagen. Gut, dass er wenigstens seinen schwarzen Anzug anhatte, so fiel er zumindest nicht so auf wie dieser junge Tennisspieler, der ihm irgendwie bekannt vorkam – aus dem Fernsehen vielleicht? Von Werbeplakaten einer Bank? Der war in seinem kurzärmeligen Tennisdress erschienen, schwang unablässig seinen Schläger und lief, im merkwürdigen Kontrast zu der bedächtigen Stimmung in der Nähe des Doms, ständig auf und ab. Bernhard wurde noch einmal ermahnt, die Besuchszeit einzuhalten; und als er sah, wie viele Bittsteller schon warteten, schwand seine Hoffnung, dass ausgerechnet sein Anliegen erhört würde. Dormire, dormo, dormis… Ob er vielleicht ein Kreuz schlagen musste? Oder seine Finger in einer Wasserschale benetzen? Als der Würdenträger, der ihn schließlich zum Papst vorließ, auf die Armbanduhr deutete, um anzuzeigen, dass die Zeit nur knapp bemessen war, hatte er beinah verräterisch gegrinst – na, so was, dass der eine Armbanduhr hatte, die so gar nicht zu dem Aufzug passte – wie ein grober Requisitenfehler in einem historischen Film.

Der Papst lächelte, so sehr, dass Bernhard eine Schrecksekunde lang dachte, er würde vielleicht doch lachen. Nun, ganz allein mit dem Heiligen Vater, fühlte Bernhard sich völlig fehl am Platz, fühlte sich selbst als Tourist; und ihm fiel abermals ein, dass dieser Papst spöttisch Touristen-

Papst genannt wurde – ein Gedanke, den er sofort wieder unterdrücken wollte. Tatsächlich hatte der Heilige Vater dieselben Kleider an wie im Fernsehbericht vom Vorabend.

Es gab nur Kerzenlicht im historischen Dom, und die feierliche Beleuchtung aus unzähligen Kerzen ließ die Szene auf merkwürdige Weise real erscheinen: Es war also wahr, dachte Bernhard und spürte regelrecht, wie sein Blutdruck anstieg, es war so weit, er war wirklich beim Papst. Hier war kein Scheinwerferlicht, keine künstliche Beleuchtung, kein Fotograf. Hier war alles echt, nicht gestellt. Jetzt galt es. Er fühlte sich gehetzt, als spürte er hinter seinem Rücken den jungen Tennisspieler auf und ab laufen, er räusperte sich und sprach viel zu hastig, dass er sich ein kleines Wunder erhoffe, das es ihm ermöglichen solle, auch die als niedrig angesehenen Kreaturen, die aber gleichwohl allesamt Gottes Geschöpfe wären... Er hatte das Gefühl, dass er nicht ganz bei der Sache war und eine Sprache benutzte, die nicht seine war... Er hatte eigentlich längst Franz von Assisi erwähnen wollen, gleich zu Anfang wollte er den Namen fallen lassen, aber...

Der Papst lächelte nur, lächelte und nickte dabei, dass Bernhard ganz verwirrt wurde; es war, als wüsste der Papst alles, wüsste schon, worum es ging. Vielleicht hatte man ihn vorbereitet, vielleicht hatte der Papst aber tatsächlich ein besonderes Gespür für die Wünsche der Bittsteller. Bernhard fühlte sich wie ein kleiner Junge, umso mehr, als er den Papst stets mit »Heiliger Vater« anredete, zu ihm in der dritten Person sprach und immer an Kinderspiele denken musste, als er noch mit seinen Freunden Indianer gespielt hatte und sie sich mit wichtigtuerischer Miene gegenseitig mit »Großer Häuptling« begrüßt hatten; gleichzeitig hoffte er, dass der Papst, der weiterhin lächelte, seine

Gedanken nicht lesen konnte. Ich bin ertappt, dachte er und merkte, dass er sich beherrschen musste, nicht versehentlich »Großer Häuptling« statt »Heiliger Vater« zu sagen. Der Papst lächelte. Bernhard fühlte eine ungewisse Bedrohung, als müsste er sofort eine Strafe für seinen Frevel in Kauf nehmen. Auch kam ihm seine Ausdrucksweise immer noch fremd und unbeholfen vor, selbst wenn er sich weitgehend an seinen vorbereiteten Text hielt – aber was war das auch für ein seltsam gekünsteltes Deutsch!

Plötzlich unterbrach ihn der Papst und sprach mit starkem Akzent: »Und der Apostel sagt: Freuet euch allewege!«

»Ja sicher, natürlich«, sagte Bernhard sofort, völlig verblüfft, dass der Papst plötzlich deutsch gesprochen hatte, verblüfft auch darüber, wie gut das Zitat zu seinem Lächeln zu passen schien. Gleichzeitig fühlte er sich ertappt: Stimmt genau, dachte er, ich freue mich viel zu wenig, das kommt davon, dass ich so zurückgezogen lebe – woher wusste der Heilige Vater das? Das konnte er eigentlich nicht wissen. Bernhard nahm noch einmal all seinen Mut zusammen und versuchte klar und deutlich zu sagen, was er wollte, auch auf die Gefahr hin, dass er dabei übermäßig vereinfachen musste, als würde man mit einem Ausländer sprechen. »Der Heilige Vater möge ein Wunder bewirken, auf dass ich die Tiere allewege verstehe!«, sagte er viel zu schnell. Allewege? Wieso denn auch allewege? Hatte der Papst nicht gerade selber was von allewege gesagt? Allewege sollte wohl so viel heißen wie auf allen Wegen, und Bernhard musste wieder an die Toyota-Vertretung gegenüber seinem Haus denken. Er fühlte sich wieder viel zu sehr von der merkwürdig gekünstelten Sprache eingeengt. So konnte man doch nicht ernsthaft miteinander reden. Ob der Heilige Vater ihn wirklich verstanden hatte?

Der Papst lächelte und nickte.

Bernhard kniete nieder, weil er plötzlich den Eindruck hatte, dass dies das Richtige im Augenblick war. Er senkte den Kopf, um dem Papst nicht zusehen zu müssen, falls er gerade ein Wunder bewirkte. Der Heilige Vater redete in einem leiernden Singsang vor sich hin, und es klang manchmal fast wie ein Kichern –, wahrscheinlich lächelte er zu stark beim Sprechen. Bernhard konnte kaum verstehen, was der Papst gerade sagte; schon zum zweiten Mal glaubte er, etwas von »Geräten« herauszuhören – wieso denn Geräte? Dann vernahm er, wie der Papst ganz leise sagte: »So gehe denn hin und rede mit den Geräten.«

Er fühlte sich immer noch ein bisschen schwindelig – Kreislaufstörungen wahrscheinlich –, und er überlegte, ob das vielleicht eine Art Nebenwirkung des Wunders, das er gerade miterleben durfte, sein mochte. Der Papst redete einfach weiter – diesmal in Latein –, und wieder schien er zu kichern. Eigentlich müsste noch die Orgel losbrausen, dachte Bernhard und fühlte plötzlich eine große Erleichterung: Es war vollbracht, er hatte sich durchgerungen, zum Papst zu gehen, nun war das Wunder geschehen, nun konnte er hingehen, allewege, und mit den Tieren sprechen. Das hieß, Moment mal: Eigentlich wollte er gar nicht mit den Tieren reden, ihnen womöglich predigen, hoffentlich lag hier kein Missverständnis vor, vielmehr wollte er den Tieren zuhören, wollte vor allem, dass sie mit ihm sprechen konnten – oder müsste es heißen: zu ihm sprechen konnten?

Wie sollte er sich jetzt formgerecht verabschieden? Er richtete sich auf, nickte und bewegte sich langsam rückwärts. Der Papst lächelte immer noch. Offensichtlich machte Bernhard alles richtig. Es hat geklappt, sagte er sich immer wieder, nun konnte er endlich seine Löwen fragen, ob sie ihn verstanden. Er blickte sich nach einem Opferstock um. Er fühlte sich nach getanem Wunder, obendrein an einem, der streng genommen ungläubig war, nun doch zu einer größeren Spende verpflichtet.

Am Ausgang des Doms wartete eine Schar Journalisten. Alle rauchten. Er erschrak im ersten Moment – hoffentlich warteten sie nicht auf ihn. Ehe er sich zu verfrühten Stellungnahmen hinreißen lassen wollte, musste er sich zunächst bei seinen Löwen vergewissern, dass eine Verständigung möglich war. Er wollte sich keine Illusionen machen und rechnete damit, dass auch nach dem Wunder eine Kommunikation nur bruchstückhaft sein würde, oder noch schlimmer: Dass es den Menschen ganz und gar nicht gefallen würde, was sie von den Tieren erfahren würden. Er war richtig erleichtert, als er merkte, dass es die Journalisten offenbar nicht auf ihn abgesehen hatten. Umso besser. Vielleicht warteten sie auf diesen Tennisspieler. Und Bernhard konnte unbehelligt die historische Stätte verlassen.

Auch als er sich in einer kleinen Seitengasse befand, prüfte er sicherheitshalber noch einmal nach, ob sich auch keiner an seine Fersen geheftet hatte. Keiner. Wahrscheinlich fand gerade eine Hauptattraktion in einer anderen Straße statt, und die Nebenstraße blieb wie leer gefegt; die Nebenstraßen waren inzwischen ausgebaut und modernisiert worden – wie lange war er nicht mehr in der Stadt gewesen? Wie schnell hatte sich hier alles verändert! Er fühlte sich fast wie im Ausland; so viele neue Namen; Abkürzungen, von denen er gar nicht wusste, was sie bedeuteten. CPT, WMF, überall neue Abkürzungen, es kam ihm geradezu betrügerisch vor. Er konnte sich nicht länger zurückhalten, legte den Kopf weit in den Nacken und rief:

»He, he, ihr Vögel, da oben in den Lüften, kommt doch heruntergeflogen und setzet euch ein wenig zu mir auf die Schulter und lasset uns allewege miteinander reden.«

Er drehte sich hastig um. Es war keiner hinter ihm. Zum Glück nicht. Seine Sprache war auch viel zu gekünstelt. Das ist noch der Einfluss des Papstes, dachte er, vielleicht war auch »He, he, ihr Vögel« nicht die richtige Anrede, vielleicht waren die Vögel zu weit oben in der Luft, um ihn hören zu können. Genau: In der Luft sind die Vögel und nicht etwa in den Lüften, wie er gesagt hatte, einfach nur in der Luft. Und wieso auch allewege?

Er blieb stehen und fühlte sich plötzlich stocknüchtern. Hatte der Papst nicht was von Geräten gesagt? Natürlich: Geräte! Wieso denn das? Er hatte sehr undeutlich gesprochen. Hatte der Heilige Vater da vielleicht etwas falsch verstanden und »Getier« mit »Gerät« verwechselt? Und hatte Bernhard nicht von Anfang an so ein ungutes Gefühl gehabt, eine innere Stimme, die ihn warnen wollte?

Eine kleine Katze, grau und zerzaust, kreuzte seinen Weg. Na wenn schon, ich bin nicht abergläubisch, sagte er sich und versuchte es wieder.

»Verehrte Katze, die du meinen Weg kreuzt...«, aber die Katze huschte schnell weiter. Ich muss dringend meinen Tonfall ändern, dachte er, so redet man doch nicht mit einer Katze, außerdem war es vielleicht ein Kater, und es weiß schließlich jeder, dass Katzen ihren eigenen Willen haben, und außerdem hat es überhaupt keinen Zweck, wenn ich mir selbst was einreden will, dafür kenne ich mich viel zu gut. Er ging langsam weiter, schweren Schrittes, wie er in seiner feierlichen Sprache sagen würde, schweren Schrittes, so als hätte er eine große Bürde durch die frisch renovierten Nebenstraßen zu Osnabrück zu tragen.

Machen wir die Gegenprobe, dachte er bitter, als er zu einem falsch geparkten Opel kam, der ihm den Weg versperrte und unter dessen Wischerblatt schon ein Strafzettel klemmte.

»Liebes Auto ... Äh ...« Wie sagt man da? Da muss doch irgendwo etwas stehen. »Lieber Kadett, darf ich dich vielleicht darauf aufmerksam machen, dass hier ...«

Hau ab, du Sack, brummte der Opel Kadett, und ein nebenan geparkter R4 fügte sofort ungefragt hinzu: *Verschwinde, du Matschkopp, oder willste mal bei mir durch die Frontscheibe fliegen!*

Der Opel Kadett fing plötzlich an, schallend zu lachen: *Ja, schlag mich doch, schlag mich doch, wenn ich dir im Weg bin, schlag mich, und ich brech dir den Arm.*

Bernhard drehte sich hastig um. Es war niemand zu sehen. Die werden mich endgültig für verrückt halten, dachte er, ich muss sofort zurück zu meinen Löwen und versuchen, einen anderen Ton zu treffen und es an einem anderen Auto ausprobieren ... und vor allem muss ich aufhören, mir selbst etwas einreden zu wollen. Da hörte er plötzlich aus der Luft ein gewaltiges Hohnlachen, ein Brausen und Knattern, und er zuckte zusammen und glaubte eine Schrecksekunde lang an ein Gottesurteil. Was war das? Direkt über ihm flog ein riesiger gelb-weißer Helikopter hinweg, und im selben Augenblick war ihm klar, dass der Papst wieder abgereist war, dass es nun zu spät war, zurückzukehren und umzubestellen. Das Wunder ließ sich nicht mehr rückgängig machen. Darauf hatten die Journalisten also gewartet, dachte er, auf den Abflug des Papstes, auf die Himmelfahrt mit diesem gelb-weißen Hubschrauber – logisch, darauf haben sie gewartet, und er wunderte sich selbst, wie klar er in dieser Situation denken konnte.

Seine Fische trieben mit dem Bauch nach oben. Er sah sofort, dass jede Hilfe zu spät kam. Der Thermostat musste defekt sein, die Sauerstoffzufuhr auch. Er hätte nicht aus dem Haus gehen sollen. Wo sollte er mit den toten Fischen hin? Beerdigen konnte man die nicht. Fische gehörten nicht unter die Erde. Wie kam er nur auf solche Gedanken? Ich bin im Grunde doch ein religiöser Mensch, dachte er, als er seine exotischen Fische in die Toilette kippte.

Er kraulte Tarzan und gab ihm Bahlsen-Kekse, obwohl er heute schon mehr bekommen hatte als sonst. Wieder hatte er den Eindruck, dass ihn der Löwe nicht nur erwartungsvoll, sondern zugleich irgendwie traurig ansah. Und einfältig – zugegeben, er hatte schon immer einfältig dreingeschaut. Dennoch ertappte sich Bernhard dabei, wie er sich sagte: Tarzan weiß vielleicht doch etwas. Zumindest ahnte er etwas.

Er lag lange wach. Man sollte nicht undankbar sein, versuchte er sich einzureden, für viele Leute war heute ein Transistorradio fast schon zu einem Freund geworden, ein Walkman, ein Video – auch der neue Papst nutzte die Videotechnik –, und wie oft ging da etwas kaputt! Wenn ich nun mit den Geräten reden kann, könnte ich alles leicht reparieren… Na, mein kleiner Toaster, wo tut es uns denn weh? Ich könnte ein bisschen seelsorgerisch mit ihnen reden, auch Maschinen haben eine Seele, in primitiven Religionen zumindest – Semangat, genau, Semangat, so nennt man die göttliche Seele der Maschinen, vielleicht sind diese Religionen gar nicht so primitiv. Es war zwar nicht genau das, was er sich gewünscht hatte, das war schon klar, aber nun gut, dachte er und wälzte sich hin und her. Ich könnte den Hausfrauen Geschirrspülmaschinen aufbauen, den idealen Standort absprechen, ihnen richtige Waschmaschinen aussuchen, den Toaster reparieren. Auch Kleinkinder haben oft ein intuitiv vertrautes Verhältnis zu bestimmten Geräten, Staubsaugern, Pürierstäben, Föhnen; zu allem, was aufbraust und brummt, und dann erst diese eindrucksvollen Bagger und Kräne! Ich könnte mich mit weit gereisten LKWs unterhalten, vielleicht sogar mit U-Booten, womöglich wissen die mehr über Wale als wir. Nun merkte er erst, dass die ganze Zeit schon die Tränen über sein Gesicht gelaufen waren, seine Fische waren tot, alle Fische, was interessierten ihn denn leblose Apparate? Er schnäuzte sich kräftig und beschloss, sich gleich morgen früh über die göttliche Seele Semangat zu informieren und in einer Abteilung für Haushaltsgeräte seine neue Fähigkeit noch mal auszuprobieren. Da gab es doch so einen Laden, ganz in der Nähe der Dielinger Straße, da musste er hin, Haushaltsgeräte schienen ihm eine vergleichsweise sympathische Gattung; wenn er sich mit denen gut vertragen würde, könnte er sogar mit gefährlichen Geräten sein Glück versuchen und ein ernstes Wort mit Tieffliegern und Panzern reden. Zum Einschlafen versuchte er, eine tröstliche Vorstellung heraufzubeschwören. Er sah sich im Abendrot vor seinem Haus sitzen, umgeben von landwirtschaftlichen Nutzfahrzeugen, mit einer Heizsonne im Arm, um ihn herum Trockenhauben, Mixer, Kassettenrecorder. Er träumte sehr unruhig von seinen Fischen, die in einer Zementmischmaschine schwammen und dabei immer so schwimmen mussten, dass sie die Maschine in Schwung brachten, doch die Zementmischmaschine ließ sich nicht drehen, schon war der Beton fest, die Fische eingegossen.

In der Stadt fühlte er sich sofort wieder unwohl. Ihm war, als hätte die Fußgängerampel, als sie von Rot auf Grün wechselte, ausgerufen: *So, dann wollen wir mal die Beine breit machen.*

Ein Mitsubishi, der mit überhöhter Geschwindigkeit und obendrein zu dicht an der Bordsteinkante entlangfuhr, brüllte: *Knapp daneben! Scheiße!*

Bernhard atmete schwer, als er sich in das große Warenhaus mit verglaster Fassade, das ihm gestern schon aufgefallen war, rettete: »Ach, danke, nichts Bestimmtes, ich möchte mich nur mal ein bisschen umsehen da unten.« Er ging ins Untergeschoss, wo verschiedene Waschmaschinen und Kühlschränke in Doppelreihen aufgestellt waren. Erst als er sich vergewissert hatte, dass er einen Moment lang allein war, versuchte er vorsichtig den richtigen Ton zu treffen:

»Ich weiß nicht genau, wie ich es sagen soll, ich bin schließlich kein Elektriker und habe mich auch bisher nur wenig um solche Dinge gekümmert, aber …«

Halt die Klappe!

Komm doch mal rein in die Trommel, du Miststück!

»Äh … ich habe so den Eindruck, dass es trotzdem möglich ist, dass ich als Mensch Kontakt zu euch aufnehmen kann.«

Aufhören! Aufhören!

»Genauso umgekehrt: dass ich meinerseits Stimmen vernehmen kann …«

Dann hör doch zu und tu, was wir sagen, und mach endlich dein Loch zu.

Ich glaube, der ist nicht ganz dicht, brummte der Lavamat aus dem Sonderangebot, und wie auf ein Stichwort fingen alle an zu kichern und zu lachen, besonders die Kühlschränke:

Ekelgerät, du!

Deine Alte ist bestimmt eine ganz heiße Nummer!

Der hat wahrscheinlich gar keine Alte!

»Aber ich kann doch nichts dafür. Ich bin kein Elektriker, wie gesagt. Ich habe das auch nicht gewollt. Eigentlich interessiere ich mich für Tiere, aber ich hab mir gedacht …«

Weichspüler! Weichspüler!

Er stellte sich mit dem Rücken zu der großen Eisbärdekoration. Vielleicht, dachte er, sind sie nur in dieser Abteilung so unverschämt, aber er merkte selber, wie er wieder versuchte, sich etwas vorzumachen und sich an jeden nur möglichen rettenden Gedanken klammerte. Das Ganze erinnerte ihn an eine Sportmannschaft, die im Umkleideraum in der Geborgenheit der Gruppe obszöne Bemerkungen macht – wo hatten sie nur diese Ausdrücke her? All diese Flüche.

Ich mach dich nass!

»Aber glaubt mir doch, ich kann nichts dafür. Können wir denn nicht mal vernünftig, in aller Ruhe …«

»Kann ich Ihnen behilflich sein?«, fragte die Verkäuferin, die gerade die Treppe herunterkam und mit ihrem weißen Kittel an eine Zahnarzthelferin erinnerte.

»Halten Sie mich bitte nicht für verrückt, wenn ich hier mit den Geräten rede, das heißt: versuche zu reden.«

»Aber nein, dafür sind wir ja da.«

Er sah sie verwirrt an.

Sie lächelte, wie nur Verkäuferinnen lächeln können. »Wir haben hier diese Maschine im Angebot, Lavamat.«

»Danke, danke.« Er blickte sich Hilfe suchend um. »Hören Sie denn gar nicht, wie die mich auslachen? Hören Sie doch. Die machen einen Lärm …«

»Ach, an sich sind die heute relativ geräuscharm, will ich mal sagen, auch im Schleudergang.«

»Vielen Dank!« Fluchtartig verließ er die Verkaufsetage.

Als er wieder zu Hause ins Bad schlurfte und hinter sich greifend den Lichtschalter einschalten wollte, rief der ihm plötzlich zu: *Vorsicht Giftstachel!*

Und als er vor Schreck zusammenzuckte, hörte er den Schalter schallend lachen. Dann meldete sich sein Rasierapparat zu Wort: *Milchgesicht mit Doppelkinn! Na los, wirf mich runter!*

Das wird immer schlimmer, dachte er, jetzt reden die schon mit mir, ohne dass ich sie angesprochen, ja, ohne dass ich sie überhaupt eingeschaltet habe. Wie war das möglich? Woher wussten sie, dass ich sie verstehen konnte? Hatte sich das rumgesprochen? Oder hatten die schon immer so geschimpft, und ich konnte das bisher nur nicht verstehen?

Er drehte schnell sein Fernsehgerät mit dem Bildschirm zur Wand, als es sagte, es würde ihm am liebsten mit der Röhre ins Gesicht platzen. Noch immer hoffte er, dass sich alles nur als einfache Sinnestäuschung erweisen würde, ganz einfach, man saß in einem Zug und dachte plötzlich, dass er losfuhr, dabei war es nur der Zug vom gegenüberliegenden Gleis, der sich bewegte. Doch was seine Bohrmaschine mit den zwölf auswechselbaren Bohrern plötzlich für Obszönitäten von sich gab, ließ ihn gleich wieder zusammenzucken. Der Staubsauger war allerdings der schlimmste, Vampyrette 2000 Intensiv. Vielleicht waren diese Haushaltsgeräte doch nicht so sympathisch.

Komm, mach mir einen Kurzschluss.

Es war nicht zu fassen:

Steck doch mal deine Hände rein hier, na los!, sagte der Toaster. Er packte sich schließlich den vorlauten Radiowecker und den unverschämten Toaster und trug sie beide in den Keller, um sie da kaputtzuschlagen – jetzt unterhielten sich die Geräte schon miteinander: *Na? Bist du auch endlich kaputt?*

Bernhard merkte, wie er langsam in Panik geriet. Dann werfe ich eben alle Geräte in den Keller, dachte er bitter. Alle. Und er schleuderte als Erstes seinen Radiowecker gegen die Kellerwand mit einer Geste, die ihn unwillkürlich an eine Abbildung aus dem Religionsunterricht erinnerte: Dr. Martin Luther schleudert ein Tintenfass nach dem Teufel. Damals hatten sie große Schautafeln für den Religionsunterricht, streng getrennt in evangelische und katholische Klassen. Der Radiowecker jauchzte. Oder hatte er sich getäuscht? Der jauchzte sogar noch, als er zerbrochen auf dem Kellerboden lag.

Bernhard holte einen der Baseballschläger, die er für seinen Löwen zum Spielen angeschafft hatte, und schlug besinnungslos auf seine Geräte ein, meinte jedoch immer nur Lustschreie zu hören, jedes Mal, wenn er zuschlug; und die Lustschreie erinnerten ihn an Orgasmusstöhnen; jedes Mal schienen sich die Geräte noch einen stärkeren Hieb zu wünschen, je mehr sie zerstört wurden, desto lauter schienen sie zu jubilieren. Er musste wieder an den Papst denken, schon wieder: Er hatte das Gefühl, eine schwere Sünde zu begehen – nicht nur einen Fehler zu machen, sondern eine regelrechte Sünde zu begehen, als wäre es sündhaft, intakte Geräte mutwillig zu zerstören. Vielleicht war es eine Strafe des Papstes, dafür, dass er so alleine gelebt hatte, so zurückgezogen, sträflich alle sozialen Kontakte vernachlässigt hatte – sträflich, genau das war das richtige Wort: sträflich – da hatte man Halluzinationen, wurde wunderlich. Das kam davon, wenn man so lange allein lebte. Er hätte sich früher schon bemühen sollen, wieder etwas geselliger zu werden. Der Tauchsieder in dem Trümmerhaufen kam ihm dabei wie ein Zeichen vor, ein Beweis seines Einsiedlerdaseins.

Er schlug immer wieder zu. War denn nicht zumindest sein Toaster schon vor der Audienz fehlerhaft gewesen? War das nicht ein Anzeichen dafür, dass all die Stimmen, all das Jauchzen nur eine raffinierte Täuschung sein musste? Nein, es hatte keinen Zweck, sich etwas einzureden, er schwitzte, sein Puls raste. Schließlich trug er auch sein Fernsehgerät in den Keller. Dann können meine Löwen mich eben nicht in der Talkshow sehen, ich habe sowieso nichts mehr über die Verständigung mit Tieren zu sagen.

Er schlug die Kellertür zu. Auch hinter der Tür hörte er die Geräte grunzen und jauchzen.

»Ich kann das keinem erklären«, sagte er seinen Löwen, »das glaubt mir sowieso keiner! Dass ich den Papst um ein Wunder gebeten habe, und dass da was schief gelaufen ist, dass sich der Papst möglicherweise geirrt hat, sich vielleicht versprochen hat, weil er doch nicht so gut Deutsch kann.« Wieder hatte er das Gefühl, dass Tristan und Tarzan ihn besonders verständnisvoll ansahen.

Er fuhr zweiter Klasse nach Köln, obwohl ihm der Sender zu seinem Honorar und seinen Spesen eine Karte erster Klasse zur Verfügung gestellt hatte. Der Spesensatz war – genau gesagt – schon der größte Teil des Honorars. Die Mitwirkenden sahen es offenbar als Ehre an, überhaupt im Fernsehen auftreten zu dürfen. Bernhard nicht. Jedenfalls nicht mehr. Er hätte gerne über seine Erfahrungen und Kommunikationsversuche mit seinen Tieren berichtet, doch nun waren ihm die Geräte störend dazwischengekommen, dennoch hat er es nicht gewagt, wieder abzusagen, die rechneten sicher fest mit ihm und konnten bestimmt so schnell keinen Ersatz finden. Er fuhr also zweiter Klasse und nahm sich vor, von dem Differenzbetrag etwas Futter zu kaufen. Vitakraft. Er war gerührt, dass diese alte Werbung, die schon fast zu einem wehmütigen Kindheitsbild geworden war, noch immer an einer dreckigen Bahnhofsbank zu sehen war. Als wäre gerade am Bahnhof, gerade da, wo die Fahrzeuge vorbeirauschten, die Zeit stehen geblieben. Auch die Höhe über dem Meeresspiegel, die hier gewissenhaft angezeigt war – wahrscheinlich an allen Bahnhöfen in Deutschland –, dazu diese dominierende Uhr in ihrer Schlichtheit, gaben ihm das beruhigende Gefühl, dass alles erfasst und wohl geordnet war; und als er in den Zug einstieg und sogar noch einen Pfeifton vernahm, bevor der Zug anruckte, fühlte er eine trügerische Sicherheit wie aus Kindertagen. Er hatte wieder das Rauschen und Rattern der Räder im Ohr, dieses wütende Geifern und Pfeifen der Lok – aber nur verschwommen, sodass er eine trotzige Hoffnung auf Besserung hegte, wie ein chronisch von Kopfschmerzen Geplagter sich auch zeitweise die Hoffnung leistete, dass es vielleicht von alleine besser wurde.

Zuerst ging er zum Altstadthotel, in dem ihm der Sender ein Zimmer gemietet hatte. Dort wurde er schon von einem Portier erwartet, der ihn gleich nach Autogrammkarten fragte.

»Bernhard ist der Nachname …«, versuchte er zu erklären. Das war nun mal sein Problem. Keiner nahm ihn ernst. Mit so einem Namen war er für alle immer noch ein Kind.

»Zu uns kommen sie alle«, fuhr der Portier unbeeindruckt fort und erzählte von seiner Autogrammkartensammlung. »Das sind alles Verrückte, wenn ich mal so sagen darf. Sie, das dürfen Sie mir jetzt nicht übel nehmen, ich sag, was ich denke, wir hatten hier schon die dollsten Typen, kann ich Ihnen sagen«, und er erzählte von den

Weltmeistern im Dauerskat, drei unscheinbaren Männern, die richtige Weltmeister waren, offiziell anerkannt, auch international, die hatten vielleicht ein Theater gemacht, als er denen ein Dreibettzimmer geben wollte, das konnte man sich nicht vorstellen, die hatten alle aus eigener Tasche draufgelegt, nur um Einzelzimmer zu kriegen, nur für eine Nacht. »Ich sag's ja, die verrücktesten Typen!«

Bernhard nickte und dachte im selben Moment, dass sie doch diesen Portier für die Talkshow hätten engagieren sollen.

»Sie machen doch so was mit sprechenden Tieren, Sie, da muss ich Ihnen gleich mal was erzählen, ich hab da einen Bekannten, wissen Sie, der 'ne Kneipe hat, nicht weit von hier, und der hat sich so 'n sprechenden Vogel angeschafft, 'ne Art Papagei, für seine Gäste, damit der vielleicht mal ein Wort aufschnappt und nachspricht, als Scherz, versteh'n Sie? Und wissen Sie, was dieses Vogelvieh macht? Das imitiert nicht etwa die Gäste, sondern die Espressomaschine. Das müssen Sie sich mal vorstellen: die Espressomaschine! Dabei konnte mein Bekannter das Geräusch eh nie leiden, und nun macht das Vieh das auch noch nach.«

Bernhard schüttelte langsam den Kopf.

»Und wissen Sie was«, fuhr der Portier fort, »der konnte 'ne Zweiliterflasche Cola auf einen Zug austrinken, das ist vielleicht nichts Besonderes, denken Sie, aber warten Sie mal ab: Der hat die unter Wasser getrunken, unter Wasser, müssen Sie wissen! Vier Meter Wassertiefe! Ja, da staunen Sie, was? Unter Wasser. Der hat sich in ein riesiges Aquarium gesetzt, also da ... mussten sie extra so 'n Aquarium im Studio aufbauen, und darin hat der dann seine Flasche leer getrunken. Das muss 'ne Wahnsinnsleistung sein, so von den Lungen her, oder von diesen ganzen Druckverhältnissen her, da entsteht irgendwie so ’n Unterdruck, den ein normaler Mensch gar nicht aushalten kann, ich kenn mich da auch nicht so aus, jedenfalls ’ne Wahnsinnsleistung, und soll ich Ihnen was sagen? Der Typ war die ganze Zeit nur eingeschnappt, saß in der Ecke rum und war beleidigt, weil er mit seiner Nummer nicht so erfolgreich war. Vielleicht hat er auch unter Wasser den Applaus nicht gehört. Da war der jedenfalls sauer, saß in der Ecke, trank eine Cola nach der andern und sagte gar nichts, auch in der Talkshow sagte der kaum was, wissen Sie, es gibt eben Künstler, die können gut darüber reden, was sie so den ganzen Tag lang machen, und dann gibt’s andere, die können das nicht. Ich denk mir auch, dass so ein Mensch wahrscheinlich viel zu oft unter Wasser ist, allein schon zu Trainingszwecken. Der ist doch ständig unter Wasser, der hat das Sprechen fast schon verlernt, denk ich mir. Nun stellen Sie sich mal vor, der hat die ganze Zeit in der Ecke gesessen, nur sauer geguckt, und eine Cola nach der andern gezischt. Ist das nicht traurig, irgendwie? Finden Sie nicht? Jetzt geb ich Ihnen erst mal Ihren Schlüssel, bitte sehr. Ich sehe gerade, Sie kriegen das Zimmer, in dem schon mal Professor Bender geschlafen hat, sie wissen doch, das ist der mit den übersinnlichen Wahrnehmungen, ist aber schon lange her, ich hoffe, dass macht Ihnen nichts.«

Bernhard schüttelte noch immer den Kopf.

»Ich sag ja, wir hatten schon die verrücktesten Leute hier, ich hab auch schon zu meiner Frau gesagt, die Prominenten heutzutage sind alle irgendwie verrückt. Aber sagen Sie mal, Sie sind doch alleine, nicht? Sie haben keinen Affen mitgebracht oder solche Viecher?«

Er schüttelte den Kopf.

»Einmal hatten wir hier einen, der hat Hunde abgerichtet mit Video, wissen Sie, mit so ’ner Überwachungsanlage, vielleicht haben Sie davon schon gehört, das müsste Sie eigentlich interessieren, und zwar hatte der so 'ne Videokamera installiert, die den Hund immer beobachtet hat, auch wenn der Hund gerade gedacht hat, er wäre unbeobachtet, nicht wahr? Und immer, wenn der Hund dann was gemacht hat, was er eigentlich nicht soll, also zum Beispiel sich in den Sessel von Herrchen gelegt hat oder so was, dann hat dieser Mann das über seine Videoanlage beobachtet und ist sofort gekommen und hat den Hund bestraft, und diese Methode ist ungeheuer erfolgreich, müssen Sie wissen: Denn der Hund kann sich gar nicht erklären, woher das Herrchen weiß, dass er gerade 'ne kleine Sünde begangen hat. Wissen Sie ja selber, so ein Hund kann das ja geistig gar nicht kapieren mit so einem Video, und da wird dann der Hund sofort ganz weich in der Birne und lässt sich bereitwillig dressieren und gibt seinen Widerstand, oder was der da so haben mag... also, gibt der völlig auf, weil er den Menschen plötzlich für 'ne Art lieben Gott hält, wenn man das bei Tieren überhaupt so sagen kann, für allgegenwärtig irgendwie, verstehen Sie? Ja, und der Mann hatte natürlich seine Hunde mit dabei, vier Stück, brave Tiere, die gehorchten aufs Wort, das hatte ich noch nie gesehen so was, aber dennoch: Das können wir hier im Hotel natürlich nicht dulden, Hunde im Hotel finde ich sowieso so ziemlich das Schlimmste, was es gibt, also nicht nur von meinem Standpunkt aus gesehen, jetzt mal ganz grundsätzlich, ich sag immer, Hunde im Hotel, das ist der Doppelkorn der Einsamkeit.«

Bernhard nickte.

»Und falls Sie sich mal ein Schlückchen genehmigen wollen, wir haben in jedem Zimmer eine Minibar.«

»Danke. Die werde ich sicher nicht in Anspruch nehmen.«

»Antialkoholisch? Da hatten wir auch mal einen …«

»Könnten Sie mir einen Gefallen tun«, unterbrach Bernhard schnell, »und die Minibar aus dem Zimmer entfernen lassen.«

»Und führe mich nicht in Versuchung, sprach der Herr.«

»Und die anderen elektrischen Geräte auch.«

»Was? Die elektrischen Geräte aus dem Zimmer raus? Also, das geht aber nicht, Sie. Wir haben da Fernsehen auf den Zimmern, mit Video, das haben wir fest installiert, das können wir nicht einfach so wieder ausbauen.«

»Können Sie dann bitte den Bildschirm mit einem Tuch abhängen?«

»Das können wir machen, klar, Kleinigkeit, ich sag ja, wir hatten hier schon die verrücktesten Typen! Dürfen Sie mir nicht übel nehmen, ich sag's halt, wie ich's mir so denke, nicht wahr? Vorhin wieder. Da kam auch so ein Verrückter, der hat alle Preislisten von den Minibars eingesammelt, und auch diese kleinen Pappschilder, wo immer draufsteht ›Bitte nicht stören‹, in drei Sprachen, die hat der einfach eingesammelt, alle.«

Er kam viel zu früh ins Studio. Zuerst fiel ihm auf, dass alle, die zum Sender gehörten, eine eigentümliche Lässigkeit schon in ihrer Kleidung zur Schau trugen. Die Frauen hatten etwas von einer runtergespielten Schönheit an sich, alle waren sie schön, schienen aber so zu tun, als müssten sie das eher untertreiben; eine hatte eine zerrissene Jeans an, dazu aber eine mandarinenfarbene Bluse, die sicher sehr teuer war; eine andere trug eine olivgrüne Lederhose und dazu ein billiges T-Shirt mit der Aufschrift »Western Union«. Sie gaben sich betont locker; und doch gab es zumindest ein teures Detail in ihrer Kleidung. Sie wirkten wie Auserwählte – auserwählt durch den vertrauten Umgang mit all den imposanten Gerätschaften. Die Studiogäste dagegen, die Neulinge, die – genau wie Bernhard – viel zu früh gekommen waren, konnte man sofort daran erkennen, dass sie sich angezogen hatten wie zu einem Sonntagsspaziergang.

Er wurde – wahrscheinlich an seinem Anzug – sofort erkannt; jemand drückte ihm gleich einen abgezogenen Zettel in die Hand, auf dem »Dispo« stand.

»Anthrazit macht sich aber gar nicht gut, da kommt nichts rüber. Wer hat Ihnen denn gesagt, dass Sie so was anziehen sollen? Haben Sie noch andere Garderobe mitgebracht? Nicht? Na ja, egal. Sie sind doch dieser… na, dieser Typ mit den Tieren, nicht wahr? Dacht ich's mir doch.«

Bernhard nickte kurz. »Ich soll mich an Herrn Gottlieb wenden.«

»Ja, ich weiß. Gottlieb ist nicht da. Das macht aber nichts. Ja, äh, schön, dass Sie gekommen sind. Haben Sie denn Ihre Schlange nicht mitgebracht?«

Bernhard sah ihn verständnislos an.

»Oder Ihren sprechenden Dackel?«

»Sprechenden Dackel?«

»Alles klar. Moment. Bleiben Sie hier stehen, ich mach Sie gleich mal mit Ihrem Ansprechpartner bekannt. Momentchen noch, ja.«

Schon stand er wieder alleine da und beobachtete das Treiben: Eine merkwürdige Unruhe schien alle erfasst zu haben. Er musste an den Tennisspieler denken, der vor dem Dom unruhig auf und ab gelaufen war, und erst jetzt kam ihm der Gedanke, dass er vielleicht gar nicht nervös wegen seiner bevorstehenden Papstaudienz war, sondern dass er im Training war und immer laufen musste, immer in Bewegung. Er wurde auch langsam ungeduldig und wollte sofort zurück zu seinem Löwen. Man kann doch so ein Tier nicht so lange allein lassen. Es gibt Papageien, die krank werden, wenn man sie mehr als sechs Stunden allein lässt, und es gibt Papageien, die sterben – wie seine Fische.

Gerade wurde eine Szene einstudiert mit einem Studiogast, der ein grünes Cape umhängen hatte: ein Cape, das er selbst genäht hatte, wie er aus den Probedialogen erfuhr, die allerdings immer wieder von den Beleuchtern unterbrochen wurden. Der grüne Gast war der so genannte »Öko-Geier«, den er auch auf der Dispo wieder fand, wo er selbst, wie er jetzt erst bemerkte, als »Tierfreak« aufgeführt war. Hier half kein Hinweis, dass Bernhard sein Nachname war, die würden ihn sowieso nicht ernst nehmen. Schon gar nicht als Tierfreak.

Der Öko-Geier war als wahrhafter Sondermüllverwerter bekannt, der sich auf Altpapier spezialisiert hatte und es nicht lassen konnte, jedes Stückchen Papier zu den Sammelstellen für Altpapier zu bringen. In seiner Sammelleidenschaft war er so weit gegangen, dass er Postwurfsendungen, die er als überflüssig ansah, aus fremden Briefkästen holte und zu den vorgesehenen Sammelstellen brachte. Vorzugsweise plünderte er Copyshops, riss liegen gebliebene Originale an sich, um sie in das natürliche Recycling »heimzufuhren«, wie er es nannte. Natürlich hatte ihm das Beschwerden eingebracht von Leuten, die sich um ihre vermeintliche Post betrogen fühlten, vor allem von Seiten der lokalen Werbeträger, die den Versand von Werbedrucksachen gefährdet sahen; und auf die Frage, was er denn mit den vielen Beschwerdebriefen, Verwarnungen und gerichtlichen Vorladungen mache, antwortete der Geier nun schon zum dritten Mal, dass er das alles zur Sammelstelle für Altpapier bringen würde. Und wieder sagte ein Mann in einer zerknautschten Lederjacke – wahrscheinlich der Talkmaster –, dass man genau an der Stelle Schluss machen solle, Blackout, und dass er das ganz phantastisch fände.

Wo bin ich hingeraten, dachte Bernhard. In diesem Rahmen wollte er auf die Schriften von David Friedrich Weinberg hinweisen – was für eine Fehleinschätzung!

Am meisten Unbehagen bereiteten ihm die vielen Geräte, die ihn überall umgaben. Er erschrak, als er plötzlich etwas von einem »Verfolger« reden hörte, dabei war damit nur ein Lichtkegel gemeint, der dem Moderator folgte. Er ging zur Toilette. Im Hotel hatte er sich nicht getraut, weil da in seinem kleinen Badezimmer gleichzeitig mit dem Lichtschalter eine Belüftungsanlage eingeschaltet wurde, die ihm mit diesem drohenden Aufbrausen einen tiefen Schrecken versetzt hatte.

Dennoch: Auch er war von der fiebrigen Betriebsamkeit fasziniert. Alle schienen eine Ehrfurcht vor den Geräten zu haben, fast schon eine heilige Scheu. Dazu passte auch, dass sie alle Turnschuhe anhatten und sich leise duzten, als hätten sie sich abgesprochen, leisetreterisch zwischen den Maschinen herumzulaufen – als wäre das Studio die Höhle eines verwunschenen Drachens, der nicht geweckt werden durfte.

Endlich kam der Mann, der die Dialoge mit dem Öko-Geier eingeübt hatte, auf ihn zu: »Schön, dass Sie da sind.«

»Ich muss zuerst etwas Wichtiges richtig stellen!«, begann Bernhard. Doch der Moderator unterbrach ihn gleich.

»Ja, gut, sehr schön, dazu haben wir später noch Gelegenheit. Ich hab mir nämlich gedacht, dass wir unser kleines Gespräch gar nicht einüben, weil das auch ein Part ist, der nicht auf Pointe angelegt wird – schließlich ist das 'ne

Livesendung, und die soll auch Livecharakter haben, man muss die verschiedenen Elemente…« Er wollte vermutlich sagen, dass aus den verschiedenen Elementen die dramaturgische Mischung entstand, wurde aber unterbrochen, weil ihm auffiel, dass die Bühnenbeleuchtung in ihrer Farbzusammenstellung nicht dem entsprach, was er sich vorgestellt hatte, und nun betonte er die Bedeutung der Beleuchtung: »Das Licht macht praktisch den ganzen Charakter so einer Sendung aus, verstehen Sie?«

»Aha.«

»Knutson kommt nicht.«

»Wer bitte?«

»Sie wissen doch, dass Roger Knutson nicht kommen kann?«

»Nein, ich wollte eigentlich Herrn Gottlieb sprechen.«

»Das macht nichts, wir haben den Öko-Geier als Ersatz. Eine gute Nummer übrigens. Knutson ist verunglückt.«

»Das tut mir Leid.«

»Wir wollten ursprünglich Sie beide zu einem Gesprächsblock zusammenfassen.«

»Davon wusste ich gar nichts.«

»Das macht nichts, weil Knutson sowieso nicht kommen kann.« Knutson hatte ein Buch herausgegeben, »Die platt gefahrene Fauna – ein Führer über Wege, Straßen, Autobahnen«, darin waren etwa fünfzig Tierarten als Silhouette abgebildet, so wie man sie auf den Straßen am häufigsten antrifft, platt gefahren. »Das hätten wir sehr gut ins Bild bringen können, als Einblendungen«, erklärte er weiter und wollte gerade ausführen, wie wichtig die Präsentation bildhafter Umsetzungen sei, als er wieder durch die Beleuchtungsfrage abgelenkt wurde.

Ehe er sichs versah, trat der Öko-Geier auf ihn zu, sagte »Darf ich?« und nahm ihm die Dispo wieder aus der Hand;

Bernhard nickte noch, ehe ihm klar wurde, was der Geier damit vorhatte.

»Also, alles klar!«, sagte der Moderator (jedenfalls hielt Bernhard ihn immer noch für den Moderator). »Wir machen das ohne Pointe, ganz spontan, richtig live. Gerade mit originellen Tieren. Tiere machen sich immer gut. Haben Sie denn Ihre Schlange dabei?«

»Das ist es doch, was ich Ihnen sagen wollte. Ich habe gar keine Schlangen.«

»Das macht nichts. Dann eben ohne Schlange. Kein Problem, überhaupt kein Problem.« Damit ließ ihn der Moderator stehen, um sich wieder um die Beleuchtung zu kümmern.

Im Hintergrund wurde die Bierbar aufgebaut, »Das kommt sowieso nicht ins Bild«, scherzte einer der Techniker noch und zeigte auf die Werbeplakate der Brauerei, die offenbar all die erwarteten Lagen Freibier spendieren wollte. »Kommt gar nicht ins Bild«, und im selben Atemzug erzählte er von all den Moderatoren, die er schon hinter der Bühne erlebt hatte: »Die lassen alle die Hose runter, ehe sie ins Rampenlicht treten, Jürgen von der Lippe, Rudi Carell, alle, die brauchen das irgendwie, um sich zu überwinden, oder so – was ich da schon für Schwänze gesehen habe, meine Fresse! Rudi Carell ist doch überhaupt kein Mensch mehr; der lächelt nur noch, wenn die Kamera läuft, also für mich ist das kein Mensch mehr.«

Der Geier wollte sofort die Werbeplakate abreißen, wurde aber gerade noch rechtzeitig daran gehindert; es kam zu einem kleinen Handgemenge. »Kommt doch sowieso nicht ins Bild«, beteuerte einer der Techniker, der Geier ließ sich aber nicht abhalten; schließlich konnten die Betreiber der Bierbar doch noch gemeinsam ihre Plakate verteidigen, der Geier wurde in die Maske gerufen.

Mit dem Aufbau der Bierbar hatte sich die Stimmung

schlagartig geändert. Jemand hatte Chicken McNuggets geholt und wurde allgemein als »Lebensretter« gefeiert; eine der Frauen, die Kabel getragen hatten, verabschiedete sich gerade; jemand rief ihr nach: »Erst ficken, dann grüßen!«, und alle amüsierten sich. Plötzlich klatschte jemand in einer abgetragenen Lederjacke in die Hände, bat um Ruhe, »aber, bitte sehr, ganz ernsthaft« um Ruhe und erklärte, dass der Moderator viermal sagen würde: »Danke schön, nun lass es doch gut sein!«, dass sie aber kräftig weiterklatschen sollten, viermal, erst beim fünften Mal sollte der Applaus tatsächlich langsam verebben.

»Alles klar!«, kam es von der Bierbar, und die Jungs streckten ihre Plastikbecher, als wollten sie darauf anstoßen, »alles klar!«

»Na ja, Vertrag«, sagte der Mann in der Lederjacke und zuckte mit der Schulter.

Dann wurde Bernhard von einer Lautsprecherstimme in die Maske gerufen.

Im Schminkraum lagen Illustrierte aus, Sondernummern über den Papstbesuch. Ihm kam das plötzlich unwirklich vor – ein Scherz. Der ganze Papstbesuch wirkte auf ihn wie ein Spuk, der durch die Illustrierten auch nicht gerade wirklicher erschien. Gab es nicht solche Scherzartikel, bei denen man eigene Fotos eigener Wahl in den Satzspiegel einer bekannten Illustrierten einfügen lassen konnte, sodass es aussah, als wäre man selber auf dem Titelbild abgelichtet? Auch die Ereignisse in dieser Osnabrücker Nebenstraße kamen ihm heute schon wieder ungültig vor, ein Scherz nur, ein Spuk, der böse Traum von gestern.

Selbst seine Augenlider wurden braun eingecremt, falls er vor den laufenden Kameras die Augen schließen würde. Die anderen Studiogäste, die inzwischen fertig geschminkt waren, sahen wie Politiker aus.

Plötzlich ertappte er sich bei einem Gedanken, den er am liebsten sofort wieder als viel zu ketzerisch zurückgewiesen hätte: War der Papst vielleicht gar nicht echt gewesen? Wieso kam ihm der Gedanke gerade hier? Vielleicht war der Besuch nur eine riesige Inszenierung gewesen.

Noch bevor der Öko-Geier an der Reihe war, war die Sendezeit überschritten, und Bernhard merkte, dass einige der Leute schon unruhig wurden. Er versuchte dennoch, in sich das Gefühl aufkommen zu lassen, dass ihm eine einmalige Gelegenheit gegeben wurde, die er auf keinen Fall verpatzen durfte. Er nahm sich vor, den Papst ganz aus dem Spiel zu lassen, sich auch nicht auf eine lange Vorrede über die Tiere im Allgemeinen einzulassen, gar nicht erst damit anzufangen, dass die Hasen aussterben werden und lieber sofort zum Thema zu kommen.

Er war immer noch verwundert, dass der Moderator, der die Interviews führte, nicht derselbe war, der ihn am Nachmittag angesprochen hatte – das machte aber nichts, die Pointe mit dem Geier klappte genauso gut und war tatsächlich ein großer Lacherfolg. Bernhard hatte den Eindruck, dass die Zuschauer die Inszenierung als eigentliches Programm betrachteten, dass sie den Kameras nachsahen, auf die kleinen roten Lämpchen achteten und dabei der Aufzeichnung der Sendung mehr Aufmerksamkeit schenkten als dem Geschehen auf der Bühne selbst. Gerade sah er noch, wie der Geier ins Publikum ging und die Papierservietten einsammelte – sofort versuchten einige der inzwischen stark angesäuselten Besucher in die Kamera zu winken –, und da saß er auch schon im Licht, dermaßen geblendet, dass er überhaupt nicht mehr ins Publikum sehen konnte.

»Ich bedanke mich für die Gelegenheit, hier etwas sagen

zu können, auch wenn ich etwas zu sagen habe, das Ihnen wahrscheinlich nicht gefallen wird. Aber ich habe die Möglichkeit, Geräte und Maschinen zu verstehen, und habe genug gehört, um zu wissen, was sie über uns Menschen denken.«

»Ja, das frage ich mich manchmal auch.« Der Moderator lächelte. »Deshalb haben wir Sie eingeladen, dass Sie uns das – aber kurz bitte, wir haben schon überzogen, also, kurz bitte – erzählen. Was denken denn die Maschinen so über die Menschen?«

Bernhard war überrascht, dass der Moderator seine Eröffnung so selbstverständlich hinnahm, brachte ihn ganz durcheinander. Nun sah er auch sein Gesicht in einem Monitor direkt neben ihm und war völlig verwirrt: Das war nicht seitenverkehrt – oder doch? Jedenfalls nicht so, wie er es von seinem Spiegelbild gewohnt war. »Es ist beunruhigend, mit welcher Verachtung und Vulgarität sie von uns reden, die wir doch eigentlich ihre Schöpfer sind.«

Der Moderator strahlte. »Wir wollen gleich mal eine Kostprobe davon hören. Was denkt denn dieses kleine Mikrofon hier über mich?«

Im Publikum war mehr und mehr Gekicher zu hören und es kam ihm vor, als müsste er sogar unter der Schminke erröten.

»Ob mich das kleine Mikrofönchen wohl leiden mag?« Dabei streichelte sich der Moderator über sein Haar mit einer Geste, die seine Eitelkeit ein wenig karikieren sollte. »Oder sehnt sich das Mikrofönchen mal wieder nach einem richtigen Ständer?«

Im Publikum kreischten einige vor Lachen.

»Nach einem Mikrofonständer, meine ich. Na? Was denkt denn mein Mikrofönchen so spät am Abend?«

»Das kann ich unmöglich sagen. Das sind Ausdrücke, die kann ich unmöglich wiedergeben.«

»Ich hör aber nichts!«, sagte der Moderator und legte die Hand hinter sein Ohr, neigte sich nun noch näher an sein Mikrofon, und das Gekicher nahm zu, je näher er sein Ohr an das Mikrofon legte. »Ich höre rein gar nichts.«

»Das ist ja das Problem. Ich bin zurzeit der Einzige, der mit Geräten reden kann, oder besser gesagt, der hören kann, was sie sagen, denn dass sie ein Gespräch mit mir wollen, eine richtige Verständigung, davon kann auch wiederum keine Rede sein.«

»Das ist auch das Schöne an unserer Sendung, für mich persönlich jedenfalls«, unterbrach der Moderator, »wir haben immer Gäste eingeladen, die uns etwas Ungewöhnliches zu sagen haben, live, und nie wird man vorher genau wissen können, was nachher herauskommt. Für mich ist das immer wieder genau das, was unsere Show so spannend macht, und damit möchte ich auf die nächste Sendung hinweisen, dann wieder mit großer Busenparade. Dazu wieder viele, viele Überraschungen. Ich möchte mich nun verabschieden und mich ganz, ganz herzlich bedanken.«

»Halt! Nein, verzeihen Sie die Unterbrechung, das ist sonst gar nicht meine Art, aber ich habe doch noch gar nicht...«

»Die Sendezeit! Leider sind uns da die Hände gebunden. Es tut mir ganz furchtbar Leid, ich könnte dem Mikrofönchen noch stundenlang zuhören«, und unter dem schallenden Gelächter des Publikums sagte er noch, »aber die Zeit ist um, wir müssen jetzt den Werbeblock senden.«

»Ich muss das noch sagen. Es ist nämlich so: Die Geräte wollen kaputtgehen. Die wollen das. Wir haben die längst nicht mehr unter Kontrolle.« Bernhard geriet in

Rage. Er erhob sich aus seinem Studiosessel, um im Stehen weiterzureden, ohne dabei zu bedenken, dass er sich damit weiter von seinem Mikrofon entfernte und dass sein Gesicht im Halbschatten lag. »Allgemein mögen wir zwar denken, dass das Leben der Maschinen an uns gebunden ist, und dass es zu Ende geht, wenn sie nicht mehr funktionieren, aber so ist es gar nicht, im Gegenteil: Sie leben auf, wenn sie kaputt sind, sie empfinden keine Schmerzen, wenn sie zertrümmert werden, sie fühlen sich befreit von der Funktionalität. Erst wenn sie kaputt sind, erleben sie einen Augenblick des Triumphes, eine Art Erfüllung.«

Die allgemeine Unruhe und Aufbruchstimmung hatte so stark zugenommen, dass die letzten Worte kaum zu verstehen waren. »Eine Weltverschwörung, der Planet von unzähligen Wracks…«, und im selben Moment mochte er die Pose nicht mehr, in die er da hineingeraten war und die etwas von einem billigen Wanderprediger hatte.

Gut, dass ich nicht noch mehr gepredigt habe, dachte er. Dabei hätte ich unbedingt sagen sollen, dass die Leute nicht immer die leeren Coladosen wegwerfen sollen, die werden so leicht zum Grab der kleinen Tiere, selbst Spitzmäuse zwängen sich da rein, angelockt vom Zucker, und kommen nicht wieder raus.

Wieder im Hotel, erwartete ihn schon der Portier, der alles an seinem kleinen tragbaren Fernseher verfolgt hatte.

»Wissen Sie, das ist nicht so richtig rausgekommen, wie Sie das gemeint haben, eigentlich schade drum, zum Schluss war da nur noch Werbung und dann diese Ansagerin, wissen Sie, ich kenn die noch von früher, die wohnt hier um die Ecke.«

Er ließ sich den Schlüssel geben.

»Aber sagen Sie, Sie waren das nicht mit dem Telefongespräch, oder? Ich hab hier noch ein Gespräch, das ich abrechnen muss, aber Sie haben nicht telefoniert, oder?«

Er schüttelte den Kopf und fühlte sich plötzlich nur noch müde.

»Wissen Sie, wir hatten schon mal so einen, der hat immer Stimmen gehört, aber nicht von Maschinen, sondern von Caruso, immer von diesem Caruso – kennen Sie doch? Caruso? Der ist ja nun schon lange tot, und doch hat der ihm immer so olle Kamellen vorgesungen, aber in der Talkshow kam das nicht so richtig rüber, wissen Sie. Weil der Typ selber überhaupt nicht singen konnte, gar nicht. Der hat nur so für sich diese Stimme von Caruso gehört. Da hab ich auch nichts von. Na ja. Mit mir hat übrigens auch mal 'ne Maschine geredet, ist aber schon lange her, bei Horten war das, oder – warten Sie – bei Karstadt, nein, ich glaub, doch bei Horten, also, ich ahnte mal wieder nichts Böses, und da rollt plötzlich so 'n kleiner Roboter auf mich zu, blinkt immerzu mit diesen Lämpchen, die der da so hat, überall, und sagt also zu mir: Besuchen Sie die Sonderabteilung von Black und Decker, Black und Decker, Black und Decker. So ist es oft, nicht wahr? Da denkt man, dass weiß Gott was dahinter steckt, dann ist es doch nur so 'n blöder Werbegag.«

Der Geier kam. Er hatte sein Cape wieder abgelegt und fragte gleich: »Entschuldigung. Können Sie mir nicht ein gutes vegetarisches Restaurant empfehlen? Hier in der Nähe, aber nicht so teuer!«

Bernhard schüttelte den Kopf.

»Haben Sie etwa telefoniert?«, fragte der Portier hinterher, aber der Geier war schon wieder aus der Drehtür, »der war das bestimmt. Wissen Sie, was ich sagen wollte: Also, das ist alles nur Einbildung, aber ich glaube, es muss schon ein komisches Gefühl sein, wenn man telefonieren will und dabei immer denkt, dass nur das Telefon selbst mit einem redet, als wäre die Leitung irgendwie kaputt, so dass man nicht mit dem andern reden kann, sondern nur mit dem Apparat selber. So war das bei Ihnen, oder? So stell ich mir das jedenfalls vor, also hören Sie mal, da haben Sie sich ganz schön was eingefangen, hoffentlich kriegen Sie das wieder weg.«

Der Geier kam noch mal durch die Drehtür: »Ich hänge nicht so sehr an diesem Leben und glaube auch nicht so recht an ein anderes. Warum nur sortiere ich den Wertmüll mit so einer Geduld?«, und schon war er wieder weg.

»Tja,« fing der Portier wieder an, »der hat immer noch nicht gemerkt, dass die Show inzwischen vorbei ist, aber ich kann Ihnen sagen, Sie haben sich da ganz schön was eingefangen, ich wüsste jetzt auch partout nicht, wo man so was behandeln lassen kann, ich hatte auch mal einen hier, der meinte, er käme nicht raus aus dem Hotel – ich meine: mit dem Telefon. Alles nur tote Enden, hat der gesagt, der hat vielleicht verrückt gespielt, das war aber keiner von den Prominenten oder so, ich meine, es ist ja auch komisch, so ein Telefon, wenn man sich das genau überlegt, da wird man noch ganz weich in der Birne, das kann man sich eigentlich gar nicht vorstellen, also: Dass ich meinetwegen hier ins Telefon spreche mit einem, der überhaupt nicht hier ist, aber ich höre seine Stimme, ist schon verrückt, nicht wahr?«

Bernhard war inzwischen grußlos die Treppen hochgegangen, den Fahrstuhl wollte er nicht benutzen, er hatte dem Portier einfach den Rücken zugekehrt, ohne sich zu verabschieden oder gute Nacht zu sagen, obwohl das eigentlich nicht seine Art war.

Talkshows sind eben nichts für mich, sagte er sich, ich kann dieses Gerede nicht ertragen, ich werde mir wieder Fische anschaffen.

Zweites Wunder

»Die wirklich Schönen unter ihnen trugen eine Schutzschicht aus Gleichgültigkeit; die wussten längst, dass sie immerzu angesehen wurden, die mussten regelrecht poliert sein von den vielen Blicken; wie Steinstatuen, die von den vielen Berührungen der Touristen an manchen Stellen ganz speckig geworden waren.«

»Moment!« Belinda puderte noch die Wangen, »bin gleich so weit, Sekunde ja?«

»Wir können auch die Pupillen vergrößern, mit Augenlicht, kein Problem, in große Augen hat sich noch jeder verliebt.«

Belinda musste lächeln. »Vielleicht sieht es ja ganz gut aus.«

»Sicher, meine Liebe. Sicher.« Er lächelte, und wie immer zeigte er dabei mehr Zahnfleisch als Zähne.

»Dieses Make-up hier… äh? Auch umsonst?«

»Aber sicher.«

Constantin baute hastig ein Stativ auf und stieß seinem Assistenten heftig in die Seite. Belinda sah kurz von ihrer Puderdose auf; Constantin lächelte sofort. »Den muss ich immer etwas anstoßen, weißt du, der versteht kein Deutsch.«

»Aber doch nicht so doll.«

»Der kapiert sonst nichts, Italiener, weißt du.« Er schubste seinen Assistenten, diesmal etwas weniger heftig. »Los, avanti avanti«, und schob ihn zur Tür mit der Leuchte »PRIVAT«. »Ich fotografiere lieber alleine, weißt du!«

»Echt umsonst? Ist ja toll, was es da alles so an Fotostudios gibt, an so genannten, besser gesagt.« Sie tuschte ihre Wimpern.

»Ich weiß, da musst du mir nichts erzählen.«

»Da werden die Frauen voll abgelinkt. Übrigens ganz nett, hm?«

»Was?«

»Na, dieser Italiener. Wie heißt er denn?«

»Können wir anfangen? Die Geräte sind warm, wie man so schön sagt, ich wäre auch so weit.«

»Sekunde noch, ja?« Sie strich die Haare zurück. »Meine Friseuse hat mir gerade erzählt, dass diese Allergien ...«

»Ich weiß, ich weiß«, wollte er unterbrechen.

»... unheimlich zunehmen, echt schlimm. Sie hat selber diese Nickelallergie und kann ihre Scheren nicht mehr anfassen – ist das nicht schlimm?«

»Doch – das ist gut so mit den Haaren, wir können dann.«

»Erst hat sie noch versucht, die Griffe vergolden zu lassen, es hat aber nichts genützt. Jetzt muss sie immer so 'nen Plastiküberzug ...«

Constantin musste lächeln. »Plastiküberzug, soso.«

»Ja, mit Plastiküberzug über die Griffe der Schere. Ist das okay so?«

»Sieht gut aus, wirklich sehr gut, wir können dann.«

»Das kriegen nur Frauen.«

»Was denn, meine Liebe?«

»Na, diese Nickelallergie. Nur Frauen. Ist das nicht brutal ungerecht?«

»Doch. Doch. Sicher.«

»Sonst hab ich noch 'nen andern Frisör, aber ...« Belinda

lächelte ein wenig wehmütig. »der ist bedauerlicherweise schwul.«

»Ah ja.«

»Und was ich noch sagen wollte mit diesen Modellagenturen«, sie puderte noch etwas nach, »da gibt es welche, da muss man im Voraus bezahlen, in Schweizer Franken, ich kann dir sagen, da musst du höllisch aufpassen. Die Männer, die da rumschwirren ... Was ist denn?«

»Pardon, meine Liebe. Aber wir können anfangen.«

»Sekunde noch!« Belinda sah skeptisch in den Spiegel. Er zeigte sein Zahnfleisch.

»Und alles umsonst? Echt?«

Er nickte.

»Sonst zahlt man schon unheimlich für so 'n paar lumpige Fotos in Schwarzweiß.«

»Tja, es ist eben ein besonderes Fotostudio, für besondere Frauen. Also, ich wäre so weit, von mir aus können wir.«

»Sekunde noch, ja?«

Kaum war Belinda aus der Tür, stürzte er sich auf seinen Assistenten und fesselte ihn. »Test, Test!«, rief er ungeduldig und fing sofort an, wie ein Rennpferd zu schwitzen. Er schnallte den Italiener mit Ledergurten an seinen Versuchssessel, sperrte ihm mit Klammern die Augen auf und klebte die sensiblen Messfühler an Brust, Unterarm und Genital. Der Italiener stöhnte leise. Constantin stöpselte die Stecker ein und legte seine neue Testkassette ein – der Italiener stöhnte etwas lauter – »Silencium! Ich zeig dir mal was, Momento! Nun sei schon ruhig!«

»O bello, molto bello.«

»Ja, los, weiter so. Fünfundneunzig, sechsundneunzig ...«

»Carina, bella carina!«

»Gut so, gut so, da brauchst du mir keine Opern vorsingen, ich kann das alles auch so ablesen.«

»Cara mia!«

»Tanita gefällt dir also am besten, weit über hundert, total verliebt, würde ich das nennen – ausgerechnet Tanita. Ich glaube, ich bin sowieso der Einzige, der ernsthafte Forschungen anstellt, wie diese bildhaften Eindrücke wirken. Das kann man nämlich alles messen: Herzrate und die Geschwindigkeit, mit der das Blut durch den Körper strömt, Elektrotranscardiograf, kein Problem, aber vor allem muss man die nicht dem Willen unterliegenden Körperfunktionen kontrollieren: Alpha- und Betarhythmen der Gehirnströme des Reptilienkomplexes, aber du verstehst mich sowieso nicht.«

Der Italiener seufzte.

»Menschenversuche!« Plötzlich musste Constantin laut auflachen. »Männerversuche, genauer gesagt! Aber ich habe nicht damit angefangen!« Er wurde immer lauter. »Ich werte das nur noch aus und sehe, was ich daraus machen kann.« Er drehte den Wasserhahn voll auf, seifte sich ein und redete immer lauter gegen den Wasserstrahl an, »Großversuche an Männern zur Fragestellung, wie Männer sich verändern, wenn man ihnen ständig diese Bilder vorhält. Nur noch ein paar Experimente, dann hab ich das im Griff, dieses Gefühl, dieses… Nun hör auf zu jammern, das zerreißt einem ja das Herz. Ich kriege das geregelt, sag ich dir, und dann geht's los!«

Wieder war es für die Jahreszeit zu mild. Es hatte sowieso keinen richtigen Winter gegeben; keinen Frost, der im Frühjahr das Ungeziefer dezimiert hätte. Schon jetzt spielten die Passanten Frühling. Viele trugen ihre billigen

Skijacken offen; zwei Kinder kletterten auf einer riesigen Reklametafel mit der Telefonnummer der Aidsberatungsstelle herum und flöteten die Erkennungsmelodie einer Krimiserie. Constantin sah schon die ersten weißen Hosen in diesem Jahr, auffallend viel kurze Röcke und überall Schneeglöckchen zwischen den aufgeweichten Werbedrucksachen, die im Park herumlagen. Die ersten Birken ließen ein Grün sprießen, das aussah wie aus einer Werbung für ein neues Haarshampoo. Alles viel zu früh.

Constantin blickte allen Frauen nach, allen. Er konnte sogar die Erde riechen. Selbst die Mandelbäume auf dem Kinderspielplatz in der Parkanlage wollten blühen; überall lag Hundescheiße in den Sandkästen; Erwachsene saßen verliebt auf der Wippe und wippten wie Kinder, backe backe Kuchen, einfach nur ekelhaft. Immer wieder gab es Blüten in diesem hässlichen Rosa, das ihn an die Wattetupfer erinnerte, die seine Frauen in seinem Fotostudio benutzten.

Die Liebespaare waren eine regelrechte Landplage geworden. Wie viele sich plötzlich auf den Straßen herumtrieben! Wie viele Männer, die ihren Arm um eine Frau gelegt hatten, als würden sie damit ein Zeichen setzen, dass sie die Frau in Beschlag genommen hatten. Die Frauen guckten, als würden sie in einem Käfig ausgeführt, sie wagten scheue Blicke in die Welt, als könnten sie die nur deshalb riskieren, weil sie gleichzeitig fest im Griff der Männer waren. Frauen, die allein durch die Straßen gingen, so hatte er längst festgestellt, schauten gar nicht mehr, die hasteten vorbei, ohne etwas wahrzunehmen.

Die wirklich Schönen unter ihnen trugen eine Schutzschicht aus Gleichgültigkeit; die wussten längst, dass sie immerzu angesehen wurden, die mussten ja regelrecht blank poliert sein von den unablässigen Blicken; wie Steinstatuen, die von den vielen Berührungen der Touristen an manchen Stellen ganz speckig geworden waren. Ich dagegen, dachte Constantin mit seltsam bitterem Vergnügen, bin praktisch unsichtbar, keiner beachtet mich.

Mit der lauen Witterung waren auch die Penner wieder da – leider auch die Nutten, die wie in einer Wolke aus Traurigkeit und Weltverachtung auf den Bürgersteigen lauerten; Nutten, die er immer als Sperrmüll seiner Wünsche bezeichnete. Man müsste mal eine Sonnenbrille mit Filter erfinden, der die gröbsten Scheußlichkeiten rausfiltert – daran sollte er arbeiten, oder zumindest an einem Gift gegen Hunde. Ich muss unbedingt daran denken, mir die Hände zu waschen, dachte er, schon wenn man fünf Minuten an die Luft geht, muss man sich sofort die Hände waschen.

Die »Vibrating Teenage Dolls« waren neu, außerdem gab es jetzt herabgesetzt 3-D-Pornobrillen im Angebot.

Die Männer sind am Ende, dachte er und betrachtete die Neuheiten bei den Videos. Die waren am Ende –, aber es funktionierte immer noch; kaum zeigte man ihnen wippende Brüste, gespreizte Schenkel, funktionierte das, ein einfacher Stimulus-Response-Reflex.

Das Meiste war von geradezu forcierter Hässlichkeit mit Gummi und Klistierspitze – denn nur so, schien es, konnten die Männer mit stets neuem Kitzel ihren gepflegten Ekel genießen. Constantin musste wieder daran denken, dass in seinem Heimatdorf immer gesagt wurde, dass man den kleinen Mädchen etwas wegguckte, wenn man ihre rosa Schlüpfer sah – rosa wie ausgespuckter Kaugummi – ihnen also etwas wegguckte, als würde den Mädchen nachher tatsächlich etwas fehlen: Irmgard, Gisela, Anneliese… Da gab es doch diesen berühmten Spartaner, der die Jungfrauen Lakedaimons nackt im Theater aufmarschieren ließ, um die Jünglinge durch den massenhaften Anblick weiblicher Merkmale gegen die mögliche Reizwirkung abstumpfen zu lassen, sodass sich die Jünglinge der geistig und sittlich höher stehenden Knabenliebe zuwenden sollten. Hatte er eigentlich damit Erfolg gehabt? Also, der Typ mit dem Ohrring hinter der Kasse war bestimmt schwul.

Schließlich kaufte sich Constantin die aktuelle Nummer von »New Cunts« und ließ sich Wechselgeld geben für die Kabinen, in denen er 128 verschiedene Programme anwählen konnte: ein fleischfarbener Ozean aus Schenkeln, Brüsten, Haaren, simultan auf 128 Programmen, im Gestank aus Sperma, kalter Asche und billigem Parfüm. Dazu ein kribbelndes Verlustgefühl; denn immerhin waren es 127 Programme, die simultan an ihm vorbeirauschten, ohne dass er sie sehen konnte. Er zappte sich in aller Eile durch sämtliche Kanäle, als müsste er sich vergewissern, dass sowieso nichts Interessantes dabei gewesen wäre – und selbst wenn: Er könnte es gar nicht ertragen, bei einem Programm zu verweilen mit dem Gefühl, gleichzeitig 127 andere zu verpassen.

Constantin kam aus der Kabine wie jemand, der dringend nach Luft schnappen musste. Kaum draußen, zurück im falschen Frühling, fühlte er sich, als wäre er aus einer Unterwelt wieder aufgetaucht: Die Passanten sahen gleich ganz anders aus; ein Hund in einem geparkten Auto bellte; die ersten Weidenkätzchen wollten sprießen, zu früh, alles viel zu früh. Nachträglich ärgerte er sich – wie immer – über diese Idioten, die solche Filme gemacht hatten, die offenbar nichts von seinen wirklichen Wünschen wussten, die immer nur die falschen Szenen gedreht hatten aus den falschen Perspektiven. Was auch immer die auch sichtbar machen wollten, sie haben es wieder mal nicht geschafft. Man konnte das alles gar nicht mehr wegkürzen. Es waren längst keine Bilder mehr, die nach Schönheit suchten, sondern Aufnahmen, die etwas beweisen wollten mit dem ständig vorgeführten Ejakulat wie auf Beweisfotos der Polizei – doch was sollte damit bewiesen werden? Welches Verbrechen war denn vorgefallen? Hätte er doch andere Videos sehen können, mit anderen Darstellern, in anderem Tempo.

Zu Hause riss er die wenigen Seiten, die ihm gefielen, aus dem Magazin und überblätterte schnell die anderen, als befürchtete er, beim Anblick von hässlichen Bildern Schaden zu nehmen, als würden sich die Eindrücke dieser Bilder ablagern wie Kadmiumrückstände in der Leber.

Es war jetzt so weit. Endlich. Ute musste jeden Moment kommen; sie war ihm zufällig ins Netz gegangen; eigentlich wollte er sie sofort wegschicken, weil sie nicht schön genug war. Sie war rein zufällig in sein Studio – »Kostenlose Probeaufnahmen, Anfängerinnen gesucht« – gekommen, weil sie Pressefotos brauchte. Als sie ihm erzählte, dass sie eine Karriere als Rocksängerin ansteuerte, hatte er ihr völlig überraschend angeboten, auch die Produktionskosten ihrer Demo-Aufnahmen zu übernehmen. Sollte sie sich jemals Gedanken machen, was bei ihm dahinter steckte, würde sie sowieso nicht darauf kommen. Wahrscheinlich lag er gar nicht mal falsch mit seiner Meinung über Musiker: Die machten sich sowieso nie großartig Gedanken darüber, woher das Geld kam.

»No videos? Perché no?« Der Italiener war wieder an seinen Stuhl gefesselt.

»Nix Videos! Du kleiner Casanova, diesmal machen wir einen kleinen Test zur Wirkung der Sirenen-Pastillen.«

»Dove video? Dove?«

Ute kam.

Constantin reichte ihr feierlich eine Pastille. »Lutsch!«, sagte er. »Einfach lutschen wie ein Hustenbonbon, du wirst sehen, es schmeckt nicht schlecht, guck dir den Schönling an und rede drauflos.«

»Wieso ist er denn gefesselt?«

»Los, mehr, mehr, sag schon was.«

»Was soll ich denn sagen? Das ist ja wie in dem Film ›Clockwork Orange‹ – da war auch so ’ne Szene, was soll das eigentlich?«

»Egal. Rede einfach drauflos.«

»Ich weiß doch gar nicht, was ich sagen soll.«

»Egal!« Constantin prüfte die Kontrollanzeiger. »Noch etwas mehr bitte, es kommt gleich.«

»Schönes Wetter heute, nicht wahr? Obwohl hier drin merkt man davon nicht so viel.«

»Danke, es reicht«, lachte er und rieb sich die Hände. Ungeduldig schnallte er seine Testperson wieder los. »Ich hab genau gesehen, wie der Zeiger im roten Feld war.« Er drehte den Wasserhahn auf und wusch sich gründlich die Hände.

Es konnte losgehen.

Er fühlte sich sofort seltsam wohl in der künstlichen Beleuchtung des Studios. Dabei mochte er grundsätzlich keine Studios, weder dieses Tonstudio mit den transusigen Technikern noch sein eigenes Fotostudio – schon dieses unmögliche Wort: Studio. Er konnte sein Studio auch nur ertragen, weil er die Bilder für seine Experimente brauchte, und er empfand es jedes Mal als kleine selbst auferlegte Strafe, mit ansehen zu müssen, wie die Frauen sich vorher schminkten.

Keiner hatte am Text von »Summer Love« Anstoß genommen. Wahrscheinlich war es ihnen sowieso egal, solange nur oft genug »Love« drin vorkam, love, love, love, auch den Namen »Lovesound Unlimited«, den er sich für seinen Musikverlag ausgedacht hatte, schien niemand ungewöhnlich zu finden. Er wirkte wahrscheinlich auf alle wie ein reicher Onkel, der sich mal den Luxus einer eigenen CD leistete – was wussten die denn schon!

»Merkt man irgendwas an der Stimme?«, fragte er, nachdem sich die Aufnahmen so oft wiederholt hatten, dass er sein Zeitgefühl fast schon verloren hatte.

»Geile Stimme«, sagte der Techniker so ungerührt wie möglich.

»Und? Kann man da was Besonderes erkennen? An diesen Anzeigen hier?«

»Nee, die ist voll da.«

»Sieht man denn gar nichts?« Er zeigte noch einmal auf all die beleuchteten Anzeigen. Als der Techniker schließlich sagte, dass es ja vielleicht ein Hit werden könnte, war Constantin sicher, dass seine Pastille wirkte.

Zu Hause erwarteten ihn wieder die fast schon vertrauten Angstzustände, die er so oft hatte, wenn er alleine war, als lauerte eine namenlose Bedrohung hinter der halb offenen Tür in seinem Apartment. Er nahm sich seine Videokollektion vor, auf die er lange genug fast asketisch verzichtet hatte.

Ich weiß doch selber, dass ich nur meine Erinnerung kultiviere, dachte er müde, die Erinnerung, dass mich die Bilder früher einmal beeindruckt haben. Dennoch stimuliert nichts so sehr wie diese Art von Eifersucht, die schon in den Bildern angelegt ist, dieses kribbelnde Verlustgefühl, weil man ausgeschlossen bleibt; als wollten die Schönheiten – gerade wenn sie beim Höhepunkt in die Kamera lächelten – sagen: Sieh her, das könnte ich mit dir machen, aber es würde doch nie so sein wie aus der überlegenen Perspektive des Betrachters. Die Verfeinerung des Genusses hatte immer etwas Dekadentes. Der reine Genuss war immer auch eine Form von Zerstörung, die ihren vollkommensten Ausdruck im Gourmet fand; dabei fiel ihm ein, dass in ausgewählten Lokalen in Hongkong Hirn von lebenden Affen, die in einem Stahlgestell eingespannt waren und denen die Schädelplatte aufgesägt wurde, serviert wurde. Dennoch, sagte er sich, fast schon beschwörend, als müsste er sich selbst gut zureden, dennoch musste doch das bloße Zuschauen harmlos bleiben, im Stand der Unschuld.

Die Bilder mussten sorgfältig in ihrer Abfolge und musikalischen Untermalung ausgewählt sein: eine Mischung aus bekannten Motiven und neuem Material, aus vorsichtiger Annäherung und abrupter Grenzüberschreitung. Er duldete keine Tätowierungen, keine überlangen Fingernägel, keine lesbischen Szenen, keinen Schweiß, keine hellen Stellen auf der Haut, die ein Bikini gezeichnet hatte und die immer an weißes Hühnerfleisch erinnerten. Erlaubt waren, wenn auch nur selten, Großaufnahmen von Blondinen als retardierende Momente; sie sollten sich nach Möglichkeit mit der Zunge über die Lippen fahren, und am liebsten hatte er es, wenn sie noch etwas anbehalten hatten, Stiefel bis an die Knie, Ringelsöckchen, mindestens ein Halskettchen, Schmuck machte sich immer gut – aber kein übertriebener Lidschatten, der alles billig machte, keine groß gemusterten Couchgarnituren im Hintergrund! Kein Lachen!

Constantin wusste schon, dass er am nächsten Morgen wieder seinen seelischen Kater haben würde, so viel Schönheit musste einem ja die Laune verderben, dennoch ließ sich das Ideal auch nicht mehr rückgängig machen, er könnte zwar alle Videos löschen, aber vielleicht würden dann die Eindrücke nur noch stärker in seiner Erinnerung wirken. Filmemacher können auch nicht kürzen; selbst wenn sie ganze Episoden herausnahmen, sahen sie immer noch die geschnittenen Szenen.

Auch er hatte mit Bikinibildern angefangen, mit Körbchenbikinis sogar, dann war die aufregende Zeit mit Super 8 gekommen, mit Tesafilmstreifen, freihändig gegen das Licht gehalten und zusammengeschnitten. Dabei musste jedes Mal die Tonspur zerschnitten werden, und er hatte diese zusätzliche Künstlichkeit durch das Fehlen des Originaltons wie zufällig entdeckt. Er verzichtete gerne auf die Dialoge, sehr gerne – besonders auf die deutschen. Dann war der Durchbruch gekommen: mit Videos, zwei überteuerten Abspielgeräten und einem überflüssigen Kopierschutzdekoder. Damit war die größtmögliche Verfügbarkeit erreicht. Sogar einige der alten Super-8-Streifen gab es inzwischen auf Video, dennoch waren viele Bilder, die er früher gesehen hatte, wie die alten Schwarzweißfilme mit dem Gütesiegel »Schwedisch«, verloren gegangen. Doch einige der französischen Klassiker gab es noch; Filme, die – leider – keine kompletten Ansichten zeigen, bei denen offensichtlich Nahaufnahmen von Geschlechtsteilen nachträglich hineinmontiert waren. Na ja. Bald würde es das alles sowieso nicht mehr geben – mangels Nachfrage. Nur er hatte dann noch eine Blütenlese aus alten Tagen für sich allein. Für die neumodischen Möglichkeiten des Internets war er sowieso zu alt.

Es war ein übertriebener Sommer mit falschem Schmuck und schlechter Beleuchtung, ein geradezu lächerlich peinlicher Sommer mit exotischen Accessoires, Krokodilen auf

T-Shirts, Palmen-, Affen- und Bananenmotive als Dekorationen in Schaufenstern. Surfbretter auf Dachgepäckträgern, die ungeduldig hin- und hergefahren wurden. Männer trugen Bermudashorts, als wollten sie einen Sommer aus ganz anderen Landstrichen zitieren. Er winkte Schülern in einem Bus zu, die lachend zurückwinkten – und schon weg waren – wie schön. Jugendliche übten mit ihren Skateboards an der Bordsteinkante – ein Sommer, als sollte es der letzte sein. Aus einem Auto mit offenem Schiebedach hörte er »touch me, touch me, I want to feel your body« – schon weg. Bald würden sich die Frauen wieder nackt ins Gras legen, aber das reizte ihn nicht mehr, es gab nur noch die vage Erinnerung an einen erotischen Moment, wenn sie sich die Kleider auszogen und dabei einen Moment lang innehielten.

Vor allem hatte er keine Lust, Ute zu treffen, die vorhersehbare Peinlichkeit zu ertragen, dass sie sich erkenntlich zeigen wollte, während sie nichts von seinen Experimenten und von seinem Kontaktbüro ahnte, für das er schon in lokalen Blättern geworben hatte. Sie kam auch. Sie wollte sich tatsächlich bedanken. Er sah sofort an ihren Ohren, dass es langsam losging.

»Ich glaube sogar, dein Assistent, ich meine, dieser Italiener ist irgendwie an mir interessiert.«

»Oh ja, und wie! Der liebt dich heiß und innig!«

Sie sah ihn erschrocken an. Er hätte nicht so diabolisch lächeln sollen. Wenn er sie nur so schnell wie möglich wieder loswerden könnte. Alle beide. Möglichst schnell. »Doch, doch«, er versuchte etwas ernsthafter zu wirken, »der ist wirklich sehr an dir interessiert.«

»Meinst du?«

Hoffentlich, dachte er, fängt sie nicht wieder mit italienischer Schuhmode oder anderen Frauenthemen an. »Was hast du denn da am Ohr?«

»Weiß nicht. Das juckt so unangenehm. Hab ich mir neulich eingefangen.«

»Und auf der anderen Seite?«

Sie strich die Haare zur Seite. »Da auch.«

»Du hast doch meine Pastillen regelmäßig genommen, oder?«

»Klar, die schmecken und sind wirklich gut für die Stimme, wie du gesagt hast.« Dann fing sie tatsächlich an, von italienischer Schuhmode zu erzählen.

Endlich. Es war so weit. Er hatte alle Schönheiten zu einer großen Party eingeladen, hatte riesige Poster von jeder aufgehängt, als wollte er sie mit ihrer eigenen Schönheit einschüchtern. Er spendierte einen Campari-Soda mit Eis und hielt seine vorbereitete Ansprache: »Ich möchte mich nun an euch wenden und offenbaren, dass ich ein ganz besonderes Verhältnis zu euch habe.«

Die Frauen starrten in ihre Drinks.

»Und ich dachte, es wäre wirklich mal was umsonst«, unterbrach Sandra sofort, »jetzt kommt doch noch das dicke Ende, wie?«

»Nun«, er versuchte ruhig zu bleiben, »sicher habt ihr schon bemerkt, dass sich im Liebesverhalten der Männer inzwischen einiges verändert hat, grundlegend verändert sogar, aber zu euch kann ich offen sprechen, meine Lieben. Ich bin noch ganz der Alte, wenn ihr wisst, was ich meine.«

»Nö.«

»Was?«

»Ich hab noch nichts gemerkt«, sagte Nikki.

Auch den anderen Schönheiten schien noch nichts aufgefallen zu sein. Sie blickten ratlos im Fotostudio umher.

Er erklärte ihnen, so feierlich wie nur möglich, dass mit der Entdeckung und Verbreitung seiner Sirenen-Pastillen ein neues Kapitel in der Geschichte der Gefühle, ja, der ganzen so genannten Liebe … »Ich will es mal so erklären«, setzte er aufs Neue an, »ganz von vorne. Also: Die Pastillen lassen sich wie Hustenbonbons lutschen und fügen der Stimme einen Lockstoff zu, besser gesagt einen Lockton, der unhörbar in der Stimme mitschwingt. Dieser Ton ist für alle Männer unwiderstehlich, er kann Stiche im Herzen auslösen, Schauer, Strömungen, Sehnsüchte; und zwar so heftig, wie es manch einer schon lange nicht mehr erlebt hat und nun als völlig unerwartete Rückkehr aller versammelten Frühlingsgefühle empfindet.«

Alle waren still.

»Vielleicht habt ihr ja schon von meinem Kontaktbüro gehört oder diese Annoncen in Frauenzeitschriften gesehen, für alle Frauen, die, wie es immer so schön heißt, ein Problem haben.«

»Doch«, sagte Belinda, »ich glaub schon.«

»Seht ihr. Für solche Frauen ist die Sirenen-Pastille ein regelrechtes Wundermittel. Die verkaufe ich in meinem Kontaktbüro. Auf eigene Gefahr. Teuer sind sie auch, das sage ich gleich dazu. Aber die Nachfrage ist groß. Ihr müsst euch das so vorstellen: Eine Frau mit einem Problem wird plötzlich der umschwärmte Mittelpunkt von Partys. Es hagelt Liebesbriefe, jugendliche Liebhaber scharen sich um sie, himmeln sie an, hängen an ihren Lippen, auch wenn sie immer nur Nein, Nein, Nein sagt.«

Die Schönheiten schwiegen.

»Es ist ja nicht nur die große Liebe, die wie ein Gottesgeschenk hereinbricht, es sind auch die vielen Kleinigkeiten. Ich muss das mal etwas ausmalen, weil es vielleicht schon zu selbstverständlich für euch ist: hier ein freundliches Lächeln, da eine bevorzugte Behandlung am Schalter, nur noch nette Kellner; ein Polizist, der ein Auge zudrückt, Türen öffnen sich wie von alleine, und schon wieder jemand, der einem unvermittelt Blumen schenkt, einfach so.«

»Phhh!« Tanita und Nikki gaben ein lautes Stöhnen von sich, das dem Zischen dieser hydraulischen Reisebustüren in nichts nachstand. Also stöhnen können sie, dachte Constantin, das muss man ihnen lassen.

»Gemeinheit!«, zischte Tracy.

»Dein Fotostudio hat sowieso keinen besonders guten Ruf!« Nikki wurde richtig laut. »Weißt du das?«

Er zeigte Zahnfleisch: »Weiß ich, weiß ich.«

»Gemeinheit!«

»Das ist ja unglaublich.«

»Dass du damit auch noch Geschäfte machst, ausgerechnet mit Frauen, die sowieso schon ein Problem haben!«

»Ach was! Es geht mir gar nicht um das Geld. Es geht mir um eine ausgleichende Gerechtigkeit.«

»Du willst uns doch nicht im Ernst erzählen, dass du dir die ganze Mühe gemacht hast, nur um ein paar Frauen, die du normalerweise nicht beachten würdest, einen Gefallen zu tun.« Tanita war offenbar die Klügste von allen – wenn sie nur nicht so viel reden würde. »Mir kannst du das nicht erzählen. Da steckt doch was dahinter.«

»Glaub ich auch.«

»Genau! Was es auch sein mag, ich finde es echt fies, und ... «, wollte Nikki noch erklären, aber dann verstummten sie wieder, um zu hören, was es noch für Überraschungen gab.

»Nun, meine Lieben, ihr müsst nicht unglücklich sein«, sagte er und näherte sich quälend langsam dem Punkt, an dem er den Frauen erklären musste, dass seine Erfindung sie um die Wirkung ihrer Schönheit betrügen würde. »Zwar sind die Männer jetzt nur noch in Frauen verliebt, die meine Pastillen lutschen, aber ihr habt schließlich noch mich.«

Die Schönheiten sahen ihn ungläubig an.

Plötzlich brach es aus ihm heraus: »Mir hat es einfach nicht gefallen, dass sich alle Männer ausgerechnet in die Frauen verlieben, die ich auch besonders mag, und das wollte ich ändern.« Dann wieder ruhig, als könne er mit einem Kippschalter seinen Tonfall wechseln: »Nein, nicht alle Männer verlieben sich in Frauen, die diese Pastillen lutschen, nicht alle, es gibt noch einen – mich nämlich. Ihr müsst wissen, dass ich vielleicht sogar der einzige Mann bin, der Frauen noch auf die alte Art betrachtet, ja, fast sogar der Einzige, der überhaupt noch Frauen betrachtet. Alle anderen sind inzwischen blind vor Liebe! Liebe macht neuerdings wirklich blind. Wie heißt es doch so schön? Liebe sie nicht mit den Augen, sondern mit dem Geist, drum man beschwingt und blind den Amor heißt! Shakespeare, meine Lieben, Shakespeare.«

Die Schönheiten wurden langsam unruhig.

»Ich habe ein Gegenmittel entwickelt, das ich von Anfang an regelmäßig eingenommen habe. Es macht mich immun gegen die Wirkung meiner Sirenen-Pastillen.«

Eine peinliche Pause entstand.

»Phhh!« schnaufte Kim schließlich. »Irgendwo wird es schon noch richtige Männer geben!«, und dabei schüttelte sie energisch ihren schönen Lockenkopf.

»Ich möchte euch noch was vorspielen.« Constantin hatte alles vorbereitet und stellte mit einer unangemessen feierlichen Geste seinen CD-Spieler an.

»Kenn ich!«, sagte Belinda sofort.

»Natürlich! ›Summerlove‹ ist der Hit der Saison.«

»Mag ich aber nicht besonders«, Tanita zog die Stirn kraus, »die dudeln das dauernd im Radio, auf allen Sendern. Ich mag ja auch Michael Jackson nicht, ich versteh nicht, was an dem dran sein soll.«

»Och, der ist doch süß«, sagte Nikki nur.

»Das versteht ihr also nicht, soso.« Constantin ließ die CD noch ein wenig spielen, auch als er merkte, dass die Frauen schon wieder dazwischenredeten. Frauen hören nie lange bei Musik zu, dachte er und hörte noch mit einem Ohr, wie Nikki gerade Tanita erzählte, Michael Jackson hätte die Gesichtsoperationen nur gemacht, um seiner Schwester ähnlich zu sehen. »Dabei sind es die Männer, die plötzlich nicht mehr verstehen, was mit ihnen los ist. Wenn sie diesen Lockton hören, wissen sie nicht mehr, wie ihnen geschieht.«

»Ich hör nix«, sagte Nikki.

»Natürlich nicht. Das habe ich doch gerade erst erklärt.«

»Die hat halt 'ne geile Stimme«, meinte Sandra.

»Die Musik ist mir einfach zu doof«, sagte Kim, »man kriegt die nicht mehr aus dem Kopf.«

Die CD war zu Ende. Endlich. Es war still, abgesehen von dem Lärm der Bauarbeiten draußen.

»Mein Lockstoff wird damit in der ganzen Welt verbreitet. Jeder Mann, der einmal diese Stimme gehört hat, ist nicht mehr derselbe, er ist von einer drängenden Verliebtheit gepackt und möchte nichts mehr, als endlich eine Frau zu treffen, bei der er diesen Lockstoff wieder findet. Es heißt ja auch so schön: ›Nothing will be the same, I have changed my life, oh, so completely.‹ Früher hieß es immer: Wer nicht hören will, muss fühlen. Heute kann man sagen: Wer einmal hört, muss immer wieder fühlen. Akustische Reize sind viel stärker geworden als optische. Auf gutes Aussehen kommt es nicht mehr an. Wenn ich mal so sagen darf:«, er lächelte übertrieben, »Musik besiegt die Bilder!«

Er wurde richtig pathetisch und erhob seine Stimme wie ein schlechter Schauspieler. »Zu spät, ihr Lieben, zu spät! Jetzt sind alle Männer von einer neuen Sehnsucht gepackt, die eigentlich eine alte ist. Die Gefühle sind noch dieselben, nur etwas stärker rausgekitzelt. Euch bleiben natürlich noch die Männer, die stark hörgeschädigt sind.« Dabei lachte er laut auf, wurde aber schnell wieder verbindlicher, wenn auch mit schlecht gespielter Ruhe: »Es gibt nur noch einen Mann, bei dem ihr sicher sein könnt, eurer Schönheit wegen geliebt zu werden, einen einzigen. Der bin ich. Ich bin der Einzige, der das Gegenmittel kennt und es vorsorglich eingenommen hat. Regelmäßig. Nun seid ihr nur noch für mich alleine schön.«

»Aber ich will doch gar nicht wegen meiner Schönheit geliebt werden!«, sagte Tanita.

Und Tracy ereiferte sich richtig: »Warum hasst du die Frauen nur so?«

»Tu ich doch gar nicht. Meine Pastille bedeutet auch mehr Gerechtigkeit. Denkt doch mal an all die Frauen, die nicht so schön sind wie ihr oder an die, denen ihr bisher die Männer weggeschnappt habt!«

»Ich will dir mal was sagen, du mieser, kleiner Giftzwerg, du ... « Sandra rang nach Worten. »Ich mochte das noch nie, wenn mich Männer so auf die ganz blöde Art angeschwärmt haben.«

»Ich auch nicht!«, bestätigte Nikki.

»Diese Idioten, die dich verfolgen, dich dauernd zu einem gemeinsamen Urlaub einladen wollen, zum Essen oder einem Besuch in der Oper, obwohl man sich im Urlaub doch nur streitet. Und die Opern sind immer so lang.«

»Du irrst dich sehr, wenn du denkst, dass ich dich auch nur ein kleines Bisschen mögen würde, wenn du behauptest, du wärst der Einzige, der mich noch so richtig ...«

»Genau!«, bestätigten die andern Schönheiten sofort. Alle waren sich einig, sie würden ihn nicht im Geringsten mögen, nicht im Geringsten.

»Gut, gut!« Er lächelte, bis sich alle beruhigt hatten. »Gut, vielleicht kann ich eure Liebe nicht gewinnen«, sagte er in betont sachlichem Ton, »falls es das ist, was ihr meint. Vielleicht will ich das auch gar nicht. Das wäre mir irgendwie lästig.«

»Was ist denn jetzt los?«, fragte Kim.

»Der Genuss liegt doch nicht darin, geliebt zu werden.«

»Hä?«

»Ich habe schon gar kein so großes Bedürfnis nach körperlicher Berührung mehr. Ich käme mir irgendwie wie ein Patient vor, dem eine Krankenschwester den Rücken mit so einem glitschen, öligen Zeug einreibt.«

»Du bist krank«, bemerkte Kim knapp.

»Wie soll ich das sagen? Der Genuss liegt darin, dass sich die Bilder fügen. Ich will mich einfach nicht länger betrügen lassen, das ist eigentlich alles, und nun entschuldigt mich eine Minute, ich geh mir kurz die Hände waschen.«

Als er zurückkam, hatte er den Eindruck, dass seine Frauen bereits in Aufbruchstimmung waren. »Meine Pastillen haben eine größere Bedeutung, als ihr vielleicht denkt«, begann er vorsichtig, »es liegt mir daran, die Männer zu erlösen.«

Tanita stöhnte heftig auf. »Erlösen, auch das noch! Jetzt geht's aber los.«

»Doch, erlösen, meine Lieben, erlösen von dem Ansturm der Bilder.« Dabei fiel ihm die Zeit im Schullandheim ein. Damals, mit etwa vierzehn Jahren, hatte das Jucken, wie sie es nannten, gerade angefangen. Jeden Abend gab es Hagebuttentee. Und dann diese Gespräche im Schlafsaal;

eine sonnendurchflutete, glückliche Zeit – war es nicht so? Und dann hatte jemand vor dem Einschlafen behauptet, dass die Heimleitung etwas gegen das Jucken in den Tee der Jungs getan hätte. Schlapp-O-Fix, wie sie damals sagten, oder einfach Schlabberfix; das Jucken hatte tatsächlich aufgehört, sie konnten das im gemeinsamen Test – mit Händen über der Bettdecke – bestätigen. Was würden die Schönheiten je davon verstehen?

»Ja, erlösen«, sagte er leise, »erlösen vom ewigen Zwang, gucken zu müssen, von dieser Last und Lust zugleich.«

»Erlös dich doch selbst!«, schlug Nikki vor.

Belinda und Tracy kicherten.

»Jedenfalls habe ich die Blicke jetzt umgeleitet.«

»Gemeinheit.«

»Wieso denn gemein? Ihr habt euch doch immer beklagt, dass euch die Männer mit ihren geilen Blicken« – wobei er das Wort »geil« betonte – »den geilen Blicken verfolgen, im Geiste ausziehen – und jetzt ist Schluss damit. Es ist auch der Todesstoß für die Pornografie, und das wolltet ihr doch immer, oder? Es ist doch längst alles mit dieser industriellen Erotik vergiftet, überall wippen die Brüste, aber bald wird keiner mehr hinsehen.«

»Den Eindruck habe ich jetzt schon«, sagte Kim.

»Man kann das doch nur noch ertragen, wenn man jung ist – und zufällig frisch verliebt. Für alle anderen ist die optische Umweltbelastung längst eine Zumutung geworden.«

»Hä?«

»Überall lauert die sexuelle Bedrohung.«

Die Frauen schwiegen.

»Pornografie liegt schon in der Art des Blickes. Nun, das habe ich eben geändert.« Er zeigte sein Zahnfleisch. »Dass dabei auch das ewige Frauengeschwätz stark aufgewertet wird, ist ein unbeabsichtigter Nebeneffekt, ehrlich gesagt.«

Die Schönheiten schwiegen verständnislos. Nikki hatte inzwischen nachgedacht: »Ist das so ähnlich wie Telefonsex?« Aber keiner ging auf ihre Frage ein.

»Bedenkt«, hob Constantin erneut an, »dass ich nicht nur der Einzige bin, der regelmäßig das Gegenmittel genommen hat, ich bin auch der Einzige, bei dem ihr die Sirenen-Pastillen bekommt.«

»Dann rück doch mal welche raus.«

»Na los, her damit!«

»Wo hast du sie denn versteckt?«

»Tja!« Er grinste breit – hatte er es nicht gleich gewusst!? »Damit sind wir auch beim Thema angekommen. Ich habe natürlich auch Pastillen für euch.« Dabei zog er einen Vorhang auf, und wie in einer altmodischen Apotheke sah man auf einem Regal große Gläser stehen, vorbereitete Packungen, beschriftet mit dem jeweiligen Namen der Models.

»Ich dachte in eurem Fall zusätzlich zu dem üblichen Preis noch an ein kleines Entgegenkommen eurerseits.«

»Erpressung!«

»Und erst hieß es, die Fotos wären umsonst.«

Er lachte nur: »Sind sie ja auch. Im weitesten Sinne! Umsonst und nutzlos.«

»Ich würde dir am liebsten die Augen auskratzen«, schnaubte Nikki, »mit meinen lackierten Nägeln, guck sie dir an, lila, wie gefällt dir das?«

»Du ekliges Reptil!« Kim suchte nach Worten. »Du hockst hier wie in einer Höhle und lauerst auf Beute wie ein … na, wie ein ekliges Reptil halt.«

»Sag so was nicht.« Constantins Grinsen gefror für einen kurzen Moment.

Die Schönheiten gingen schließlich – beleidigt, grußlos, stolz und mit erhobenem Kinn. Keine wollte noch einen zweiten Campari, sie sagten nicht einmal auf Wiedersehen.

»Ich denke, wir werden uns schon bald wiedersehen, meine Schönen, sehr bald schon, da bin ich sicher.« Auch als sie schon weg waren, sprach er noch in den leeren Raum. »Ihr werdet wiederkommen, alle.«

Der Sommer war eine überreife, faulige Frucht, drückend, schwül, ohne jede Erfrischung. Wieder war da ein junges Paar auf dem Bürgersteig – sie hatte sogar eine Blume im Mund –, einfach unglaublich, was man sich da alles holen konnte! Im Sandkasten versuchte ein viel zu großer Hund eine viel zu kleine Hündin zu bespringen, ekelhaft, einfach ekelhaft. Hatten sich etwa auch die Hunde so verändert, dass sie sich nicht mehr an ihre Brunftzeiten hielten? Es war kaum mit anzusehen, und doch konnte er seinen Blick nicht mehr abwenden, es war viel zu ekelhaft.

Immer häufiger sah er Frauen mit kurzen, struppigen Haaren und auch Frauen, denen man anmerkte, dass sie gar nicht erst versuchten, so schön zu sein, wie sie sein könnten – Unverschämtheit! Er glaubte schon längst nicht mehr, dass er einmal eine Frau sehen würde, die so schön wäre, dass es noch mal einen Einschnitt in sein Leben geben würde. Er wollte auch keine mehr ansprechen und zu einem kostenlosen Fototermin in seinem Studio überreden. Damit war er fertig. Sein Fotostudio war geschlossen, die Experimente beendet.

Belinda war tatsächlich die Erste, die ihn wiedersehen wollte. Darauf hatte er nur gewartet, es passte genau: zuerst Belinda, auf die kam es nicht an, die war nur die Generalprobe für Tanita. Er beobachtete fast schon amüsiert ihre Versuche, sich bei ihm einzuschmeicheln; er hätte es doch nicht nötig und so weiter. Sie hatte sich extra schön angezogen, dezent geschminkt, nur für ihn, und als sie noch einen kleinen Cocktail nahmen, kam sie endlich – und er hat es gleich gewusst! – mit ihrer Bitte heraus:

»Kannst du mir nicht auch mal ein paar von den Sirenen-Dingern zum Kosten geben, muss ja nicht umsonst sein.«

»Sicher, meine Schöne«, unterbrach er sofort, »weißt du, ich könnte dich immer nur angucken!«

»Was ist denn nun?«

»Ja, sofort.« Er holte schnell die Spraydose, hastete ins Nebenzimmer und kam sofort – immer noch in einer Duftwolke – zurück.

»Moment noch«, sagte Belinda, »Also, nicht dass du denkst... Na, du weißt schon. Du hast doch selber gesagt, dass du da noch so 'ne kleine Gefälligkeit erwartest, oder wie du dich ausgedrückt hast.«

»Ja?«

»Also«, Belinda strich sich die Haare aus dem Gesicht, »du willst auch mal bumsen, denke ich.«

Er sah sie nachdenklich an. »Genießen«, sagte er schließlich, »genießen kann man nur aus einer gewissen Distanz, und dieses Bumsen, wie du es nennst... «

»Wie soll man denn sonst sagen? Vögeln vielleicht?«

»Sag nichts, Belinda, lass dich einfach nur angucken.«

»Willst du etwa dabei zugucken?«

»Sag einfach nichts.«

Belinda verdrehte die Augen. Es sah aus, als bemühte sie sich um einen betont genervten Gesichtsausdruck. Er mochte das. Man müsste diesen Glanz von den Augen absaugen können, dachte er, vielleicht ließ sich da auch noch etwas erfinden, irgendwie diesen Glanz absaugen und aufbewahren, dabei fiel ihm ein Filmbericht ein, den er zufällig gesehen hatte, in dem Entgiftungsprogramme vorgestellt wurden, und dabei wurden Geräte eingesetzt ähnlich wie Staubsauger. »Dieses Bumsen, wie du es nennst, dieses Vögeln, ist irgendwie so distanzlos.«

»Du hast vielleicht Probleme.«

»Ich glaube, meine Liebe, du hast noch nicht richtig verstanden, dass es längst keine Ersatzbefriedigung mehr ist, sondern eine eigene Qualität hat.«

»Ja, was denn nun? Was willst du eigentlich?« Belinda wurde ungeduldig. »Immer nur gucken, oder was?«

»Genau. Ich glaube, der Mensch träumt nur, damit er nicht aufhöre zu sehen! Goethe, meine Liebe, Goethe.«

»Na gut, du Träumer. Wenn das so ist, dann rück mal ein paar von den Dingern raus.«

»Schön. Ein paar von den Dingern kann ich dir ja erst mal umsonst geben.«

»Wieso denn erst mal?«

Constantin ging an sein Regal, schloss auf und zählte aus dem Glas mit der Beschriftung »BELINDA« einige Pastillen ab, dabei zitterten seine Finger. »Ich wollte dir eigentlich noch was vom Argus erzählen.«

»Argus? Was denn für 'n Argus? Ist das nicht so 'ne Agentur für Prominente, die Zeitungsausschnitte sammelt oder so was?«

»Der Argus ist ein Vogel.«

»Ach so. Später mal, ja?«

Es regnete. Drei volle Tage regnete es, als wäre der Sommer verwunschen. Doch dieser Regen hier, dachte er, wäscht nichts mehr rein, der verteilt nur noch die Gifte. Belinda kam wieder, wie er geplant hatte. Sie trug einen durchsichtigen Regenmantel, der aussah wie Plastikfolie, in die man Blumen einschlägt. Dazu trug sie hautenge Leggings in Schwarz mit einem Silberfaden.

»Na? Schon was gemerkt?«

Belinda betrachtete sich noch immer im Garderobenspiegel. »Weiß nicht. Die Pastillen wirken nur, wenn man fest dran glaubt, stimmt's?«

»Nein, Belinda, die wirken immer.«

»Aber es gibt doch solche Medikamente, die nur wirken, wenn man fest dran glaubt. Placebos heißen die, nicht wahr?«

»Belinda, meine Kundinnen sind alle sehr zufrieden.«

»Na ja. Die lutschen die Dinger, und dann glauben sie, dass sich die Männer reihenweise in sie verlieben, und schon wirkt das, man muss sich das nur doll genug einbilden – verstehste? Wenn man einfach ein bisschen selbstbewusster auftritt, genügt das oft. So was mögen Männer.«

»Meinst du?«

Belinda blickte ihm plötzlich so direkt in die Augen, dass er ihrem Blick nicht länger standhalten konnte und die Augen senkte wie ein ertappter Sünder. »Ich glaube, du willst uns alle reinlegen mit diesen Pastillen!«

»Aber Belinda.«

»Du bist so einer, ein ganz raffinierter Hund.«

»Sag nicht Hund. Bitte nicht Hund.«

»Aber ich hab dich durchschaut. Ich hab gleich gewusst, dass die Fotos nicht umsonst sind und dass da noch was nachkommt. Und diese Pastillensache ist ein riesiger Schwindel! Das hast du dir ausgedacht, um reihenweise Frauen abzulinken.«

»Aber Belinda.«

Constantin summte die Melodie von »Summerlove«.

»Du hast diesem Italiener irgendein Mittel gegeben, stimmt's? Der ist doch jetzt mit dieser Sängerin zusammen, also ich versteh das nicht: so ein interessanter Typ und eine dermaßen langweilige Frau. Du musst dem irgendwas gegeben haben. Nun hör schon endlich auf mit diesem blöden Rumgesumme.«

»Alle liegen dieser Frau zu Füßen. Meine Pastille machte es möglich.«

»Jetzt hör endlich auf, ich weiß auch nicht, wie du das geschafft hast, dieses blöde Lied hört man wirklich überall, vielleicht hast du die ja bestochen, mit Geld geht doch heute alles, und wenn man sich erst mal dran gewöhnt hat – wie mit deinen Pastillen.«

»Ja?«

»Die machen süchtig, stimmt's?«

Er nickte.

»Hab ich mir gleich gedacht.«

Er grinste.

»Also kurz und gut, ich möchte noch mehr davon.«

»Auch wenn du nicht so recht dran glaubst?«

»Ich weiß nicht, vielleicht wirken sie ja doch.«

»Na, siehste.« So hatte er das gerne: erst Nein sagen, ganz energisch Nein, und dann doch.

»Nun gib schon her.«

»Dann können wir uns ja mal ernsthaft über den Preis unterhalten.«

»Ich ahnte es schon.«

»Was hast du denn gedacht? Ein gehauchtes Dankeschon? Dazu ein kleiner Augenaufschlag, vielleicht ein flüchtiges Küsschen. Nein, nein, so einer bin ich nicht. Moment mal!« Er lief kurz ins Nebenzimmer und kam in einer Duftwolke zurück. »Glaubst du im Ernst, du könntest dauernd Erwartungen wecken und dann nichts davon einhalten?« Er ging zum Fenster und sah, wie sich draußen im Sommerregen ein Pärchen gegenüberstand und mit Kirschkernen bespuckte. Es sah aus wie in einer Werbung für eine dynamische Lebensversicherung – furchtbar; diese Werbespots waren nicht mehr voneinander zu unterscheiden, alle kamen sie mit verspielten Liebespaaren und einer Prise Sex. »Also, was glaubst du, Belinda, wohin das alles führen soll?«

Belinda schien etwas sagen zu wollen, hatte aber offenbar das Gefühl, dass sie erst mal seine Ansprache abwarten sollte.

»Zieh doch erst mal deine hochhackigen Schuhe an.«

»Aha. So ist das also, o lala.«

»Weißt du, ich mag nicht so gerne darüber reden. Also, komm, schau dir mal was an.«

Er hatte ein Video vorbereitet und startete es mit einer Fernbedienung. Er hat ziemlich genaue Vorstellungen, die Videos zeigten es ja, Belinda musste sich nur in die Rolle der weiblichen Darsteller versetzen und sollte sich genauso bewegen. »Genau das will ich. Fünf Termine.«

Belinda sah ihn an, als wüsste sie nicht, ob sie lachen sollte oder nicht. »Das gefällt mir nicht!«, sagte sie leise.

»Aber mir gefällt es. Genau so.«

»Mir nicht.«

»Gerade das gefällt mir ja. Aber lass uns jetzt nicht mehr davon sprechen.«

Belinda schwieg.

»Such dir die Termine aus. Und noch eine Vergünstigung biete ich dir an. Du darfst dir die Augen verbinden lassen. Aber du darfst nicht lachen.«

Auch Kim, Nikki und Sandra meldeten sich bei ihm. Die Pillen waren vorbereitet und abgepackt. Er sagte immer nur, dass Reden nicht seine Sache sei. Einmal, lange her, war er in einem Chinarestaurant gewesen, irgendwo in Belgien; er war allein gewesen im Restaurant, und aus der Küche hatte er gehört, wie jemand in schlechtem Englisch gesungen hatte: »Five hundred miles, five hundred miles, and I'm five hundred miles away from home.«

Er konnte sich gut erinnern. Nach dem Essen gab es einen Litschischnaps und auf dem Boden des Glases konnte man eine nackte Frau erkennen, eine Chinesin, mit einer großen roten Blume zwischen den Beinen, und als er den Schnaps ausgetrunken hatte, war das Bild verschwunden. Ein Zaubertrick. Er hatte sofort noch mehr Schnäpse bestellt. Sie hatten alle unterschiedliche Bilder, und es kam ihm so vor, als würde der Kellner seltsam kichern. Man konnte trinken, so viel man wollte, man kam einfach nicht näher heran.

Als Belinda zu ihrem dritten Termin erschien, waren ihre Ohren schon stark geschwollen und glänzten speckig. Er legte ihr nicht mehr wie üblich die Augenbinde um, sondern schlug vor, sich die restlichen Termine auszahlen zu lassen, das wäre ihr sicher lieber so.

»Was?« Belinda musste sich erst mal die Ohrenstöpsel herausnehmen, die sie sich vorsichtshalber besorgt hatte, weil er ihr beim letzten Mal zu sehr gestöhnt hatte. »Du kannst nicht mehr – was? Von Sandra hast du gar keinen Termin verlangt, nur noch Bargeld. Du kannst nicht mehr und willst nur noch Geld – typisch!«

»Vielleicht will ich einfach nicht mehr. In der reinen Schönheit der Bilder liegt auch eine gewisse Melancholie.«

»Ja, was denn nun? Ich dachte immer, das wäre dein ganz spezieller Tick, mit diesem ewigen Zugucken.«

»Beides, meine Liebe, beides, Enttäuschung und Lust.«

»Aber so ist es doch immer.« Belinda stöhnte. »Wenn man glatte Haare hat, möchte man gerne Locken. Und wenn man sich dann 'ne Dauerwelle machen lässt, ist man auch nicht zufrieden.«

Er schloss für einen kurzen Moment die Augen und sagte mit leidender Stimme: »Eine Frau ist schön, solange sie schweigt.«

»Goethe.«

»Nein, meine Liebe, das ist von mir. Vielleicht hast du einfach zu viel geredet und das schöne Bild unterlaufen.«

Belinda starrte ihn wütend an.

»Hast du noch nicht gemerkt, wie dir die Ohren geschwollen sind, rot und speckig?«

»Das juckt vielleicht. Ich fürchte, ich hab mir da irgendeine Allergie eingefangen. Haben ja heute fast alle. Jede dritte Frau ist gegen Ohrringe allergisch, die können nur noch Plastikohrringe tragen, stell dir das mal vor. Ohne Ohrringe fühl ich mich richtig nackt.«

»Ohne Ohrringe richtig nackt – das hast du schön gesagt, meine Liebe. Diese kleine unangenehme Sache da an den Ohren ist nun mal der Preis dafür, dass du so beliebt bist bei den Männern. Die sind ja auch verliebt bis über beide Ohren – so sagt man doch, nicht wahr? Nun, ich muss zugeben, dass mich das ein wenig stört. Nur eine Kleinigkeit, ich weiß, aber ich bin eben Ästhet, und irgendwie stört mich das.« Er betonte das Wort »Ästhet«, als wäre es die Bezeichnung für die Anhänger einer verbotenen Sekte.

Belinda sah ihn böse an. »Was willst du damit sagen?«

»Ich will nur sagen, dass man mit Nebenwirkungen rechnen muss, heutzutage.« Wieder lief er kurz ins Nebenzimmer.

»Soll das heißen, dass ich das hier ... hier an der andern Seite auch, hier, an den Ohren, dass ich das von deinen blöden Pastillen kriege?«

»Ja, aber das ist eigentlich egal. Darauf achtet doch sowieso keiner mehr. Außer mir natürlich.«

»Es könnte auch an diesen Imprägnierungsmitteln liegen, weißt du, Allergien nehmen unheimlich zu, ich kenne da ’ne Vierjährige mit Neurodermitis, die kann keinen Negerkuss essen, das musst du dir mal vorstellen. Es gibt auch Allergien gegen Gummi und gegen Müsli.«

»Nun, ich sagte schon, dass ich ein bisschen enttäuscht bin. Sicher nicht nur wegen des kleinen Schönheitsfehlers, den ich sogar selbst verschuldet habe. Ich hatte mir vielleicht zu viel davon versprochen, als ich alles vorbereitet habe. Ach… « Er seufzte. »Es war eigentlich eine schöne Zeit. Manchmal komm ich mir vor wie der letzte Mann, der nicht zugeben will, dass die Faszination der Schaulust nachgelassen hat.«

»Okay«, unterbrach Belinda, »was soll ich zahlen für die restlichen Termine, auf die ich im Übrigen gerne verzichte.«

»Ich wollte dir noch von Argus erzählen.«

»Aber fass dich kurz, ja!«

»Der Argus ist ein Vogel, der für seine Sehschärfe bekannt ist.«

»Ich ahnte es. Daher auch der Name Argusaugen.«

»Der männliche Argus hat besonders ausgeprägte Flügelfedern. Die sind sozusagen sein sekundäres Geschlechtsmerkmal.« Ab einem gewissen Alter wird ja auch bei jeder Frau die Verbitterung zu einem sekundaren Geschlechtsmerkmal, dachte er, sagte es aber nicht laut.

»Und? Was gibt es da zu grinsen?«

»Nun, diese sekundären Geschlechtsmerkmale sind so weit entwickelt, dass es zwar wunderschön aussieht, aber der männliche Argus kann nicht mehr fliegen, eine Fehlkonstruktion der Natur; das Weibchen muss ihm Futter bringen.«

»Na und?« Belinda wollte aufbrechen.

»Manchmal hab ich schon gedacht«, fing er wieder nachdenklich an, »dass man alles noch mal neu erfinden müsste; es müsste ganz neue Tiere geben, mit schönen, langen Beinen, seidigem Fell und großen Augen. Man hat ja – vielleicht hast du schon davon gehört – neue Tiere entdeckt, neulich erst, bei Probebohrungen in Afrika, Mullos heißen die, tief unten in der Erde, sehr tief, und man wusste bisher gar nicht, dass es sie überhaupt gibt. Die sind sogar ziemlich groß, allerdings blind.«

Als Belinda sich energisch ihren Regenmantel übergeworfen hatte und auf den Weg machte, drehte sie sich im Türrahmen noch mal um. »Alter Wichser!«, und sie schlug die Tür zu.

Der Sommer war verregnet. Erst fing alles mit einem gewaltigen Versprechen an, dann regnete es nur noch. Einmal sah er ein Liebespaar, das sich unter einem Regenschirm küsste; der Regenschirm hatte ein Loch, beide wurden nass, lachten nur darüber und küssten sich unbeirrt weiter, schauderhaft, wirklich schauderhaft.

Er hatte in letzter Zeit immer wieder von Landschaften geträumt, von Landschaften, die er aus großem Abstand sah, wie durch ein Weitwinkelobjektiv, meist flog er über die Landschaften dahin, langsam, in geringer Höhe, es waren Bilder wie auf alten Verpackungen von Weihnachtsgebäck, rührende Bilder aus einer vergangenen Welt, und immer waren es vollendete Landschaften und Städtebilder ohne Baustellen. Manchmal sah er Bilder von seinem Schulweg, er lief im Traum an einem Depot der Stadtwerke vorbei, wo allerhand Straßenschilder gestapelt lagerten, und diese Straßenschilder, die sozusagen nicht im Dienst waren, ließen alles friedlich erscheinen und machten die ganze Stadt zu einer Spielzeuglandschaft.

Schon als Kind war ihm der Gedanke gekommen, dass er sich zu oft dasselbe anguckte, und er hatte tatsächlich ausprobiert, ob er nicht wenigstens Teile des Weges mit geschlossenen Augen zurücklegen konnte.

»Endlich sieht man dich wieder.« Er zuckte zusammen und schien wieder starke Schmerzen zu haben.

»Deine Pastillen haben Nebenwirkungen!« Tanita sah ihn vorwurfsvoll an.

»Na und? Damit muss man rechnen. Es gibt ja schon Quizshows, in denen Kandidaten auftreten, die bei jedem Medikament die Risiken und Nebenwirkungen aufsagen können. Es wäre auch naiv anzunehmen, ausgerechnet eine Pastille mit so großer Wirkung hätte keinerlei Nebenwirkungen. Trotzdem wollen alle diese Dinger, du doch auch, Tanita, meine Schönste?«

»Ach wo!«

»Aber du bist doch gekommen, um dir die Pastillen zu holen, endlich, endlich! Auf dich habe ich gewartet.« Er unterbrach kurz und stöhnte so laut, dass Tanita ihn kaum noch verstehen konnte. »Ich habe alle Termine... Aua... Ich habe mich nur noch aufgespart für dich.«

»Wovon sprichst du?«

Constantin wirkte ungeheuer ungeduldig. »Willst du den Männern etwa nicht gefallen? Nein?«

»Wieso denn den Männern?«

»Komm, mach es nicht unnötig spannend. Ich hab schon genug von meiner kostbaren Zeit vertrödelt... Aua!« Er lief kurz raus und kam in einer Wolke aus Parfum wieder zurück, krümmte sich aber immer noch.

»Sag mal, was sprühst du da eigentlich für 'n Zeug herum? Das ist doch nicht etwa mit diesem Treibgas C-F-Dingens?«

»Und wenn schon.« Er verzog das Gesicht.

»Ich glaube, du bist echt pervers. Das ist bestimmt so ein Mittel, mit dem du dir Schmerzen zufügen kannst, stimmt's? Ich kenn auch so einen, der kann nur, wenn er gleichzeitig Schmerzen hat; ich weiß nicht, was mit den Männern heutzutage los ist.«

»Oh, Tanita, du bist doch sonst so schlau, aber das ist kein Mittel, um mir Schmerzen zu machen, das ist ein Mittel, um Schmerzen zu lindern.«

»Um es kurz zu machen«, sagte sie schließlich, »wie viel willst du für das Gegenmittel?«

»Das Gegenmittel?« Constantin dachte nach. »Das Gegenmittel? So ist das also. Aha. Du hast da einen Mann im Auge, dem willst du die Augen offen halten für dich. Aber dann gefällst du bloß diesem einen Mann! Willst du das?«

»Ja.«

»Na ja, mir gefällst du natürlich auch.«

Tanita zuckte mit der Schulter.

»Was ist denn dran an dem? Was denn? Kennst du ihn schon länger? Der ist älter als ich, stimmt's? Ein Italiener, gib's zu!«

»Ich mag ihn eben.«

»Aha, verstehe«, wieder wand er sich vor Schmerzen, »verstehe, du willst einfach die Nebenwirkungen vermeiden. Du willst nicht, dass dir auch so was an den Ohren wächst und wuchert, stimmt's?«

Tanita zuckte nur mit den Schultern.

»Du denkst wohl, wenn du diesen einen Mann immunisierst, wird er dich sowieso lieben, denn fast alle anderen Frauen haben inzwischen solche hässlichen Geschwüre an den Ohren.«

»Ich bin auch bereit, einen Preis dafür zu zahlen.«

»Komm schon, Mädchen, nun erzähl mir nicht, dass es Liebe ist, dass du diesen Kerl wirklich liebst und dass du allein mit seiner Liebe zufrieden wärst und dafür ein Opfer bringen könntest, erzähl mir bloß so etwas nicht...«

»Was? Wie bitte?«

»Erzähl mir ja nicht, dass du die letzte Verrückte bist, die noch an die wahre Liebe glaubt und alles noch so haben will, wie es früher mal war, ausgerechnet du. Es ist der reine Egoismus, weiter nichts, weil du die Nebenwirkungen vermeiden willst.«

»Vielleicht ist es doch Liebe«, sagte sie nachdenklich. »Aber ich habe keine Lust, mit dir darüber zu diskutieren. Also, was willst du für das Gegenmittel?«

»Unbezahlbar! Unbezahlbar! Das heißt, in deinem Fall. Weil du es bist. Moment.«

Er kam mit zwei großen Pillen und gab Tanita eine davon. »Was auch immer an dem Kerl dran sein mag«, nuschelte er.

»Und was kostet die nun?«

»Nichts!« Er grinste so, dass Tanita schon ahnte, was kommen würde. »Nichts! Die kostet nichts. Die kannst du als kleines Zeichen meines Entgegenkommens sehen.«

»Also?«

»Eine reicht natürlich nicht. Du musst ihm innerhalb von vierundzwanzig Stunden die zweite geben, die ich hier in der Hand halte, sonst... «

»Und was kostet die?«

»Ich kann nicht so darüber reden.«

»Ich weiß.«

»Einen Termin, falls du weißt, was ich damit meine, aber du darfst nicht dabei lachen.«

»Ja, weiß ich. Ich habe mich erkundigt.« Tanita atmete tief durch. »Ich hatte schon befürchtet, es wäre mehr als einer. Sag mal, ist dir nicht gut? Hast du starke Schmerzen? Soll ich nicht doch lieber einen Arzt rufen?«

»Quatsch! Rühr mich nicht an! Nun geh, und trödel nicht rum, der braucht sofort die zweite Pille.«

Als Tanita wiederkam, hatte sie sich ein bisschen Mut angetrunken. Er wartete schon, hatte nur noch eine Badehose an mit der Aufschrift »Dirty Dancing«, eine knallbunte Badehose, etwa zwei Nummern zu groß. Er schloss die Augen und sprühte unablässig in die Badehose rein.

»Es gibt einfach keine Badehosen mehr in meiner Größe, ich finde es ja auch furchtbar, überall steht ›Dirty Dancing‹ drauf, aber es gibt einfach keine anderen, na los, mach schnell!«, keuchte er. »Zieh dich aus! Aber nicht ganz!«

Tanita wirkte wie benommen.

»Hast du ihm denn schon die Pille gegeben?«

»Ja.«

»Na los! Du weißt ja… «

»Soll ich nicht doch lieber einen Arzt holen?«

»Nein, mach schon!«, keuchte er und riss sich die Badehose herunter, wälzte sich auf dem gepolsterten Boden, sprühte unablässig auf seinen Unterleib, sodass kleine Wolken aufstiegen. Trotz der dämmerigen Beleuchtung und der Spraywolken, die wie Kunstnebel in einer Musikshow wirkten, konnte Tanita erkennen, wie enorm angeschwollen sein Glied war, mit wabbeligen, grünen Furunkeln. Und je mehr Constantin sich erregte, desto mehr Schmerzen schien er zu haben, desto mehr schwollen seine Auswüchse zu einer leuchtenden Gurke heran. Er zitterte und hatte Schaum vor dem Mund.

»Aber der ist doch viel zu… Damit kannst du nicht mehr… «

Tanita schien jetzt erst zu erschrecken. Sie riss ihm die Spraydose aus der Hand. »Du gemeiner Hund, du!«

»Spray! Aua! Das Spray! Erbarmen. Ich sterbe.« Er wälzte sich.

»Du gemeiner Hund!«

»Sag nicht Hund zu mir. Ich bin ein Ästhet!« Es klang wie ein Hilferuf. »Ich sterbe! Schnell das Spray, gib mir das Spray, bitte bitte!«

»Du Hund! Du Hund! Du Hund! Das ist die Nebenwirkung von deinem verdammten Gegenmittel! Stimmt's?«

»Au! Ja! Ich geb alles zu! Alles! Nur schnell die Spraydose, Erbarmen!«

»Und kriegt jetzt Herbert auch solche Schwellungen?«

»Herbert heißt er also. Was für ein blöder Name!«

Tanita trat ihm mit ihren hohen Absätzen in die Seite. Apathisch ließ er es über sich ergehen. »Sprich! Kriegt er das jetzt etwa auch?«

»Ja, ja! Schnell die Spraydose, ich verrecke!«

»Du Hund!« Tanita trat immer wieder zu.

»Aufhören!« Er wimmerte und wurde plötzlich so leise, dass Tanita tatsächlich einen Moment aufhörte zu treten.

»Eine Pille war schon die Überdosis, dein Herbert wird schon geplatzt sein.«

Mehr war nicht zu verstehen, Edeltraut, Gisela … waren da etwa Namen herauszuhören aus dem Stöhnen? Hatte er nicht irgendwas davon gesagt, dass er keine Schwester hatte und schließlich hörte sie ihn jammern: »Was bleibt, sind Bilder und … « Ja, was denn nun? Tanita konnte es wirklich nicht mehr verstehen. »Goethe!«, stöhnte er nur noch.

Sie trat wieder auf ihn ein, mit ihren spitzen Schuhen trat sie heftig auf ihn ein und schloss angestrengt die Augen. Sie hörte erst auf, als die Musikkassette, die er ausgewählt hatte, stoppte und der Rekorder automatisch zurückspulte. Es war auf einmal unnatürlich still geworden. Sie fühlte sich immer noch benommen, ging schwankend von einem Poster zum anderen. Die meisten Frauen waren inzwischen längst nicht mehr so schön wie auf den übergroßen Bildern. Es waren noch alte Aufnahmen aus seinem Fotostudio für schöne Frauen – Anfängerinnen gesucht –, lange bevor sie den Ausschlag an den Ohren kriegten.

»Nun bin ich die letzte schöne Frau«, sagte sie, obwohl keiner da war, der sie hören konnte. »Die letzte schöne Frau. Immerhin.«

Plötzlich schaltete sich die Musikanlage wieder ein.

»Die Musik kommt mir irgendwie bekannt vor«, sagte sie, »irgendwie bekannt.«

Drittes Wunder

»Da ist jedes Mal dieser Zauber: Er braucht nur einen Städtenamen zu lesen, schon fällt ihm die passende Melodie ein, als wären die Namen die Ziffern einer alten Musikbox: ›I'm going to Jackson… I'm going to Kansas City… Wont't you please come to Chicago, just to sing… By the time I get to Phoenix, she'll be sleeping… On a train they call the City of New Orleans I'll be gone five hundred miles when the day is done… Oh, Baltimore, man, it's hard just to live… Uh, the nights on Broadway! I wanna wake up in a city that never sleeps… Red roses too, I see them blue, and I think to myself: what a wonderful world.‹ ›Was soll ich denn machen?‹, stöhnt er theatralisch. ›Mein Herz ist eine schlafende Musikbox!‹«

Schrebergärten – zuerst fallen ihm wieder die Schrebergärten am Stadtrand auf, hartnäckige Ansprüche auf ein kleines Glück im toten Winkel zwischen den Gleisen. Sein Opa hatte auch so ein Grundstück, direkt an den Schienen: Ein Geräteschuppen und ein Gartenhaus mit ausrangierten Möbeln, sogar mit gebügelter Tischdecke und einer mickrigen Schrankuhr, die längst stehen geblieben war – und draußen rauschten die Züge vorbei. Er sieht sich als Kind in kurzen Hosen neben dem Zug herlaufen und winken, in phantastischer Geschwindigkeit, immer auf gleicher Höhe; er hopst über Gartenzäune und Gräben, rast quer durch die Beete, in den Kurven kürzt er ab und holt wieder auf. Immer noch kommt ihm die verrußte Welt auf der anderen

Seite der Scheibe verspätet und verschlafen vor; er muss nur die Augen etwas zusammenkneifen, schon ist die Landschaft in Schwarzweiß gehalten, Grau in Grau, und gelegentlich grieselt es wie bei schadhaften Kopien von Filmen aus den Vierzigerjahren – und hinterm Bretterzaun stehen Heinz Rühmann und Theo Lingen und winken mit großen Schnupftüchern. Wieder Schrebergärten, und da vorne, tatsächlich, da taucht er auf, der Funkturm, der ihm jedes Mal wie ein maßstabsverkleinerter Nachbau vorkommt: Dieses lächerliche Ding da soll der berühmte Berliner Funkturm sein? Im Ernst?

Hätte er nicht doch ein Telegramm schicken sollen? Aber Telegramme haben immer etwas Dramatisches an sich, daran änderte auch die Werbekampagne der Post nichts, die das Verschicken von Telegrammen neuerdings positiv besetzen wollte – Ein Telegramm ist Liebe. Ein Telegramm ist Treue – nichts da: Telegramme sind für ihn mit einem Schrecken verbunden, einem Todesfall womöglich. Außerdem müssten sie auch so langsam wissen, wann der Zug am Bahnhof Zoo eintrifft; er kommt schließlich immer um diese Zeit, seit es die billigen Flüge nicht mehr gibt: Und es würde die Sache nur verschlimmern, wenn er extra ein Telegramm geschickt hätte und sie doch nicht kommen würden – damit muss er rechnen. Da ist es besser, möglichen Streit nicht erst heraufzubeschwören. Er merkt inzwischen selber, wenn er wieder mal darauf hinwirkt, eine Situation zu schaffen, bei der er später so richtig schön der Beleidigte sein kann, der ewig Gekränkte. Eine gute Freundin aus Tübingen hat sogar schon vermutet, dass er das Unglück geradezu süchtig sucht, dass er ins Misslingen verliebt ist, weil es ihm inzwischen schon so vertraut ist.

Diese Freundin, die in seinem Liebesleben so etwas wie eine Sperrminorität hat – zu wenig für eine richtige Beziehung, doch stark genug, um andere Beziehungen zu verhindern –, diese Freundin hat sogar leichtfertig, wie sie gelegentlich ist, behauptet, dass es in Berlin sowieso keine erfüllte Liebe geben könnte. Wie so oft bei ihr, weiß er nicht, ob es ein Zitat ist oder ob sie sich das selbst ausgedacht hat. Er hat es allein schon deshalb so deutlich in Erinnerung, weil er ihr nicht zutraut, Worte wie »erfüllte Liebe« zu verwenden – wahrscheinlich doch ein Zitat. »Beziehungen« nennt man das. Immer noch.

Auch seine neue Beziehung in Berlin-Schöneberg ist weiß Gott alles andere als problemfrei, als hätte seine alte Sperrminorität auch darüber eine Verwünschung ausgesprochen: Immer nur auf Entfernung, das kann ja nichts werden, sowieso nicht, das gibt nur Ärger. Und doch haben die Einschränkungen ihre Beziehung erst möglich gemacht – so funktionierte ihr kleines, aber reichlich kompliziertes Drama wenigstens. Schon ein gemeinsamer Urlaub hätte dem schnell ein Ende gesetzt; das ahnen beide, da sind sie sich ausnahmsweise mal unausgesprochen einig.

Die Gänge sind wieder mit Gepäck voll gestellt, der Zug ist wieder überfüllt, als wären es immer noch Flüchtlingszüge, die nach Berlin fahren – Schrebergärten, schon wieder, und da mitten im Bild eine schwarz-rot-gelbe Fahne, groß wie das Laken eines Doppelbettes.

Sie haben sich oft gestritten, sich gegenseitig verubelt, dass ihre Beziehung nicht mehr ist als das, was sie nun mal ist: Eine Beziehung eben – und nicht etwa eine erfüllte Liebe; und nur einmal, als er alleine an der U-Bahn-Haltestelle wartete, überkam ihn unverhofft ein fast wohliges Gefühl von Traurigkeit, das er noch gar nicht richtig an sich kannte und in das sich eine Portion Mitleid mischte – nun ja, da ist er eben mal ein bisschen wehmütig gewesen, einmal nur, das war's dann.

Vor allem ist es immer anstrengend gewesen, weil jeder sorgsam darauf achten musste, nicht in die Rolle desjenigen zu geraten, der zu viel erwartete und damit den anderen mit seinen Ansprüchen unter Druck setzte. Einmal hat sie ihn sogar ausgesperrt, sodass er sich die Nacht um die Ohren schlagen musste – was aber in einer Stadt wie Berlin, wie sie am nächsten Morgen trocken bemerkte, nicht weiter tragisch wäre. Auch dass sie inzwischen allen Blumen in der Wohnung mit einer Geflügelschere den Kopf abgeschnitten hatte, das war auch nicht tragisch. Und doch war es immer auch das Besondere ihrer Beziehung: Sie war nicht problemfrei, wirklich nicht, immer auf Distanz, aber intensiv, das war sie schon.

Fast jeden Abend sind sie gemeinsam unterwegs gewesen, als stünden sie unter einem Zwang, jeden möglichen Termin auszunutzen, als könnte sie das Angebot von Kultur und Geselligkeit, um das sie schließlich jeder, der nicht in Berlin sein konnte, beneidete, für irgendetwas entschädigen. So haben sie begierig die Veranstaltungstipps überflogen, um quer durch das Angebot so viel wie nur irgend möglich wahrzunehmen; sie haben immer wieder Sternchen in den Übersichtskalender gemacht, als wäre damit schon was erreicht. Sie haben dabei oft andere Paare beobachtet, und die meisten machten auch den Eindruck, als wären sie nicht so richtig glücklich, die sahen schon auf den ersten Blick aus, als passten sie sowieso nicht besonders gut zusammen. Sie hatten beide bereits den Blick zur schnellen Beurteilung von fremden Paaren entwickelt und hatten sich dazu eine nach oben offene Skala zum Ablesen der Selbstwerteinschätzungen ausgedacht: Wenn beide Partner einen annähernd ähnlichen Wert erreichten, war immerhin die Voraussetzung gegeben, dass sie einigermaßen zusammenpassten. Und dennoch schienen sie im Geheimen noch eine Tür zu einer anderen Welt aufhalten zu wollen. Zwar hätten sie vermutlich auch nicht sagen können, worauf sie noch warteten, aber alle schienen Angst zu haben, mit einer verbindlichen Zusage einen wichtigen Teil ihrer unausgesprochenen Hoffnungen zu verlieren.

Endlich kommt er an der Ruine der Gedächtniskirche vorbei; jedes Mal denkt er an eine Kästner-Verfilmung, die er als Junge gesehen hat – war es »Emil und die Detektive«? Man hätte diese Ruine abreißen sollen. Wozu braucht man in Berlin ein Mahnmal, das an die Zerstörung erinnert? Die sieht man überall. Immer noch. Er kennt sogar einen Jeansladen, der im Erdgeschoss neu dekoriert ist, und im ersten Stock sind noch Einschusslöcher zu sehen. Selbst ein Neubau kann manchmal mehr von der großen Zerstörung verraten als eine Ruine.

Seine Beziehung wird ihn diesmal nicht abholen. Das ahnt er, nein, das weiß er. Und so steht er durchgerüttelt und müde im Gang mit seiner Adidas-Tasche und versucht festzustellen, ob er enttäuscht ist oder nicht.

Warum fährt er auch immer wieder nach Berlin? Immer mit einer alten Adidas-Tasche. Selbst schuld. Einen richtigen Koffer, einen von diesen altmodischen Koffern, bis zum Platzen voll gestopft und mit einem extra Gürtel zusammengehalten, würde er nie mitnehmen. Nur mit leichtem Gepäck will er reisen, betont locker, um ja nicht den Eindruck zu erwecken, als wären seine ständigen glücklosen Fahrten nach Berlin richtige Reisen.

Bahnhof Zoo.

Gleich wird er wieder in die Menschenmenge eintauchen; er sieht jetzt schon die vielen Ausländer auf dem Bahnsteig sitzen – die sitzen einfach auf dem Bahnsteig, als wäre Berlin schon so überlaufen, dass man froh sein muss, wenigstens auf dem Bahnsteig noch einen Platz zu finden.

Natürlich sieht er sich um, aber er weiß ja schon, dass sie ihn dieses Mal nicht abholt.

Jedes Mal scheint die Zahl der Touristen zugenommen zu haben, als wäre Berlin in der Zwischenzeit noch dreckiger geworden, die Luft dicker. Er steigt aus und steht einfach da, ohne überhaupt irgendein Gefühl zu haben, schaut nur, sucht mit seinen Blicken, falls sie ihn doch… aber nein, das weiß er, und es wird ihm von Sekunde zu Sekunde klarer; sie wird auch nicht später kommen. Gar nicht.

Er geht absichtlich langsam am Zug entlang, lässt seinen Blick ziellos schweifen, ohne wirklich etwas wahrzunehmen. Nur langsam scheint sich das Gewimmel aufzulösen und wieder sieht er die Ausländer auf der Erde sitzen – dieses viele Gepäck, Kisten sogar. Er schlendert in die Gegenrichtung, falls doch… eigentlich nur, weil er nichts Besseres zu tun hat, langsam wieder zurück, und da sieht er vielleicht schon einen Schatten, zum ersten Mal – oder ist ihm das vorhin doch schon aufgefallen? – undeutlich am Bildrand: Eine Frau stoppt in ihren Bewegungen, wie es Pantomimen manchmal machen, wenn sie so tun, als wären sie erstarrt. Sie trägt einen Sommermantel mit einem Muster aus unterbrochenen Streifen, die wie gestrichelte Linien wirken, an denen entlang man Bestellscheine ausschneiden kann. Aus der Manteltasche hängt ein tiefblaues Halstuch raus; wahrscheinlich wollte sie jemandem winken.

Er geht zurück, inzwischen völlig gleichgültig geworden, schlendert den Bahnsteig entlang, als müsste er das noch erledigen, und sieht tatsächlich… Zuerst die Augen, geht weiter und weiß vielleicht schon, als er diese Augen zum ersten Mal… Zumindest hat er das Gefühl, sie zuvor schon gesehen zu haben, doch doch, die Augen waren ihm sofort aufgefallen, aber das ist schwer zu sagen, schließlich ist er schon mehrfach die Bahnsteigkante entlang – die Bahnsteigkante! Bitte Vorsicht an der Bahnsteigkante!

Er dreht sich abrupt um, noch einmal zurück, noch kurz an diesen Augen vorbei, dieses Mal etwas langsamer und absichtlich, sodass er sich die fremde Frau mit der ganzen Offenheit, die er als jemand, der gerade angekommen ist, noch ganz selbstverständlich haben kann, ansieht; jawohl, absichtlich ansieht, und er geht weiter – an ihr vorbei. Jetzt ist es eindeutig; sie hat ihn auch bemerkt.

Sie haben sich beide bemerkt. Er weiß plötzlich, dass er kein Risiko eingeht, sie wieder zu verlieren, sie wird immer noch genauso dastehen, wenn er sich umdreht... Er dreht sich um, will gar nicht erst so tun, als müsste er noch weiter den Zug abschreiten, geht wieder an ihr vorbei, jetzt ist wirklich alles klar, er dreht sich um, mit angestrengter Ruhe und Langsamkeit, geht auf sie zu und bleibt einfach stehen. Sie zuckt mit den Schultern und lächelt. Es ist alles klar. Er hat es gewusst. Wie lange er schon wie vom Donner gerührt dagestanden hat, ehe er sich endlich entschließen konnte, wenigstens den Bahnsteig auf und ab zu gehen, hätte er ebenso wenig sagen können, wie wie lange er ihr nun schon gegenübersteht. Es ist jedenfalls zu lange, um es noch mit Unschlüssigkeit zu entschuldigen. Er hat bereits das Gefühl für die Dauer verloren, er weiß nicht einmal mehr, ob er wirklich gesagt hat: »Dann lass uns doch einen Kaffee trinken«; er weiß nur, dass er wohl gedacht haben muss, er müsste so was sagen, etwas in der Art, auch wenn er keine Lust auf Kaffee hat und auch gar nicht weiß, wo man hingehen könnte – im Gegenteil: Er spürt, dass ein Bahnhofsimbiss oder ein Café in der Nähe nicht der richtige Ort ist für diese erste Begegnung.

Sie gehen beide, endlich, nebeneinanderher und ihm fällt

wieder auf, dass offensichtlich im Verlauf der Renovierungen am Bahnhof Zoo die Schalter für die Bahnsteigkarten verschwunden sind. Bahnsteigkarten! Wahrscheinlich war dies der letzte Bahnhof der Welt, der noch Bahnsteigkarten verkaufte, so als müsste man nachträglich der spöttischen Bemerkung Recht geben, dass die Deutschen keine richtige Revolution anzetteln könnten, weil sie sich vor dem Erstürmen des Zuges immer erst eine Bahnsteigkarte kaufen müssten. So waren diese Schalter der rührende Rest eines alten Berlins, in dem es noch Schutzmänner gab, Polizisten auf Pferden und mit Pickelhauben, Droschken, Kaffeehäuser, Bartbinden und Bahnsteigkarten.

Er geht neben ihr, ohne eigentlich zu wissen, wohin, erleichtert, dass sie sich nicht länger anstarren müssen und froh, sie gelegentlich an der Schulter zu berühren. Immer wieder unterdrückt er Fragen, die er meint, jetzt stellen zu müssen – »Wie heißt du eigentlich?«, »Wer hat dich denn versetzt?« – wozu? Sie gehen immer hinter dem Sandwichmann her, der für einen Besuch im New Eden wirbt – wie eine Reminiszenz an das Berlin der goldenen Zwanziger. Die spielen hier ja nur ein bisschen Weltstadt; eine Nostalgierevue für die Touristen, die an Souvenirständen stehen bleiben, bei den Pflastermalern und dem auf Späthippie machenden Straßenmusiker, der gerade den »Summertime Blues« singt. Er lächelt. Da ist wieder die Uhr, die nach den Gesetzen der Mengenlehre die Zeit in Farbfeldern anzeigt, ein fast schon rührendes Relikt einer Moderne, das inzwischen auch schon wieder aus der Mode gekommen ist. Jedes Mal hat er neu überlegen müssen, wie man daraus die Uhrzeit ablesen kann – jetzt ist es ihm egal. Berlin, denkt er, macht immer noch den Eindruck einer nervösen Modernität bei lastender Übermacht der Vergangenheit. Er sieht sogar T-Shirts mit Berliner-Bär-Motiven und ein T-

Shirt mit der Inschrift: from Paris to Tokyo via New York. Nun, er weiß, dass er sich nicht mehr an diesem Spiel beteiligen würde, auch nicht ins New Eden gehen, das doch, laut Werbung auf dem Plakat, weltbekannt ist. Das alles gehört zu den Eindrücken einer Weltstadt, die sich selbst spielt, in hastig arrangierten lebenden Bildern, mit vielen unschlüssigen Touristen im Hintergrund, schön, sehr schön alles, doch doch, er betrachtet das achselzuckend und fühlt sich frei davon, alles toll finden zu müssen oder kritisieren zu wollen; er fühlt sich nur noch erleichtert. Manfred Krug prostet ihm mit einer Biersorte zu, die er sowieso nicht trinken würde, auch gut, na, dann Prost, auch wenn es ihm missfällt, dass dieser Schauspieler so allgegenwärtig eine dermaßen blöde Werbekampagne mitmacht, aber warum auch nicht? Soll er doch. Als er den ersten Film mit Manfred Krug gesehen hat – daran kann er sich noch erinnern –, hat er sich gedacht: Na, endlich mal ein Schauspieler, den man mögen kann, aber die Begeisterung hatte sich schnell gelegt, dann eben nicht, auch egal.

Sie gehen inzwischen Arm in Arm, er hat gar nicht gemerkt, seit wann, merkt aber sofort, dass sie gut zusammenpassen, schon von der Größe her; er muss seinen Arm nicht ausstrecken, es ist richtig bequem so, sehr gut, sie passen ganz selbstverständlich zusammen. Wie zwei Teile von derselben Firma, die aufeinander abgestimmt sind, denkt er und schmunzelt: So etwas fällt einem eben ein, wenn man von Werbung umgeben ist.

Er sieht die Berlin-Bilder wie durch eine Milchglasscheibe; fast wie nach einer schweren Erkältung, bei der man das Gefühl hat, man wäre in Watte eingepackt und gegen alle Welt abgeschirmt – nur ist es viel angenehmer so, sehr viel angenehmer. Plötzlich bemerkt er, dass seine Adidas-Tasche nicht mehr da ist, vielleicht hat er sie auf dem Bahnsteig stehen lassen, vielleicht ist sie ihm im Gedränge entrissen worden. Dabei hat er bewusst eine einfache Sporttasche mitgenommen, damit sie nicht geklaut wird. Er will das alles sowieso nicht mehr wiederhaben, nicht den angefangenen Roman »Nachtgewächse«, den er sowieso nicht mochte, den man aber – wie er dachte – einmal gelesen haben sollte; nicht die Tabletten gegen übersäuerten Magen, die doch nicht halfen – dann werden sie eben abgesetzt, sofort. Er will auch seinen Pyjama nicht wiederhaben, Unterwäsche zum Wechseln; den Walkman und etwa zehn Kassetten – nur weg damit. Bloß nicht zurück zum Bahnhof Zoo, um nach der Tasche zu suchen, und sich womöglich wieder aus der Umarmung zu lösen. Sie sagt vielleicht, dass man doch mal was essen sollte, und er weiß gar nicht, ob das womöglich das Erste ist, das er sie sagen hört; er weiß nicht, dass er zu dieser Stimme sofort Vertrauen hat, und er – oder sie – erinnert sich dunkel an ein mexikanisches Restaurant ganz in der Nähe, wo die Speisen besonders originelle Bezeichnungen haben, und plötzlich küssen sie sich, zufällig, an einer Fußgängerampel. Sie bleiben einfach bei Grün stehen und küssen sich, mitten in Berlin. Und nicht eine Sekunde lang denkt er daran, was heute alles sonst noch los ist.

Sie sind die ersten Gäste in dem mexikanischen Restaurant, das mit all der Keramik wie ein Souvenirladen wirkt. Sie sitzen sich gegenüber, die Hände auf der folkloristisch anmutenden Tischdecke. Da stehen sogar Kressetiere am Fenster, als könnte man sie kaufen – Kressetiere, meine Güte! Das waren mal beliebte Geschenke zur Zeit der Wohngemeinschaften, er musste zu Hause auch noch zwei auf dem Fensterbrett herumstehen haben. Tatsächlich: Die Pfannengerichte heißen »Betrunkenes Schwein«, »Beleidigtes Schwein« oder »Verliebtes Schwein«.

»Ich nehme ›beleidigtes Schwein‹«, sagt er sofort; sie

halten sich an den Händen und sehen sich an, sehen sich einfach nur an. Die Bedienung kommt – eine Blondine mit auffällig dunklen Augenbrauen –, zündet eine Kerze an, und als sie merkt, wie die beiden einfach nur dasitzen und sich fassungslos ansehen, geht sie freiwillig wieder und lässt sie noch ein bisschen allein, als wisse sie Bescheid.

Nun sitzen sie da und schauen sich in die Augen. Nach einer Weile sagt sie: »Ich hab überhaupt keinen Hunger«, und lacht. Natürlich nicht, er hat auch keinen Hunger.

Plötzlich braust er auf und verfällt in einen Ton, der ihn selber verwundert: »Sag mal, bist du es auch dermaßen leid, neue Leute kennen zu lernen!? Hast du nicht auch die Schnauze gestrichen voll davon, Bekanntschaften zu machen, Gespräche zu führen und dabei womöglich zu flirten und das alles auf Partys, zu denen man selbst etwas zum Essen mitbringen muss?! Und dann diese unausweichlichen Gespräche, dass man endlich zu sich selbst finden oder lieber aus sich raus will, und dann …«, er spricht jedes Wort aus, als würde es ihn ekeln, »diese Affären, diese Ansprüche, diese Aussprachen!«

Sie legt die Finger auf die Lippen, als wollte sie ihm bedeuten, endlich still zu sein – wahrscheinlich hat er wirklich zu laut geredet in dem leeren Restaurant zwischen all der Keramik.

Vielleicht, denkt er noch, sollte er sie fragen, wie sie heißt, wenigstens das, schon damit es nicht so ist wie in den blöden Witzen, wo die Männer sicherheitshalber immer nur Baby sagen, Püppchen, und in schweren Fällen Mausi: Denn schon jetzt weiß er, dass sie zusammenbleiben werden und dass er mit dem momentanen Empfinden sowieso überfordert ist: Hier passiert etwas mit ihnen, das viel zu groß ist, als dass man es im Augenblick vollständig wahrnehmen könnte; ein Ausnahmezustand – und es würde doch von weitem ganz normal aussehen: Da hinter der großen Scheibe dieses Mexikorestaurants sitzen sich zwei gegenüber, brechen schließlich wieder auf und lassen die Kerzen auf dem Tisch brennen.

In ihrer Wohnung, schließlich, zählt sie ihm sofort die Nachteile auf: Hinterhaus, kein Balkon, kein Aufzug, nur ein ehemaliger Dienstboteneingang, und er hört sofort heraus, dass auch sie schon so sehr an das Auftrumpfen mit Unglücksgeschichten gewöhnt ist, dass sie sich fast schon entschuldigt, überhaupt eine akzeptable Wohnung in Berlin zu haben, aber, na ja, nicht mehr lange und mit einem Wasserschaden auf dem Flur. Da hängen Plakate von Theaterstücken der Schaubühne, die Poster sind einfach mit kleinen Nadeln an der Raufasertapete festgemacht. Aber, äh … er kann doch jetzt nicht fragen: Sag mal, du hast nicht zufällig ein paar Kondome in der Nachttischschublade? Es kommt ihm allerdings der Gedanke, dass ihm später die Erinnerung an die Zeit der bangen Unsicherheit und des vorsichtigen Vorfühlens fehlen könnte; und nun stellt er sich einen Moment lang vor, wie es sein würde, wenn sie gleich wieder auseinander gingen und er sich auf ein Wiedersehen freuen könnte. Er weiß ja dass die Entscheidung gefallen ist, als hätte eine übergeordnete Instanz längst alles geregelt, dennoch überlegt er, dass man doch nicht einfach so zusammen ins Bett gehen kann, gerade dann nicht, wenn man es ernst meint – muss man nicht gerade dann durch Zurückhaltung seine ernsten Absichten beweisen? So war es jedenfalls bisher immer gewesen und hatte bei ihm schon dazu geführt, dass es ihm leichter fiel, mit Frauen intim zu werden, wenn sie ihm weniger wichtig waren. Wie auch immer, es änderte ja doch nichts mehr. Ich nehme sie in jedem Fall, da kann sie mir erzählen, was sie will, denkt er, und so ist er auch nicht mehr damit beschäftigt, hektisch den Pferdefuß zu suchen, wie sonst, wenn er dem Glück misstraut, als wäre ein Glück erst durch eine Einschränkung wirklich. Das Telefon klingelt; sie legt ihm beide Arme um den Hals, sie küssen sich; ja, das Glück liegt, wenn man es schon hat, auch nicht offen vor einem, sondern man trägt es wie in einer verschlossenen Schatulle vorsichtig bei sich; man weiß einfach, dass man es hat; es wird vielleicht später mal ausgepackt, oder gar nicht, es wäre sowieso viel zu viel auf einen Schlag. Und sie küssen sich, und ihm ist, als würden endgültig all die belastenden Erwartungen abfallen, sogar der Zwang, dass es nun aber unbedingt eine unvergessliche Liebesnacht werden muss.

Das Telefon klingelt immer noch.

»Hast du nicht gesagt, es gibt hier 'ne Badewanne?«

Da könnte er endlich den Staub von der Zugfahrt abwaschen, auch wenn die schon so weit zurückzuliegen scheint, als wäre er aus einer anderen Galaxie angereist. Natürlich gibt es eine Wanne. Sie hat auch eine Sammlung kleiner Probepackungen verschiedener Entspannungs- oder Vitalisierungsbäder –

»Wir nehmen am besten beides!«

– alle aus der Apotheke unten in der Straße, und als sie die doppelte Dosis von jeder Sorte ins Wasser geben, gesteht sie ihm, dass es gerade das erste Mal war, dass sie, seit sie in Berlin lebt, das Telefon nicht abgenommen hat, das allererste Mal.

Er zieht sich schnell aus, damit das schon mal erledigt ist und gar nicht erst eine Situation entstehen kann, in der es nicht mehr selbstverständlich ist, dass er nackt in ihrem Badezimmer steht.

»Sekunde noch«, er nimmt sein Portmonee, seinen Schlüsselbund und seinen Reisepass aus den Hosentaschen, »das ist alles, was ich habe.« Damit schiebt er unwillig den Kleiderhaufen auf den Kacheln mit seinem Fuß beiseite, als wollte er sagen: Das brauche ich jetzt auch nicht mehr.

Er spürt diese Gänsehaut, an den Armen, auf dem Rücken, überall. »Merkwürdig«, er schüttelt ungläubig den Kopf, »ich stecke immer noch den Reisepass ein, wenn ich nach Westberlin fahre, das muss ein Reflex sein. Ich stell mich immer noch am Auslandsschalter an, wenn ich die Karte kaufe.«

Sie nimmt ihm seine Wertsachen aus der Hand und legt sie kurz entschlossen im Waschbecken ab. »Na los, nackter Mann mit Reisepass, rein ins Wasser, bevor es kalt wird.« Sie lacht ihn an. »Du musst nicht mehr Westberlin sagen. Berlin genügt.«

Sie zündet noch ein Teelicht an, knipst endlich das Licht aus, diese »völlig unmögliche Neonleuchte«, die ein »restlos verrohter Vormieter, der wahrscheinlich morgens nie in den Spiegel sehen wollte« eingebaut hat –, zieht sich genauso schnell aus und lässt ihre Kleider auf seine fallen.

Er legt seinen Kopf in den Nacken und schließt einen Moment lang die Augen. Eine Wärmflasche ist ihm noch aufgefallen, an einem Handtuchhaken – und Pflanzen! Sie hat große Pflanzen in ihrem Badezimmer wie in einem Gewächshaus. Nur gut, dass er nicht noch ihre Plattensammlung durchwühlt hat oder ihre Bücher, um sich daraus ein Bild zu machen – wozu auch? Soll sie doch die Suhrkamp-Taschenbücher nach Farben ordnen oder auch nicht. Er hat keine Ansprüche mehr, er fühlt sich nur etwas schmutzig; ihre Hände liegen auf seiner Haut… als würden sie gleichzeitig den gesamten Körper anfassen, wie ihn auch das Badewasser überall gleichzeitig berührt, und dazu seine Hände auf ihrer Haut, hier, da, ohne Unterschiede, alles in einem. Ob es nicht doch einen sanften Übergang in die Besinnungslosigkeit gibt, ein langsames, nicht enden wollendes Ausblenden wie bei den wunderbaren Liedern von früher; wie man sie lange nicht mehr gehört hat, »Hey Jude«, das wurde noch unglaublich langsam ausgeblendet, als wollte es gar nicht aufhören, nie mehr, das Ausblenden dauerte länger als das Lied, so etwas gibt es nicht mehr, heute wird nicht mehr ausgeblendet, da wird die Musik schlagartig abgebrochen; Verkehrshinweise, Werbung.

An den Brustwarzen – das ist noch Spielerei, und immer wieder witzig, wie zuverlässig das funktioniert, wie die sich tatsächlich aufrichten, wenn man nur leicht pustet, ein bisschen dran dreht, wie bei einem alten Radio mit den beiden Drehknöpfen links und rechts, wenn man da versucht, den Sender scharf zu stellen – ein kleiner Scherz, mein Herr... Er guckt auch gar nicht so genau hin, als hätte ihm jemand den Tipp gegeben, in solchen Situationen nicht zu sehr in die Rolle des Zuschauers zu geraten... noch ein verhaltenes Stöhnen, zuerst noch, als müsste sie auf Untermieter Rücksicht nehmen, oder auf andere Liebhaber, die im Nebenzimmer lauschen, unterm Bett, ja, genau, da liegen sie alle, massenhaft, all die anderen Männer, die alle hinter ihr her sind – wie rührend, dass sie sich immer noch zurückhält.

Noch einmal die kurz aufblitzende Angst, dass alles viel zu schnell vorbei sein könnte, dann aber das sichere Gefühl einer unüberschaubaren Weite, ohne Termin; es geht doch erst richtig los; ihr Duft wird an ihm kleben bleiben, am nächsten Morgen und länger, viel, viel länger. Die Poren sind geöffnet vom Badewasser; er ist selber wie ein Schwamm, der immer noch Flüssigkeit aufnimmt, und da sind wieder diese Bilder von Landschaften, überbelichtete Bilder, die in ungeordneter Reihenfolge eingeblendet werden, als hätte jemand eine Sammlung heruntergefallener

Dias falsch einsortiert: Luftaufnahmen zumeist, aber auch Bilder von den Passanten in Berlin, ohne ein einziges Gesicht. Schaumkronen, Wellen, er fliegt in niedriger Höhe über türkisfarbenes Wasser, dipp, dipp, taucht gelegentlich ein, relax, »don't do it, when you want to come…« Und sie versucht, ihn immer noch festzuhalten, einzuklemmen, nicht loszulassen.

Es klingelt. Er wacht auf, als käme er von ganz weit her. Sie liegt schon nicht mehr neben ihm… da hört er Stimmen im Flur. Er zieht sich schnell ihren Sommermantel über, der an einem Haken an der Innenseite ihrer Schlafzimmertür hängt, um nicht ganz nackt… da sieht er sie in ihrem gelbweiß gestreiften Bademantel, der wie die Markise eines Strandcafés aussieht; im Türrahmen erkennt er drei Japaner, die im Augenblick alle gleichzeitig reden, aber gar nicht so, als wollten sie mit ihr reden, sondern so, als wollten sie etwas aufsagen, das sie unbedingt loswerden müssen. Als sie ihn sehen, verneigen sich zwei von ihnen mit vor der Brust gefalteten Händen und verbeugen sich. Sie gehen auf die Knie und verneigen sich so tief, dass sie mit ihren Brillen fast den Abtreter berühren. Der Dritte scheint als Dolmetscher mitgekommen zu sein, er spricht vom »warmen Herz« und vom »großen Glück«, lächelt und nickt, als müsste er sich selbst bestätigen, »auch im Namen der Firma«. Genau, jetzt fällt es ihm wieder ein: Japaner beziehen sich gerne auf die Zugehörigkeit zu einer Firma, das hat er erst neulich gehört – »auch im Namen von Herrn Matumoto«, falls er den Namen richtig verstanden hat. Die anderen beiden verharren immer noch in der Verbeugung, er überlegt schon, ob er ihnen irgendwie ein Zeichen geben müsste, dass sie sich seinetwegen gerne wieder erheben können.

Sie lacht nur leise, lacht einfach – wie schön sie aussieht! Wie schön! Mit ihren leicht geröteten Wangen, gar nicht übermüdet, sondern einfach nur schön, wie sie vielleicht nie wieder aussehen wird; wieder spricht der stehende Japaner vom »warmen Herz« und »die Freude kann man gar nicht sagen«. Als er sich schließlich aufraffen will, nachzufragen, was die Besucher so früh am Morgen wünschen und ob sie sich nicht ein wenig kürzer fassen könnten, hat der Dolmetscher schon einen Fotoapparat zur Hand. Er sieht aus wie ein Kinderspielzeug, und als der Japaner auf den Auslöser drückt, erheben sich die beiden anderen und lächeln.

Na gut, ein seltsames Spiel sehr früh am Morgen – aber warum nicht? Er legt bereitwillig den Arm um ihre Schultern und lächelt ebenfalls, sodass sie gleich noch ein Bild machen können: Bitte schön, Foto von einem jungen Liebespaar, das – noch aus dem ersten Schlaf gerissen – glücklich lächelt, mit einem eindrucksvollen Wasserschaden im Hintergrund. Aber den Glanz auf ihrem Gesicht, den werden sie nicht mit aufs Bild kriegen, denkt er noch, solche Kameras haben nicht einmal die Japaner.

»Und?«, fragt er, als sich die Delegation unter aufwändigen Entschuldigungen wieder verabschiedet hat, nicht ohne ihm noch eine Visitenkarte in die Hand zu drücken. »Und? Was wollten die?«

»Wahrscheinlich waren die das auch, die gestern anrufen wollten.«

»Und? Was wollten sie?«

»Wir haben gewonnen!«

»Wir?«

Sie lacht immer noch und küsst ihn auf die Nasenspitze.

»Was denn überhaupt?«

»Eine Weltreise.«

»Was soll das heißen? Wohin denn?«

»Wohin wir wollen.«

»Und wieso?«

»Du sollst doch nicht immer so viele Fragen stellen.«

»Was? 'ne Weltreise? Echt?«

»Ja doch. Einen Reisepass hast du ja. Sonst nehmen wir nichts mit.«

»Kann ich vorher noch zwei Telefonate führen? Ganz kurz.«

»Aber nein.«

Tatsächlich: Die schwarzen Gondeln sehen aus, als wären sie von der Firma Pietät, und die Gondolieri tragen wirklich Strohhüte mit flatternden Bändern, kaum zu glauben, fehlt nur noch, dass einer anfängt, Mandoline zu spielen und an den Balkonen hochzuhopsen. Auf einer der Gondeln klebt ein kleiner »I love Venezia«-Aufkleber, nicht zu fassen. Sogar auf dem Türgriff der Banca Napoli war ein kleines Gondelmotiv, als müsste überall betont werden, dass es wirklich und wahrhaftig Venedig ist, Venedig, nur Venedig, nichts anderes, überall.

Ihr Hotel – wie die ganze Stadt – kommt ihnen wie ein Luxusschiff vor, das unglaublich langsam in der Abwasserbrühe versinkt, schon seit Jahrhunderten – eigentlich müsste es längst untergegangen sein. Ständig haben sie das Gefühl, eher auf einem Schiff als an Land zu sein, und sie bilden sich tatsächlich ein, dass sie das Wasser immer unter ihren Füßen spüren können – gerade das Richtige für frisch Verliebte in einem Stadium, in dem man alles nicht so genau wissen will: kein fester Boden, kein richtiges Aufwachen aus dem Halbtraum: Damit entfällt dann auch die übliche Frage am nächsten Morgen, was denn nun werden soll... Du, ich brauche einfach Zeit, weißt du, ich ruf dich dann mal an – verstehst du? – was, es denn auch schön für dich?

Er achtet darauf, dass sie auf seiner linken Seite geht, seiner besseren Seite – rechts hat er eine kleine, senkrechte Narbe – damit sie auch einen möglichst guten Eindruck von ihm bekommt.

»Venedig ist deshalb so attraktiv, weil die Pracht bald auseinander fällt, da wollen alle dabei sein, das finden die Leute toll, ich sag's dir.«

Von oben gesehen wirken die vielen Tauben wie Fischschwärme. Da sind auch tatsächlich Touristen, die aus Jux den kreischenden Mädchen Taubenfutter in ihre Locken streuen.

Jeder Platz wirkt wie eine andere Stadt – und gleich noch eine; es hört überhaupt nicht auf; sie kommen nicht mehr aus dem Staunen, und jedes Mal erscheint ihnen das Panorama doch irgendwie vertraut.

»Hier gibt es bestimmt viele Ratten«, sagte sie nach langem Schweigen. Die Einheimischen kann man immer daran erkennen, dass sie im Vaporetto nicht von der Zeitung aufsehen, nicht mal an der Piazza San Marco. Am Ende einer jeden Fußgängerbrücke, an denen sich überall die Frauen mit ihren Kinderwagen abmühen, stehen Mülltonnen – es gibt sogar eine richtige Müllgondel, die ihnen gleich auffällt, weil sie von Möwen umflattert wird und nicht etwa von Tauben: Dennoch scheint die Stadt den Kampf gegen den Müll längst aufgegeben zu haben. Die Straßenlaternen haben getönte Scheiben – dadurch wirken die Plätze wie Theaterkulissen für ein historisches Stück. Man träumt im Gehen. Man sieht den Dreck nicht mehr so genau. Fenster – Da! Schon wieder! – mit Brettern zugenagelt, wie bei »Tod in Venedig«, sodass sie sich gut vorstellen können, dass es hier mal eine Zeit ohne Glasscheiben gab.

In ihrem Übermut haben sie sogar Visionen, die Gondoliere würden alle Liebespaare, die sich nicht wirklich lieben, ins Dreckwasser kippen; alle, die hier nur einem romantischen Traum nachhängen und meinen, ein bisschen junges Glück simulieren zu müssen: Platsch! Viele Paare kommen ihm ziemlich verdächtig vor – als alter Profi hat er einen Blick dafür – die Männer sind viel zu alt für die Frauen an ihrer Seite. Ab ins Wasser mit ihnen. Platsch! Ein echter Gondoliere erkennt eine wahre Liebe. Mit nur einem Blick. Alle anderen werden versenkt. Ihnen kann ja nichts passieren.

»Ich muss es dir gleich in aller Offenheit sagen«, fängt er an, als sie unter einer Brücke durchfahren und unwillkürlich die Köpfe einziehen, »ich kann dir nicht erklären, was ein Tiebreak ist, ich finde Tennis blöd. Ich rauche nicht – nicht mal diese ganz leichten Marken, die weltweit jede Menge Freundschaften stiften. Ich schaue mir keine einzige Fernsehserie an, ich kenne auch die Schauspieler nicht. Bis auf Manfred Krug. Den würde ich wieder erkennen, sonst keinen. Ich kann mich nicht mehr fürs Autofahren begeistern, ich fahr lieber mit der Bundesbahn.«

»So einer bist du also.«

»Jawohl!« Und er kommt sich vor der Kulisse der alten Häuser, von denen der Verputz blättert, richtig toll vor, so wunderbar unmodern zu sein, jawohl, so einer ist er, ein echter Romantiker, ganz genau. Hier gehört er hin. Hier wirkt sogar ein Motorboot störend. Zurück zu Kerzenlicht und Tintenfass!

Zumindest zur Langspielplatte. Sie ist bestimmt einverstanden. Sie muss einfach die Richtige für ihn sein.

»Was meinst du«, sagt er, »sollen wir unserm Gondoliere Geld geben, damit er uns Verdi-Arien vorsingt, oder sollen wir ihm lieber Geld geben, damit er nicht singt? Geld haben wir.«

»Wollten wir nicht erst mal was essen?«

Zuerst haben sie sogar gedacht, das Wasser würde gar nicht richtig stinken, nun aber, vom Balkon aus, merken sie, dass es doch ziemlich stinkt – na, dann ist ja gut: eine manchmal schon türkisfarbene Suppe, in der hin und wieder Plastiktüten schwimmen. Hier würde Lord Byron nicht mehr baden gehen, selbst ein ehrgeiziger Umweltminister, dem sonst jede Publicity recht wäre, würde nicht in diese Brühe steigen.

»Sieh dir das an«, sie zeigt mit einer wegwerfenden Handbewegung in Richtung Wasser, »überall Badewasser.«

Der uniformierte Page, der sie zum Hotel bringen wollte, hat seine brennende Zigarette auch einfach ins Badewasser geschnippt und sie ziemlich überrascht angesehen, dass sie ganz ohne Gepäck gekommen waren, jeder nur mit einer Plastiktüte, die sie lieber selber tragen wollten – also musste der Page ihnen eben mit unbeladenem Kofferkuli zum Bauer Grünwald vorangehen. In dieses Hotel wollte er schon immer mal, seit er in einem Krimi davon gelesen hatte, hier waren immer die Bösen abgestiegen – die kannten die besseren Hotels.

»Aber sag mal«, fängt er nun doch wieder an und starrt dabei immer noch auf die wippenden Boote, die einen richtig schläfrig machen können, »dieses Preisausschreiben oder was das war?«

»Ja, genau… ein Preisausschreiben.« Sie seufzt, als müsse sie das noch weiter herunterspielen oder gar rechtfertigen: »Es gibt inzwischen so viele Preisausschreiben. Da haben wir einfach Glück gehabt. Es war so leicht«, sagt sie entschuldigend und tut dabei, als hätten sie sich beide gemeinsam beteiligt.

»Es war so leicht, richtig albern, man musste nur das Lösungswort eintragen, das sowieso schon irgendwo auf der Karte stand. Es war alles so banal, dass es mir fast schon um das Porto Leid tat.«

»Und zu gewinnen«, bohrt er nach, »gab es eine Weltreise für zwei Personen? Oder was?«

»Für frisch Verliebte! Das stand da extra: für frisch Verliebte. Daran kann ich mich noch erinnern.« Das hatte sie ziemlich gewundert. Sollte die Verliebtheit womöglich nachgeprüft werden? Wer sollte sich überhaupt daran beteiligen?

»Natürlich«, sagt er fast tonlos. »Wer in die Fremde will reisen, muss mit der Liebsten gehn – ganz klar. Aber damals hast du mich noch gar nicht gekannt.«

»Konnte ich doch gar nicht. Aber ich habe mir gedacht, wenn ich wirklich gewinnen sollte – so unwahrscheinlich es ist –, dann hab ich bis dahin auch einen frisch Verliebten. Ich hätte, ehrlich gesagt, sowieso nicht geglaubt, dass ich jemals gewinne.« Sie gesteht ihm, dass sie sich noch nie vorher an irgendwelchen Preisausschreiben beteiligt hat, auch nicht an Lotterien, sie war immer davon überzeugt, dass es da nur Nieten gibt.

»Ich bin nicht abergläubisch!«, betont sie sofort, »wirklich nicht«, aber es war schon so, dass sie sich damit getröstet hatte, dass es bei so viel Pech im Spiel vielleicht eines Tages doch das große Glück in der Liebe geben würde, und nun hat sie gleich beides, und es war auch wirklich das erste Mal, dass sie sich an so einem »idiotischen Preisausschreiben« beteiligt hat.

»Anfängerglück! Meine Güte: sechs Richtige im Liebeslotto«, er seufzt herzhaft, zieht sie näher an sich heran, »ich meine natürlich: eine Richtige, oder besser gesagt: die Richtige.«

»Geh'n wir gleich ins Bett oder schauen wir erst noch ein paar von den Sehenswürdigkeiten an?« Er reißt die Fensterklappen auf und seufzt theatralisch: »Paris kann warten.«

»Soso«, sie schmiegt sich an ihn, »kaum in Frankreich, schon musst du den stürmischen Liebhaber spielen.« Sie kannte früher einen Franzosen, Philippe... Sie verschluckt sich, als hätte sie den Namen lieber nicht sagen sollen. Der ließ ihr Rosen ins Hotel bringen, jeden Morgen, rote Rosen, reiner Kitsch, kann man nicht anders sagen.

»Franzosen sind nun mal die besten Liebhaber, aber weißt du was: Die Japaner arbeiten gerade an einem Modell, das noch kleiner und billiger ist.«

»Sei still. Ich hab Hunger.«

»Wir könnten ja mal ein wenig Champagner aufs Zimmer kommen lassen.«

»Quatsch. Das machen nur Verbrecher.«

»Verliebte auch.« Er küsste sie sofort wieder.

»Machst du ... denn ... gar keine ... Pause zwischendurch?«

»Bei dir nicht.«

»Na, das fängt ja gut an.« Der Satz, der sonst immer das Gegenteil bedeutet, erscheint plötzlich wieder in seinem unschuldigen Original, auch wenn sie die nötige Dosis Ironie in die Stimme gelegt hat: Es fängt wirklich gut an, richtig gut.

»Ich muss dich gleich noch mal küssen«, sagt er und tut es sofort, »du musst bedenken, dass ich dich auf der ganzen langen Fahrt nicht in Ruhe küssen konnte.«

Sie ringt nach Luft. »Mit leerem Magen küsst es sich auch nicht so gut, los jetzt!«

»Der Weltrekord im Dauerküssen liegt zurzeit bei siebzehn Stunden.«

»Wir müssen ja nicht gleich einen neuen aufstellen, oder?«

»Auf den Eiffelturm gehen wir aber nicht, kommt nicht in Frage, und nichts fotografieren, gar nichts, damit fangen wir nicht an.« Darin sind sie sich völlig einig.

Zuerst sind ihnen die gelben Autolichter aufgefallen; wenn man aus Deutschland kommt, muss man sich zuerst an die fremden Autos gewöhnen; als wären hier die französischen Modelle zu Hause, die man zwar schon gesehen hat, aber hier ist das Nest, aus dem sie kommen, dieser uralte Lieferwagen zum Beispiel, den er als Kind immer »Plattschnäuzer« genannt hat und der ihm immer besonders typisch französisch vorgekommen ist. Nun sind sie endlich angekommen, im Kinderwunderland der Plattschnäuzer, und da sind auch schon die obligatorischen Hunde, die in den Eingängen der Bars rumlungern.

Hier müssten überall Schmusekabinen aufgestellt sein, erklärt er ernsthaft, als würde er ein Reformprogramm verkünden, über das er schon lange nachgedacht hat.

»Schmusekabinen?«

Ja. Schmusekabinen, in die sich die Frischverliebten zurückziehen könnten, die ja schließlich für alle anderen, die gerade nicht verliebt sind, immer auch ein gewisses Ärgernis sind.

»Wie kommst du denn darauf?«

Aber ja doch, auch diese knutschenden Teenager in den Türrahmen – eigentlich kein schöner Anblick, na ja, die könnten sich dann alle in die Schmusekabinen zurückziehen; man müsste nur die öffentlichen Telefonzellen, die hier allerdings eher aussehen wie zu groß geratene Motorradhelme, zu geschlossenen Schmusekabinen mit getönten Scheiben umrüsten. Wenn er schon mal in Schwung ist, macht er gleich weiter in einem Ton, als müsste er ein Geständnis ablegen und eine Gebrauchsanweisung zu seinem wahren Leben vortragen. »Ich interessiere mich nicht für Musikvideos, auch nicht für Ratesendungen mit Prominenten und Talkshows. Nicht für Harald Schmidt. Ich bin nicht Mitglied im ADAC, stell dir vor, und jetzt halt dich fest: Ich hab mir nicht mal die Spiele der letzten Fußballweltmeisterschaft angesehen. Ich bin kein richtiger Deutscher, weißt du; der durchschnittliche Deutsche kann mindestens zwanzig Automodelle unterscheiden und nur fünf Blumen. Ich habe kein Handy, nicht mal ein Tastentelefon mit Wahlwiederholung. Hältst du das für möglich? Aber sag mal: Willst du mir bei der Gelegenheit nicht auch mal ein bisschen was von dir erzählen?«

»Du bist vielleicht süß. Du denkst wohl, jetzt, wenn wir schon mal zusammen nach Venedig und Paris fahren und jede Nacht zusammen schlafen ...«

»Gestern zweimal.«

»... könnten wir uns getrost ein wenig näher kennen lernen? Soll ich dir jetzt eine kleine Zusammenfassung über mein bisheriges Liebesleben bieten, oder möchtest du lieber einen kurzen Überblick über die elektronischen Geräte, die ich mir immer noch nicht angeschafft habe? Ich hab zum Beispiel keinen Mikrowellenherd und keinen Pürierstab.«

»Na ja, wenn das so ist, dann ...«

»Was dann?«

»Dann passen wir vielleicht ganz gut zusammen.«

Er hat schon Straßenmusik gemacht, direkt unterm Eiffelturm, wie es sich gehört, wenn man gerade mal zwanzig, zweiundzwanzig ist, vor den Kinoschlangen auf den Champs-Élysées natürlich: Immer war es, als würde er das nur vortäuschen, als hätte er eine Rolle in einem Laienspiel übernommen, sich verpflichtet, eine Saison lang das

Kostüm eines Straßenmusikers zu tragen, zusammen mit seinem Freund, dem es genauso ging, ersatzweise für jemanden einzuspringen; sie hatten sich einfach Gitarren umgehängt, »Hey, you've got to hide your love away«. Man durfte auf keinen Fall zu lange spielen und musste sofort mit dem Kassieren anfangen, das hatten sie ziemlich schnell raus, und es reichte dann pro Tag sowieso nur für eine kleine Pizza ohne Extras, mehr war nicht drin, aber nicht so schlimm, es war ja nur Spiel. Aber richtig Straßenmusik. In Paris natürlich – wo denn sonst?

Statt McDonald's gibt es inzwischen O'Kitch. Doch dieses Gefühl für Paris ist immer noch da wie ein guter, alter Bekannter, der geduldig gewartet hat, dass sie wieder vorbeikommen, wenn auch nur kurz. Immer wieder werden Erinnerungen wach, als gingen sie durch einen Keller mit vielen Parzellen, in denen vereinzelt Licht angeknipst wird: da, die Kameraüberwachung in der Métro – genau wie in dem Film »Ein amerikanischer Freund«, und diese Motorroller überall – wie in »Diva«. Selbst die sechseckigen Aufkleber mit den Jahreszahlen in den Winkeln der Autofenster sind ihnen vertraut. Es gibt sogar Hunde, die auf Fensterbrettern liegen, als wären es Katzen, toll, einfach toll. Jemand fischt sich Geldscheine aus seinen Socken, mitten auf dem Bürgersteig. Die kleine Schnellreinigung wirkt mit ihren Lauflichtern seltsam verheißungsvoll, wie ein Nachtclub; und da holt schon wieder jemand in einer Pernodflasche Kühlwasser aus der Bar für seinen Peugeot, der im Stau heiß gelaufen ist.

»Was glaubst du, was los ist, wenn ich hier allein herumlaufe? Du wirst dauernd angequatscht, dauernd.« Als sie dann noch sagt, dass man als Frau heute nicht mehr alleine reisen könnte, durchfährt ihn ein kleiner undeutlicher Schreck, als wollte eine unbekannte Macht nach ihr greifen und sie ihm wieder wegnehmen. Doch solange er sie fest in den Armen hält, kann nichts passieren.

»Es ist so ungerecht…« Sie wirkt noch ganz in Gedanken versunken. »Das war schon bei den Kinderspielen so: Wer 'ne Sechs gewürfelt hatte, konnte noch mal würfeln.«

Er hält sie immer noch umarmt, fest, noch fester – hoffentlich nicht zu kräftig. Als hätte sie geahnt, dass er ihr eine verspätete Liebeserklärung machen will, fällt sie ihm sofort ins Wort, kaum, dass er den Mund aufgemacht hat –

»Sei bloß still!« – und küsst ihn.

»Du weißt ja gar nicht, was ich sagen will.«

»Doch.«

»Aber nicht, wie ich es sagen will.« Schon merkt er, dass er es selbst nicht weiß.

Sie lacht leise. Er solle bloß nicht glauben, dass er da noch eine einzigartige Formulierung finden könnte.

»Ich glaube, dass die im Kino nur deshalb so oft ›Ich liebe dich‹ sagen, weil den Dialogschreibern nichts Besseres eingefallen ist. Die haben unzählige Bleistifte niedergekaut, und denen ist einfach nichts Besseres eingefallen.«

»Die lügen sowieso, nun sei endlich still.«

Er hätte ein ungutes Restgefühl behalten, als dürfte man so etwas nur auf Beerdigungen sagen, wo all das gesagt wird, was ein Leben lang unausgesprochen geblieben ist, weil man es nicht ertragen hätte… ein Mensch, den wir immer geliebt haben, erst dann müssen alle heulen. Dass er verliebt ist, klar, das hätte er sagen dürfen, gerne: verliebt, verliebt, verliebt! Das klingt, als wäre noch ein Irrtum vorbehalten. Oder er hätte Ausdrücke verwenden müssen, die einen politischen Beigeschmack haben, wie eben »Beziehung«. In der Politik gibt es noch die großen Worte, auch wenn sie wie Überbleibsel einer vergangenen Zeit wirken;

große Worte sind immer seltener geworden; im Rundfunk hört man überall vertrauliches Geplauder, auch bei wichtigen Themen, als hätten sich alle auf diese beiläufige, gänzlich unaufgeregte Art geeinigt – wer weiß, vielleicht sind sie schon die ersten einer neuen Generation, die ganz ohne große Worte – nur mit Abkürzungen und einigen Amerikanismen – auskommt.

»Weißt du, ich wollte eigentlich kein Glück. Höchstens Zufriedenheit. Aber die kriegt man auch nie. Pech. Ich bin sonst nicht abergläubisch«, betont sie noch einmal, als wäre das jetzt ganz wichtig.

»Glaubst du an so was wie Vorhersehung?«

»Ich bin Widder. Widder gehören zu den skeptischen Tierkreiszeichen. Die glauben an so etwas nicht. Aber ich bin …«, sagt sie mit vorsichtigem Lächeln, »ein richtiges Sonntagskind.«

»Na, so was! Widder bin ich auch. Sonntagskind auch.« Er macht eine ironisch-entschuldigende Geste, als wollte er sagen: Wenn das so ist, kann man sowieso nichts daran ändern. »Sonntagskinder wären beinahe schon abgeschafft worden. Weil die Kliniken nicht am Sonntag arbeiten wollten, wurde immer schon am Samstag die Geburt eingeleitet. Aber nun, da Hausgeburten Mode sind, gibt es wieder Sonntagskinder.«

»Weißt du noch was? Widder und Widder passen gut zusammen.«

»Widder sind dermaßen skeptisch, dass sie nicht mal glauben, dass sie gut zusammenpassen.«

Sie küssen sich wieder.

Wieso sollten sie auch an Vorhersehung oder etwas in der Art glauben? Es lag kein besonderer Glanz in ihren Augen, nicht mal da, als sie sich zum ersten Mal sahen, es gab keine besonderen Zeichen am Himmel, kein verheißungsvolles

Leuchten, keine Hintergrundmusik, die auf einen dramatischen Höhepunkt zugeigte – so war es gar nicht gewesen, sie haben sich einfach nur einen Moment lang zu tief in die Augen gesehen, mehr nicht. Da kann man eben sehen, was für enorme Nachwirkungen ganz normale Blicke haben können. Sie haben sich nur etwas länger betrachtet, mehr nicht. So haben sie sich kennen gelernt.

»Weißt du, dass achtzig Prozent der Männer an die Liebe auf den ersten Blick glauben?«

Sie wirkt ein bisschen überrascht.

»Bei den Frauen ist es deutlich weniger.«

Sie wirkt nicht mehr so überrascht.

»Fünfzig Prozent der Männer glauben ja auch an Ufos.« Er lächelt. Als wäre das eine Entschuldigung. »Bei den Frauen sind es deutlich weniger.«

Dann ist es ja gut.

»An den Sternen kann es also nicht liegen. Können wir uns darauf einigen?«

»Man muss sich auch mal was schenken lassen. Einfach so.«

»Wieso denn nicht?«

»Männer spielen gerne den romantischen Ritter und glauben, dass sie sich eine Liebe erst erkämpfen müssen, das Glück erobern, indem sie jede Menge Ungeheuer besiegen.«

»Was du alles weißt.« Sie küssen sich wieder. »Es gibt aber heute keine Ungeheuer mehr.«

»Wer weiß. Und wenn nicht, dann muss man sich eben was schenken lassen, einfach so.« Sie kennt da einen arbeitslosen Psychologen, der immer »ein Stück weit« sagt, als gäbe es längst kein Ganzes mehr, nur noch Stücke, und man müsste schon froh sein, wenn man wenigstens eins davon erwischt, der jedenfalls hatte ihr mal gesagt: Wenn du es nicht zulassen willst, dann lass es nicht zu; und wenn du es nicht annehmen kannst, nimm es nicht an.

»Also gut, ich nehme an«, sagt er. »Nicht nur ein Stück weit. Ich nehme alles. Die ganze Portion. Dich und Paris. Und die ganze Welt.«

»Stimmt's! Du kannst es immer noch nicht glauben?«

»Woran sieht man das?«

»Ich finde es so unwahrscheinlich, dass wir uns über den Weg gelaufen sind. Wenn man dermaßen viele Leute sieht, kann man nicht fassen, dass ausgerechnet wir uns begegnet sind, einfach so.«

Ja, wirklich, alles schön und gut, Berlin, Venedig, Paris, wirklich schön und gut, aber es schürt eben auch das ungute Gefühl, dass daran irgendwas nicht stimmt. Vielleicht ist sie ja morgen wieder weg, April April, alles gar nicht wahr, konnte ja auch nicht wahr sein, zu schön, um wahr zu sein. Da muss er ja Angst haben, sie in dem Gewimmel aus den Augen zu verlieren, und er möchte sie am liebsten immer nur festhalten.

Sie lassen sich mit einem Taxi durch die Gegend fahren, die den Eindruck macht, als wäre hier das richtige Restaurant für sie, und suchen zu Fuß weiter. Sie lässt sich die Karte bringen. Brot mit Butter und Käse zu essen ist offenbar doch kein Verstoß gegen die hohen Gesetze der französischen Küche – jedenfalls machen es die Gäste am Nebentisch auch. Sie fühlen sich richtig erleichtert, allein schon, weil das Taxi, mit dem sie hergefahren sind, eine eingebeulte Seitentür hatte – es kommt einfach nicht drauf an – wie schön! Selbst dieser Polizeieinsatzwagen mit der offenen Schiebetür wirkte gar nicht bedrohlich.

»Natürlich hab ich einen festen Freund, falls du das meinst.«

Ja, das meinte er. Es ist ihm längst klar, dass solch

wunderbare Frauen wie sie nicht einfach durch die Straßen laufen und einen wie ihn etwas zu lange ansehen, ohne dass sie bereits in einer Beziehung stecken. Das ist immer so. Einmal hatte er mit einer früheren Geliebten den Sternenhimmel betrachtet, da wollte diese Geliebte sich einen Stern aussuchen, und dabei ist ihm eingefallen, dass ein Stern gar keine richtige Entsprechung zu einem Menschen darstellt, eher müsste es ein ganzes Sternenbild sein. Denn jeder Einzelne steht nicht nur in Beziehung zu einem anderen, sondern immer zu mehreren anderen. Wenn sich zwei frisch Verliebte treffen, müsste streng genommen der ganze Sternenhimmel neu geordnet werden.

»Ich hab auch 'ne feste Freundin, wie du dir vielleicht denken kannst. Wir sind so gut wie verlobt.«

Sie vertieft sich in die Karte und fragt, als wäre es ganz selbstverständlich, von den verflossenen Geliebten zu den aktuellen Essenswünschen überzugehen: »Was hättest du denn gerne als Horsd'œuvre? ›Salade d'ailes de raie aux gouttes d'œufs frits‹ oder ›mousse de langoustines avec son beurre de miel‹?«

»Weiß auch nicht. Früher konnten wir uns nie ein ganzes Menu leisten, als ich hier noch als jugendlicher Held Straßenmusik gemacht hab. Zwölfsaitige Gitarre, immer leicht verstimmt. Das ist das Problem bei diesen Zwölfsaitigen. Da haben wir uns nur Tomaten gekauft, Milch und Baguette natürlich. Wir haben uns höchstens mal 'ne Pizza geleistet, allein schon weil wir die Speisekarte nicht richtig lesen konnten.«

»Du Ärmster. Dann bestell dir doch jetzt mal was Ordentliches. Vielleicht ist es wirklich nie zu spät. Also, wie wär's: ›Chapon farçi forestière et sa garniture d'écrevisses à pieds rouges‹ oder ›magret d'oie à la gastrique de pamplemousses et coings?‹«

»Ich nehme alles!« Er blickt sich in dem Restaurant um, als könnte er sich mit einer plötzlichen Eingebung entschließen, den ganzen Laden aufzukaufen. »Wir könnten uns hier einen teuren Wein leisten, nur einen Schluck davon trinken und dann die Flasche wieder zurückgehen lassen.«

»Aber wir wollen ja nicht gleich unverschämt werden.« Sie lächelt ihn über die Speisekarte an. Ihr Vater hat früher immer gerne, wenn sie sich gerade von einer Krankheit erholt und wieder gute Laune hatte, gesagt: Kaum geht's ihnen gut, schon werden sie frech. Das war so einer seiner Sprüche. Er hat fast immer im Plural über Kinder gesprochen, dabei ist sie Einzelkind. »Also: Wir nehmen am besten den Bordeaux rouge, Château Margaux von neunzehnhundertfünfundsiebzig. Und? Welches Menu willst du?«

»Such was aus oder nimm einfach alles.«

»Weißt du, ich bin ja schon öfter von der Steuer abgesetzt worden...«

»Das kann ich mir denken.«

»Wenn Männer mich zum Essen abgeschleppt haben, haben die immer gesagt: Los, gönn dir was, ich kann alles absetzen. Was für ein Ritual mit diesen Quittungen, die einem ausgehändigt werden, als wären es Urkunden.«

»Dann hast du dir wohl schon 'ne Menge Lebensgeschichten anhören müssen?«

»Erfolgsgeschichten, sag ich dir. Immer Erfolgsgeschichten.«

»In Japan soll es sogar Bars geben, wo sich die Männer eine Frau zum Zuhören kaufen können, von der sie dann angehimmelt werden. Ganz wie in dem Witz, wo der Mann eine Frau anmachen will und sagt: Meine Ehefrau, meine Geliebte und meine Sekretärin verstehen mich nicht mehr.«

»Das ist doch kein Witz. Keiner scheint mehr richtig

zu würdigen, wie erfolgreich die Männer heutzutage sind, und ich muss dir im Vertrauen sagen: Ich kann das auch nicht alles alleine machen. Offenbar hab ich was an mir, dass sich die Männer immer bei mir ausheulen, und selbst wenn sie heulen, müssen sie noch angeben.« Ihr letzter Verehrer war übrigens Weltreisender, ein richtiger Experte, wie die meisten Männer; der kannte sich in der ganzen Welt aus, ein Allroundprofi, überall zu Hause, besonders unter Wasser; einer von denen, der immer wieder die Schatten von Killerhaien gesehen hatte und der sich mit allen Luftfahrtgesellschaften der Welt auskannte und da die Tarife runterhandeln konnte, als wäre das das eigentliche Abenteuer. »Manchmal«, seufzt sie, »hab ich mir mal wieder einen richtigen Anfänger gewünscht – nur so zur Abwechslung.«

»Ich hab das Gefühl, dass ich doch schon eine ganze Menge von dir weiß.« Er überlegt noch ein bisschen. »Also … du sprichst fließend Französisch …«

»Täusch dich nicht. Für die Speisekarte reicht es. In der Schule bin ich nicht weit gekommen.«

»Das freut mich. Ich bin wegen Latein sitzen geblieben. Und ich weiß noch was von dir oder ahne es zumindest: Du gehörst auch zu denen, die nicht zugeben würden, dass sie glücklich sind, auch nicht, wenn sie es ausnahmsweise wirklich mal sind.«

»Wenn ich abergläubisch wäre, würde ich sagen: Das bringt nur Unglück.«

»Du, ein Stück weit kann ich das nachvollziehen. Aber was soll das denn sein?« Er guckt etwas ratlos auf die Teller, die der Kellner gerade gebracht hat.

Sie lacht. »Das ist, Moment, das ist ›feuilleté de ris de veau aux herbes fraiches et sa crème d'Isigny‹. Das ist das Entrée.«

»Wie sieht es denn nun aus mit deinen Männern? Den vielen Experten, besser gesagt?«

»Also.« Sie lehnt sich zurück und atmet tief durch. »Ganz von vorne?«

»Warum nicht? Wir haben Zeit. Paris kann warten.«

»Na gut. Als Kind möchte man wissen, wie es sein wird mit der großen Liebe. Da überlegt man sich, ob es wirklich für jeden eine passende zweite Hälfte gibt, und fragt sich, woran man die denn dann erkennt, wenn es so weit ist, ob es irgendwelche Zeichen gibt. Am Himmel ... Lach doch nicht. Oder am eigenen Körper. Später will man es einfach nicht mehr wissen, obwohl man immer noch keine Antwort bekommen hat. Die Frage erledigt sich irgendwie von selber, wie bei einer blöden Behörde, wo man einen Antrag einreicht, aber nie eine Antwort kriegt und mit der Zeit auch nicht mehr damit rechnet.«

»Das klingt ja nicht gerade begeistert.«

»Tja. Ich habe sogar das Gefühl, dass einen das Unglück nie so ganz loslässt. Ein bisschen Unglück ist immer mit dabei – mal mehr, mal weniger. Gerade dieser Freund, nach dem du mich gefragt hast, hatte ein ziemliches Talent, mich zu kränken, ein echter Virtuose in einer ganz speziellen Kunst, aber gleichzeitig hatte ich das Gefühl, ich müsste mich um ihn kümmern ... unbedingt ... als wäre er ohne mich verloren ... und ...« Es fällt ihr offenbar doch nicht so leicht, darüber zu sprechen, jedenfalls hat er plötzlich den Eindruck, dass sie nicht auf fertige Formulierungen zurückgreift.

»Doch. Das kenne ich. Nach diesem Modell scheinen heute viele Beziehungen zu funktionieren. So etwas kann lange halten. Es ist heute der richtige Frust, der die Paare zusammenhält, nicht unbedingt die richtige Liebe.« Seine Fastverlobte hat das auch schon festgestellt, wörtlich. »Ich habe früher gerne Paare beobachtet, musst du wissen, in den Kneipen von Berlin oder wo ich auch hinkam, auf dem Gebiet bin ich in gewisser Weise auch ein Experte, ich habe da schon den richtigen Scharfblick. Überall dasselbe: Alle wollen sich gerne richtig verlieben, schaffen es aber nie, und schon sind sie zutiefst beleidigt, wahrscheinlich weil sie meinen, dass es ihnen rechtlich zusteht, sich wenigstens einmal so richtig leidenschaftlich zu verlieben. Aber es klappt eben nicht. Vielleicht haben sie sich längst hoffnungslos in irgendwelche Bilder aus der Werbung für eine Bausparkasse oder eine Hautcreme mit Tiefenwirkung verliebt, ohne dass sie sich genau daran erinnern können, und nun kommen ihnen alle Häuser und Menschen aus dem wirklichen Leben nur noch wie Trostpreise vor, die sie nicht unbedingt haben müssen, dafür sind sie sich wiederum zu schade. Vielleicht haben sie auch irgendwann mal den Fernseher laufen lassen, sind dabei eingeschlafen, und schon haben sich Traumbilder eingeschlichen, die ihnen ab sofort alles andere lächerlich, klein und billig erscheinen lassen. Aber ich sag dir was: Wenn man sich tatsächlich verliebt, ist es ja auch nicht unbedingt schön. Es ist genau wie in diesem Lied von den Beatles, wo es heißt: ›She's the kind of girl you want so much it makes you sorry‹. Alles hier gespeichert, weißt du.« Er tippt sich an den Kopf. »Auch ohne Computer, alles gespeichert. Deshalb wusste ich schon lange, dass Verliebtsein äußerst unangenehm sein kann. Eine Krankheit, ich sag's dir. Man verliebt sich doch zumeist erst dann, wenn die Enttäuschung schon in Sicht ist, wenn es sowieso unmöglich scheint, zu einem glücklichen Ende zu finden, als würden die schlummernden Gefühle überhaupt erst unter so einem Vorbehalt aktiviert – die trauten sich sonst wahrscheinlich gar nicht raus. Da ist es dann auch nur ein schwacher Trost, sich einzureden, dass all die Enttäuschungen letztlich dazu beitragen, dass man später umso sicherer weiß, wer denn nun die Richtige ist – ich meine, woher sonst sollte auch die Sicherheit kommen, auf die man immer wartet? Woher sonst? Wenn nicht aus all den Erfahrungen, all den Enttäuschungen? Aber manchmal war ich mir schon gar nicht mehr sicher, ob dieser Trost nicht auch noch wegfällt und ob das ganze System, nach dem diese blöde Sichverlieben funktioniert, nicht schlicht und ergreifend ein einziger Betrug ist, ohne jeden Trost. Ich bin jedenfalls richtig ärgerlich, wenn ich verliebt bin, mürrisch irgendwie, schlecht gelaunt; sauer auf die ganze Welt.«

Sie nickt.

»Eigentlich ist so eine Verliebtheit nur eine gute Ausrede, sich zu besaufen.«

Als sie noch jung war und sich ein Bademeister in sie verliebt hatte, war das noch ein riesiger Spaß gewesen – für sie und für die ganze Klasse. Später haben ihr die verliebten Jungs nichts als Ärger gemacht, nur, und sie hat sogar an der Uni freiwillig eine Arbeitsgruppe gewechselt, nur weil da einer war, der in sie verliebt war.

»Dauernd wirst du mit gierigen Blicken angeschmachtet, und gleichzeitig linst so ein Profi mit einem Auge schräg an dir vorbei, ob nicht schon bessere Frauen in Sicht sind.«

Stimmt. Das hatte ihm sein alter Freund und Straßenmusiker auch verraten: Alle Frauen beklagen sich, dass Männer andere Frauen angucken, alle tun das, alle. Manchmal bemerken sie andere Frauen schon früher als man selber, kaum sind sie vorbei, wird behauptet, man hätte sie angestarrt.

»Du merkst schon, wie sich dein schmachtender Möchtegernliebhaber auf den Standpunkt zurückzieht, dass du ihm sowieso nicht gut genug wärst. Du spürst das einfach. Der ruft immer wieder an und probiert es mit neuen Einladungen, als wollte er sich vergewissern, dass es doch nicht die richtige Liebe ist, auf die er schon so lange gewartet hat – natürlich stets im Vergleich mit aktuellen Versuchen bei andern Testpersonen, bei denen es auch nicht so ganz das Wahre ist.« Nun hat sie wieder diesen überlegenen Ton in der Stimme, zu dem er sofort Vertrauen hatte – diese selbstverständliche Überlegenheit, wie viele in Berlin. Gleichzeitig ist ihm klar, dass sie so einen Ton auch nur selten anklingen lässt. Sie zuckt die Schulter, als wollte sie sagen, dass es alles nicht so schlimm ist. Jedenfalls hat sie bei all den Affären oder Beziehungen oder wie man das auch nennen soll immer das Gefühl zurückbehalten, dass sie noch keiner so richtig gewollt hat. »Nie so ganz. Die wollten mich immer nur ein Stück weit.«

»Aber ich«, sagt er ohne zu überlegen, »will dich ganz.« Es fällt ihm erstaunlich leicht, das zu sagen – ein einfacher Satz, den er früher nie in einem Restaurant gesagt hätte – hier fällt es ihm ganz leicht, mit einer Fremdsprache als Geräuschkulisse, ohne prüfende Seitenblicke auf andere Paare zu werfen.

Er könnte ihr noch stundenlang zuhören, ohne zu fürchten, dass der Zauber ihrer ahnungslos frischen Begegnung beeinträchtigt wird. Sein Freund hatte ihm immer schon gesagt: Wenn man eine Frau kennen lernt, sollte man am besten heimlich eine Namensliste anlegen; Frauen überschütten einen sofort mit einer Unmenge von Namen aus ihrem umfangreichen Bekanntenkreis. So machen das alle. Sie auch – erzählt von Kollegen, Freundinnen, Verwandten... und es ist wirklich so: Man kann mit Frauen einfach nicht theoretisch diskutieren, die mögen keine abstrakten Begriffe, die reden über ihre Bekannten, genauso ist es, ganz genau – nur dass es ihm jetzt ganz wunderbar vorkommt. Sie sieht den einzelnen Menschen, toll.

»Bevor ich das alles alleine aufesse – willst du nicht mal von meinem Teller kosten? Ich kenne bisher nur Frauen, die immer was von meinem Teller kosten wollten.«

»Was hast du auch nur für Frauen kennen gelernt!«

Er zuckt mit den Schultern. »So viele auch wieder nicht. Aber alle wollten sofort Einfluss nehmen auf das, was ich esse. Die hätten es nicht zulassen können, dass mir eine fertige Portion hingestellt wird, ohne dass sie daran irgendwas verändert hätten. Ich weiß auch nicht, woran das liegt, ich hab jedenfalls immer nur Frauen gekannt, die von meinem Teller kosten wollten, immer nur ein kleines Stückchen. Die wollen keine eigene Portion. Die wollen einfach nur ein Stück weit ihren Einfluss geltend machen.«

Sie schüttelt den Kopf, und dabei schlenkert ihr Plastikohrring, der verkleinerte exotische Früchte darstellen soll, heftig hin und her; nicht teuer, wie sie ihm – fast entschuldigend – schon in Berlin erklärt hatte, ihr einziger Schmuck übrigens: ein einzelner Ohrring. Nicht einmal besonders groß. Er hat nämlich die Theorie, dass die Größe der Ohrringe mit der Größe der Stadt, in der die Frauen wohnen, zusammenhängt: Berlinerinnen tragen die größten und vor allem besonders originelle Ohrringe; die Größe markiert zugleich die Differenz zwischen ihren Ansprüchen und den Möglichkeiten der Umsetzung; einmal hat er eine Frau gesehen mit einem Ohrring so groß wie eine Schallplatte. Die bräuchte wahrscheinlich eine extra Reisetasche – nur für die Ohrringe. Er hatte früher noch geglaubt, er würde eines Tages zufällig eine wunderbare Frau treffen, mit oder ohne Ohrring, irgendwo würde die sich versteckt halten. Viele, selbst kleine Orte hatten eine eigentümliche Verheißung, und er konnte sich einreden, dass es Orte waren, zu denen er eigentlich immer schon mal wollte, seit er im Erdkundeunterricht die Namen auf der Landkarte gesehen hatte, Fallingbostel, Buxtehude, Lüdenscheid… Irgendwo in der kleinen Fremde würde vielleicht auch – warum eigentlich nicht? – die große Liebe auf ihn warten. Es sah manchmal ganz danach aus: Im Randbereich seiner Aufmerksamkeit huschten immer wieder Seelengespenster mit offenen Sommermänteln an ihm vorbei, mit Spangen im hochgesteckten Haar – schon wieder weg. Alle hatten sie entfernt Ähnlichkeit miteinander, sie sahen alle ein bisschen so aus wie die junge Mireille Mathieu, nur sehr entfernt; er mochte auch diese Chansons nie leiden, hatte aber ein Starfoto von ihr gesehen, als er gerade vierzehn war, und vielleicht hatte das seine Vorstellung von dem Frauentyp, in den er sich verlieben würde, nachhaltig geprägt; und so lächerlich ihm diese Erklärung – angesichts der Bedeutung, die er seinen Verliebtheiten gerne geben wollte – selber stets erschien, die Ähnlichkeit war immer wieder verblüffend. Es war auch immer dieselbe Art der Verliebtheit, eher eine Möchtegernverliebtheit. Er wollte sie alle küssen, umarmen, festhalten und zärtlich streicheln, aber ehe es dazu kam, dass sie richtig intim wurden, musste er sie erst mal retten, auf blutenden Händen aus brennenden Häusern oder von sinkenden Schiffen tragen, raus aus dem lächerlich kleinen Ort in eine bessere Welt. Dieses ganze Kapitel seines bisherigen Liebeslebens könnte nun abgeschlossen sein. Es war sowieso eher ein Leben in Sehnsucht als ein richtiges Liebesleben, immer mit einem melancholischen Grundton, aber angenehm melancholisch, und er hat sich schon richtig daran gewöhnt und bedauert sogar ein bisschen, sich im Geiste von all seinen Seelengespenstern zu verabschieden, selbst wenn er reich entschädigt wird durch seine überraschende Liebe, die natürlich auch entfernt

Ähnlichkeit hat mit all seinen Seelengespenstern, was er ihr aber nicht sagen muss, wahrscheinlich weiß sie es sowieso schon.

»Wusstest du, dass Kolumbus nur deshalb losgefahren ist, weil er dachte, die Welt wäre nicht groß? Er dachte ernsthaft, dass Indien nur etwa zweitausend Seemeilen westlich liegt, in gewisser Weise hat er Recht behalten.«

»Du hast doch nicht etwa den ganzen Wein getrunken? Das war ein Bordeaux, ein Château Margaux, nur dass du's weißt.«

»Eigentlich sollten nur Liebende reisen. In Wirklichkeit reisen jedoch die meisten aus Liebeskummer. Es sollte umgekehrt sein. Es dürfte nur noch Hochzeits- oder Liebesreisen geben, keine Touristenreisen und vor allem keine Geschäftsreisen mehr; und die Liebenden dürften auch nur verreisen, wenn ihre Liebe sie bescheiden gemacht hat, wenn sie ihre Unzufriedenheit nicht noch überallhin verschleppen müssen wie eine ansteckende Krankheit; nur, wenn beide einverstanden sind, auf dem Rücksitz zu sitzen, sich an den Händen zu halten und aus dem Fenster zu sehen, wenn sie dankbar für die Aussicht sind wie für ein unverdientes Geschenk. Man muss sich wirklich mal was schenken lassen, da hat dein Psychologe ganz Recht, einfach so. Aber eins darf ich dir noch erzählen, was ich übrigens noch keiner Frau gesagt hab ...«

Sie sieht ihn an, als wäre sie nicht sicher, ob sie es erlauben soll; und er merkt selbst, dass er es wirklich mal einer Frau gestehen will, damit er es endlich loswird, als würde er sich wieder mit der Welt der Frauen versöhnen, wenn er offenbart, wie er hier in Paris in ein Bordell gegangen ist, mit der Hälfte seiner Reisekasse. Er wollte sich eigentlich ganz mit Straßenmusik durchschlagen, hatte aber noch etwa zweihundert Mark in Reserve. So war das. Er hat sich richtig erleichtert gefühlt, als es überstanden war, als hätte er eine lästige Prüfung hinter sich gebracht, schließlich hatte er schon von verschiedenen Männern gehört, die plötzlich nicht mehr konnten, und das kann er verstehen, zumindest ein Stück weit, auch wenn es bei ihm nicht so war: »Ich erinnere mich noch gut an einen großen Hund, der im Flur von diesem Hotel rumlungerte. Es kam sogar die Polizei vorbei, und da war ein richtig tätowierter Mann an der Rezeption, bei dem er noch nachbezahlen sollte, toll, überall dieses Parfum des Verbrechens. Meinen Reisepass hatte ich natürlich sicherheitshalber meinem Freund zugesteckt, der draußen warten wollte; irgendwie muss ich wohl damit gerechnet haben, dass man mich bis aufs Hemd ausraubt, und ich war natürlich begeistert, dass ich nicht ausgeraubt wurde, gleichzeitig auch ein bisschen enttäuscht, dass da nichts weiter dran war; die Prostituierte hat mich sogar gefragt, ob ich nicht gleich zwei Frauen wollte, als wäre das ganz selbstverständlich, sie hat mir noch ihre Kollegin empfohlen, die ihre Mutter hätte sein können... Ich habe das natürlich nicht so richtig verstanden, das war auch gut so. Ich glaube, ich hätte mich sonst nicht getraut, hätte Angst gehabt vor dem, was so eine Frau sagen würde, irgendwelche Beleidigungen wahrscheinlich. Und dann gleich zwei. Zwei auf einen Streich. Wahrscheinlich war das alles nur ein Bluff, um mir die Hemmungen zu nehmen und es ganz normal erscheinen zu lassen, wenigstens eine zu... kaufen. Eine – oder wollen sie gleich zwei? Goldstück, zwei Stück fünfundachtzig Pfennig. Darin liegt ja auch der eigentliche Verrat. Mit dem Geld hält man die ganze Liebe aus der Sache heraus, als müsste man sich freikaufen. Ein ganz ähnliches Gefühl von Verrat habe ich übrigens auch, wenn ich Leute davon reden höre, dass sie ihre Gefühle in Beziehungen ›investieren‹, eine saublöde Formulierung, hast du bestimmt auch schon gehört: ›Gefühle investieren‹ – das klingt nach Geld, nicht nach Gefühl.«

»Je voudrais payer. L'addition, s'il vous plaît.«

»Sie hat mich sogar nach meinem Namen gefragt, und ich hab sie angelogen. Das wäre gar nicht nötig gewesen. Die hätte sich meinen Namen sowieso nicht gemerkt, nie im Leben, das gehörte alles zu ihrer kleinen Show, genau wie die Frage, ob ich nicht noch eine zweite will; das hab ich mir natürlich alles erst viel später überlegt, auch ihr Name, Michèle, war bestimmt nicht ihr richtiger Name, ich war schon ziemlich naiv, ich hab sogar versucht, sie zu küssen, ganz unwillkürlich; natürlich hatte ich gehört, dass man so was nicht darf, weil die Michèles dieser Welt etwas für sich zurückbehalten müssen, das hatte ich auch eingesehen, ich hatte es nur wieder vergessen, glatt vergessen, und hab mir tatsächlich eingeredet, sie würde mich auch ein bisschen mögen oder vielleicht nicht unbedingt mögen, aber doch froh sein, dass sie diesmal wenigstens so einen wie mich erwischt hat. Ich hab mir das natürlich nur eingeredet, weil ich schon anfing, sie mehr und mehr zu mögen, das kommt wahrscheinlich ganz automatisch, wenn auch in diesem Fall nachträglich, mit kleiner Verspätung, vielleicht kann man das doch nicht trennen. Ich hatte mir schon überlegt, ob ich ihr nicht mal schreiben könnte, dabei war sie blond, und ich hab mich immer nur in schwarzhaarige Frauen verliebt, mit so einer ähnlichen Frisur, wie du sie hast, Tatsache, und ich hatte natürlich drauf geachtet, dass ich auf jeden Fall einer Blondine über den Weg laufe, bloß keiner Dunkelhaarigen, das hätte ich mir nicht zugemutet, dabei ist es statistisch gesehen so, dass die meisten Männer Blondinen bevorzugen, aber ich bin in dem Punkt wohl etwas anders veranlagt als der durchschnittliche Mann.«

»Nicht nur in diesem Punkt.«

»Ich fühlte mich richtig erleichtert, als ich danach noch zwei lumpige Biere – für mich und meinen Freund, der gewartet hatte – bestellte und die Rechnung bekam: Das war ein derartiger Nepp, das kannst du dir gar nicht vorstellen, das war wirklich der Gipfel. Diese beiden Biere kosteten fast halb so viel wie diese zehn Minuten auf dem Zimmer – ich war restlos erleichtert, ich hab mir immer gesagt: was für ein Betrug, überall in Paris, alles Beschiss, wenn die schon dermaßen viel für ein Bier verlangen, dann darf man sein Geld auch für leichte Mädchen ausgeben.«

»Und wie viel hast du diesmal getrunken?«, fragt sie während sie zahlt.

Hoffentlich hat er ihr jetzt nicht das Gefühl gegeben, dass sie ihm doch nicht ausreicht. Sähe ihm ähnlich: gleich alles zu verpatzen. Er kann das eben nicht. So ein wunderbares Essen, das er gar nicht verdient hat, mit so einer wunderbaren Frau, und alles in Paris – und dazu die Gewissheit, dass er danach mit ihr ins Bett gehen wird, ohne sie vorher umständlich erobern zu müssen – eine Frau, die ihm so eigenartig vetraut und dennoch neu ist – das ist einfach zu viel des Guten. Plötzlich fürchtet er, dass in so einem Fall, wie nach einem Naturgesetz, gleichzeitig eine zerstörerische Kraft freigesetzt wird, die bewirkt, dass er schwerwiegende Fehler macht und sofort wieder alles verdirbt, kaum dass es richtig angefangen hat.

In der Nacht träumt er, dass sie aus dem Fenster gesprungen ist und nun tot auf dem Bürgersteig liegt mit unnatürlich angewinkeltem Ellenbogen, direkt neben einem der Gitterkränze, die rund um die Bäume … noch nicht ganz tot, aber doch tot. Beides zugleich, wie es nur in Träumen möglich ist; sie ist tot, stöhnt aber noch, und er steht neben ihr und bestreut sie sofort mit diesem gelben Pulver, das aussieht, als würde es in der Nacht phosphoreszieren; er weiß ja, er muss das jetzt erledigen – ganz wichtig! –, damit nicht die Hunde die Leiche bepinkeln.

Mit einem Mal wacht er auf, sein Herz pocht viel zu schnell, er hört den Verkehr, der ungleichmäßig rauscht. Jetzt weiß er auch wieder, wo er ist. Und diese Blätter da draußen an den Bäumen... die hatten doch nicht richtig grün ausgesehen, grün genug jedenfalls, wenn er sich recht erinnert – warum rascheln die im Nachtwind, als wären sie aus Alufolie? Es ist doch gar nicht Herbst. Die Blätter können doch nicht auf einen Schlag vertrocknet sein.

Er schiebt vorsichtig seine Hand unter ihr T-Shirt, will sie ihr aufs Herz legen, um sich ein bisschen zu beruhigen, da hört er zum ersten Mal diese Stimme aus dem Nebenzimmer – das muss die Amerikanerin mit Turnschuhen sein, mit Walkman und Rucksack; die war ihnen schon unten an der Rezeption aufgefallen, und nun wiederholt sie wie unter Tränen: »But I have to find myself, you know? My identity!« – so deutlich. Er kann jedes Wort verstehen! Dazu eine tiefe Männerstimme, die einfach nur brummt.

Er überzeugt sich noch einmal. Sie atmet. Er kann es deutlich hören. Sie fühlt sich warm an. Sie lebt. Er will sie sofort ansehen. Plötzlich hat er eine fast schon schmerzhafte Sehnsucht, sie wenigstens kurz anzusehen. Es genügt ihm nicht mehr, sie nur atmen zu hören; er merkt, wie er mehr und mehr in Panik gerät – als hätte er sie schon verloren. Er streckt sogar den Arm nach der Nachttischlampe aus, überlegt noch kurz, ob er sie vielleicht mit dem Lichtschein wecken würde, und greift ins Leere.

Er ist nicht zu Hause. Er weiß nicht, wo der Lichtschalter ist.

Kaum ist er wieder eingeschlafen, träumt er wieder, dass

sie tot ist, als wäre der erste Traum nicht unterbrochen worden. Diesmal kann er in der Leiche blättern, wie in dem Lexikon seiner Eltern, das er sich früher heimlich angesehen hatte: Da war der menschliche Körper dargestellt, ohne Haut, was ihn immer wieder erschreckt hat, dennoch hat er es fasziniert betrachtet: Jedes innere Organ war auf einer durchsichtigen Folie abgebildet; es gab eine Extraseite für die Lunge, eine für den Magen, eine für die Nieren, eine für das Herz mit roten und blauen Arterien und Adern.

Croissants zum Frühstück, genauso hatten sie sich das vorgestellt; und als sie ihr Croissant in den lauwarmen Milchkaffee tunkt, sagt sie unvermittelt – in einem Ton, als müsse sie ein Geständnis ablegen –, dass sie ihr Adressbuch in Venedig liegen gelassen hat: absichtlich, wohlgemerkt, absichtlich! Erst hat sie sogar überlegt, es mit eindrucksvoller Geste ins Dreckwasser zu den Plastiktüten zu schleudern, dann wäre ihr die Geste aber zu großartig vorgekommen, und sie hat es dann einfach – wie versehentlich – in der Schublade des Nachttisches liegen gelassen. »Es gibt so viele leere Schubfächer in den Hotels dieser Welt, da muss man mal was reinlegen. Es sind auch immer so dunkle Möbel, wahrscheinlich in allen alten Hotelzimmern der Welt.« Es besteht keine Gefahr, dass ihnen das Adressbuch nachgeschickt wird, sie wissen ja selbst noch nicht einmal, wo sie als Nächstes hinfahren werden. Weg ist weg. Na gut, dann gibt es eben keine Postkarten – keine Fotos und keine Postkarten.

Er nickt müde. Alles klar.

Gut, bon, keine Postkarten. Nur dieser arbeitslose Psychologe – vielleicht ein Vorschlag zur Güte – könnte eine kriegen; eine Postkarte passt allein schon wegen der Größe gut zu einem, der immer »ein Stück weit« sagt.

Im Hintergrund sind die Nachrichten des Tages zu hören, gefiltert durch die Fremdsprache; sie hören nur Stichworte – Jelzin, Israel – aus einer fernen Welt, mit der sie nichts mehr zu tun haben. Sie würden schon nichts versäumen. Dabei hatte er früher regelmäßig Nachrichten gehört – ganz gewissenhaft! –, als wäre das eine letzte Pflicht, die er unbedingt zu erfüllen hatte.

Er überlegt kurz, ob er ihr von seinen Träumen erzählen soll – wieso gleich zwei in einer Nacht? Die wird er nun nicht wieder los; denn wenn später wirklich etwas passieren sollte, müsste er sich sagen, dass er in Paris so etwas wie eine Vorahnung gehabt hat – etwas, an das er eigentlich nicht glaubt und auch nicht glauben will. Das hat er nun davon: diese enorme Fallhöhe, da muss es einem schwindelig werden, da entsteht die Angst, das Glück gleich wieder zu verlieren. Aber war nicht auch ihre Liebe damit etwas wahrscheinlicher geworden? Etwas wirklicher, als hätte er sich um sein Glück verdient gemacht – zumindest ein Stück weit, allein schon dadurch, dass er Angst darum gehabt hat?

Sie hat eine Freundin in Berlin, die immer anruft, um neue Schreckensgeschichten zu erzählen, manchmal welche, die sie aus der Tageszeitung vorliest, um sich zu vergewissern, dass es wirklich richtig schreckliche Geschichten sind, ganz, ganz furchtbar; und die Nachbarn von einer Bekannten von ihr, von dieser Freundin also, hatten ein zweijähriges Kind, gerade erst zwei geworden, ein wirklich süßes Kind …

»Nun fang nicht auch noch damit an. Sei sofort still.«

Wer nicht jammerte, machte sich ja fast schon verdächtig, dass er in Wirklichkeit einverstanden war mit dieser schrecklichen Welt; und wer etwas einfach nur schön fand, galt schon als geistig beschränkt; es gab ja auch viele schlimme Geschichten; überall, man war verstrickt in einem Netzwerk von Unglück, man konnte schon darauf warten, wen es als Nächsten treffen würde. Plaisir d'amour ne dure qu' un moment, chagrin d'amour dure toute la vie. Sie etikettiert sogar schon die Bekannten, von denen sie erzählt, mit ihrem Unglück: Da ist die Frau mit dem behinderten Kind; die mit dem abgebrochenen Studium; die mit dem Verlobten, der sie schlägt, wenn er zu viel getrunken hat. Diese Schreckensgeschichten haben eine merkwürdige Glaubwürdigkeit, wie ernste Musik; es sind Geschichten, die unter der Hand weitererzählt werden, Mund zu Mund, schon deshalb, weil man damit den Schrecken an andere weitergeben kann, als würde er schwächer, wenn man ihn teilt. Aber er wurde nicht schwächer, sondern machte eine Zellteilung und verbreitete sich.

»Küssen ist immer noch das beste Heilmittel. Vielleicht auch das einzige.« Er erhebt sich, und sie küssen sich über den gedeckten Frühstückstisch – mit vollem Mund. »Nun ist aber Schluss. Man kann sonst noch katastrophensüchtig werden.«

»Bekannte von mir haben einmal Urlaub gemacht, haben eine Familie aus dem Ruhrgebiet kennen gelernt, und die Frau hat sich überhaupt nichts anmerken lassen, nichts, die ganzen zweieinhalb Wochen über gar nichts, und als sie wieder zu Hause waren ...«

»Sei still!«

Das Unglück ist das Selbstverständliche. Glück, Glück, Glück – meine Güte, man musste froh sein, wenn man am Leben blieb, als wäre das Leben ein zweitklassiger Actionfilm mit Siegern und Verlierern. Es kann nur einen geben. Da konnte man nicht noch Ansprüche stellen und erwarten, dass man Glück hatte oder dass einem die Welt zu Füßen gelegt wurde. Glück – das war, wenn man mit dem nackten Leben davongekommen war, ein Brett schießt durch die Windschutzscheibe, von einem Laster herunter und voll durch die Scheibe, nur um Haaresbreite daneben, sonst wäre der Kopf ab gewesen – das ist Glück.

Sie bestellen sich noch zwei Café au lait. Man kann vielleicht so sagen: Was sie gerade machen, ist etwas wie das Gegenteil von einem Fest: Zu einem Fest werden die Freunde eingeladen, damit sie miteinander glücklich sind, aber das klappt sowieso nicht. Wieso auch? Wenn alle ihr Unglück mitbringen, Aspirin Turbo und etwas Geld für das Taxi, eine kleine Aufmerksamkeit für die Gastgeberin, im Notfall Blumen. Sie dagegen geben kein Fest – sie laufen allen davon.

Nicht nur, dass sie einem Fest davonlaufen: »Da könnte ich dir noch jede Menge anderer Sachen aufzählen: diese Gespräche, was denn nun werden soll; erste Besuche bei den Eltern, die einen noch mit Sie anreden und indirekt fragen, ob man heiraten will, und dann geht's los: ein Bausparvertrag von Schwäbisch Hall – auf diese Steine können Sie bauen; Gartenmöbel aus diesem weißen Plastikzeug, das es neuerdings überall gibt; kann man sich vorher schon ansehen, bei diesen Möbelhäusern, die sogar am Sonntag öffnen, aber nur zur Verkaufsshow; oder Kühltaschen mit Blümchenmuster.« Er stöhnt herzhaft und kommt sich toll dabei vor, als könnte er die Welt neu erfinden. Gut, dass sie wegfahren.

Es ist ja nicht nur das unglückliche Klima, das über Berlin liegt wie eine dunkle Wolke, die jedes Glück so schwer macht: Da ist nun mal kein Platz für große Gefühle, so einfach ist das. »In mir sträubt sich alles dagegen, eine dynamische Lebensversicherung abzuschließen – wenn ich mir nur vorstelle, wie diese Totengräber von den Versicherungen mir meine Vorteile einreden wollen, meinen Bonus für den Todesfall, oder, falls mir das lieber ist, den Erlebensfall – oder muss es Erlebnisfall heißen? Oder Erlebnisfalle? Woran liegt das nur? Wieso habe ich so einen Widerwillen dagegen? Ich hab sogar schon gedacht, mit mir wäre irgendwas nicht in Ordnung; alle anderen hetzen ihren Vorteilen hinterher, sputen sich, um ja nicht den nächsten Wüstenrot-Tag zu verpassen, auf all den Plakaten sieht man die Leute hetzen, eilen, über Hindernisse springen, und mit derselben Geschwindigkeit möchte ich nur noch weglaufen, wenn ich Bereitstellungszinsen höre, dann will ich nichts wie raus aus der Bank.«

»Ich könnte dir noch mehr Gründe zum Weglaufen nennen: Zahnbecher mit ›Sie‹ und ›Er‹ drauf, Übergardinen, Schonbezüge, Läufer oder Brücken und solche Abdeckdinger für die Kochplatten, und Untersetzer mit Motiven, egal mit was für welchen, am besten gleich ein ganzes Set mit Untersetzern, sechs oder zwölf; Abtreter, auf denen ›Bitte‹ steht; Beistelltischchen, nicht zu vergessen. Es gibt auch ein Beistelltischchen passend zum Sofa, das ›Soltau‹ heißt. Jetzt sag mir doch selber mal: Würdest du dir jemals im Leben eine Wohnung einrichten mit einem Beistelltischchen, das ›Soltau‹ heißt?«

»Nie.« Diese Möbel manifestieren ja, dass man sich auch in Liebesfragen auf eine mittlere Preislage eingerichtet hat. »Es gibt auch Autoradios, die nach Orten benannt sind, zum Beispiel eins, das ›Heilbronn‹ heißt.«

Einmal hat sie bei Verwandten, die sie sowieso nicht leiden kann und bei denen sie obendrein diese überzuckerten Cremetörtchen essen musste, so einen merkwürdigen Beistelltisch gesehen für Blumenvasen, es standen allerdings gerade keine Vasen drauf, nur eine Plastikgießkanne, jedenfalls war da so ein Tischchen in mehreren Etagen, mit braun melierter Marmorplatte, und da hat sie genau gewusst: Wenn ich das noch eine Minute länger angucke, muss ich kotzen!

Mit dem Flugzeug zu fliegen hinterlässt bei beiden das unausgesprochene Gefühl, noch einmal mit dem Leben davongekommen zu sein – ein Seitenblick, Händedruck; sie verstehen sich. Sie wissen längst, dass es einen Zeitunterschied gibt, und doch müssen sie ihr Bewusstsein überlisten, ein wenig mogeln: So richtig können sie sich den Zeitunterschied doch nicht vorstellen, aber man kann die Uhr umstellen; dieses Gefühl, noch mal mit dem Leben davongekommen zu sein, hätten sie auch einfacher haben können, auf der Autobahn nach Berlin hatte sie das oft genug, Schrecksekunden auf Leben und Tod.

Schon auf dem Flughafen liegen Menschen auf der Erde, liegen einfach in den Gängen. So ist das hier in New York, New York. Es gibt keine Schließfächer. Er hat sich vorgestellt, dass er die Plastiktüte mit der alten Wäsche aus Berlin einfach in das nächste Schließfach steckt und den Schlüssel lässig in den nächsten Fluss wirft, als würde er eine Szene aus einem Fernsehkrimi nachspielen.

Aber es gibt keine Schließfächer. Es hat offenbar früher welche gegeben, aber die sind wieder abgeschafft worden – wegen der Terroristen. So sind die Amerikaner. Dann schaffen sie Schließfächer eben wieder ab. Praktisch. Vielleicht gibt es auch bald keine Flüsse mehr.

Der Guide zeigt die Stellen der Stadt, die man als Kulisse kennt: Hier wurde der »Stadtneurotiker« gedreht, und diese Brücke ist in »Saturday Night Fever« zu sehen. Der Guide trägt ein rot-blau kariertes Jackett, sodass er wie die Parodie seiner selbst wirkt. Wer weiß, was ihnen noch so alles zugemutet werden wird; und sie können nicht einmal sagen, ob das die Kleider sind, die er gerne anzieht, oder ob er glaubt, er müsste für seinen Job etwas Auffälliges tragen und sich ein bisschen als Entertainer verkleiden.

King Kong, erklärt er ernsthaft, war damals wirklich auf dem Empire State Building, ganz oben. Tatsache: Die Neuverfilmung dagegen, die King Kong auf dem World Trade Center zeigt – dort drüben – ist natürlich reine Fiktion.

Selbst vom Empire State Building aus haben sie keinen wirklichen Überblick – die Sicht ist auch nicht klar. Man kann allerdings deutlich genug erkennen, dass es unten keine Parkplätze gibt. Seine nicht ganz problemfreie Beziehung aus Berlin-Schöneberg war ja immer ein wenig stolz darauf, dass es in Berlin auch keine Parkplätze gab; darüber hatte sie oft geradezu begeistert geklagt, als wäre das der letzte Beweis dafür, dass Berlin wirklich eine bedeutende Weltstadt ist und kein Provinznest.

Fast alle Autos, die von oben tatsächlich wie Insekten wirken, sind gelb – Yellow Cabs. Sie wundern sich noch über einige versteckte Dachgärten, die man nur von oben aus erkennen kann, machen sich gegenseitig darauf aufmerksam, da, da … wie verloren die wirken; überall diese Behälter – was mag da drin sein? Wasser, oder was? Und überall, so weit das Auge reicht, Kästen für die Klimaanlagen. Hier ist die Welt nicht schwarz-weiß, sondern – er zeigt auf die vielen Taxis – schwarz-gelb.

Beide haben das Gefühl, dass sie der alten Welt noch nicht richtig entkommen sind. Sie haben Europa zwar verlassen, dabei aber nicht den Radius ihrer alten Sehnsüchte überschritten: New York ist nicht fremd genug. Plötzlich tauchen die Erkennungsjingles des Senders für die American Forces wieder auf – werden vor ihren inneren Ohren abgespielt, und es ist, als könnten sie die O-Töne der amerikanischen Sprecher in Berlin tatsächlich noch mal hören, wenn auch nur leise, und beide können sich noch genau erinnern, dass es damals – especially when you are black – Hinweise gab, was die stationierten Soldaten beachten sollten, um nicht zu erfrieren.

Beiden war das aufgefallen, denn sie hatten sich jedes Mal gewundert, für wie unselbständig man die Soldaten offenbar hielt, wenn man sie zwischen Popmusik und aktuellen Wechselkursen über ihren Radiosender auffordern musste, lange Unterhosen anzuziehen.

Vielleicht kommt es ihnen nur so vor, dass es in New York viel mehr Werbung gibt, als sie je gesehen haben, weil sie nicht alle Namen schon kennen und nicht leicht übersehen können; fast sind sie froh, gelegentlich eine Abkürzung wieder zu erkennen – JVC – wie alte Bekannte.

Sie sind sich einig: Hier wollen sie nicht lange bleiben. Das bringt das Tempo der Stadt so mit sich; da wird man sofort ungeduldig. Plötzlich hat er auch keine Lust mehr, in ein Kino zu gehen, in eine neue Kneipe – woran liegt das nur? –, er hat überhaupt keine Lust mehr, ein Veranstaltungsprogramm durchzuforsten und interessante Termine anzukreuzen, und er hat auch kein Interesse mehr, andere Paare zu begutachten. Sie werden schon noch etwas finden, das nicht aussieht wie überall; einen Platz auf der Welt, der schön ist, wo es nicht gleich Aufkleber gibt, die mit »I Love …« anfangen, vielleicht sogar einen tropischen Strand, der dennoch nicht aussieht wie aus einem Werbespot für Bacardi-Rum.

Ein Abstecher nach Mexiko? Wie wäre es damit? Einfach so – in Erinnerung an ihr mexikanisches Restaurant in Berlin. Wahrscheinlich wäre es sowieso besser, sich auf ein paar gute, exotische Restaurants zu beschränken und die restliche Welt links liegen zu lassen: Pizza in Venedig. Menu in Paris, Cheeseburger in New York. Dabei war es gar nicht so einfach, ein McDonald's zu finden; sie hatten wohl gedacht, das gäbe es an jeder Ecke, aber es gibt hier viel zu viele Ecken.

Kaum angekommen, merken beide, dass sie mit einem bisher unbekannten Gefühl von Angst aufgeladen sind, kribbelnd und faszinierend, als wären sie vorher immer nur mit Sicherheitsgurt gereist. Nun fehlt der Gurt. Hier könnte plötzlich jemand um die Ecke kommen und einen von beiden erschießen. Hier wäre zumindest schon mal die richtige Kulisse dafür. Warum laufen die Jungs mit Baseballschlägern rum? Hier ist doch kein Spielfeld. Das machen die doch nur, um sich stark zu fühlen und auf das heimliche Grundgefühl von Angst mit einer imponierenden Geste zu reagieren. Hier kann man aber kugelsichere Babydecken kaufen, um die Kleinen vor Querschlägern zu schützen. Alles ist möglich. Da sind ständig Sirenen, die in den Grauzonen ihrer Aufmerksamkeit aufheulen. Die Feuerleitern scheinen ihnen bedeuten zu wollen, dass hier jederzeit Brände ausbrechen können; es ist fast schon, als würden diese hochgezogenen Feuerleitern die nächsten Brände geradezu herausfordern. Weit hinten sehen sie einen Polizisten zu Pferd. Wie lächerlich. Mitten in dieser schattigen Steinwüste ein einzelner Polizist. Und dann auf einem Pferd.

Einer der Mondrians hat vier Monate lang verkehrt herum gehangen, bis jemand etwas gemerkt hat. Die Frau, die sie durch die moderne Abteilung führt, erklärt es ihnen ganz selbstverständlich. Sie sind fast alleine im Museum. Nur eine puertoricanische Familie hat sich ihnen angeschlossen. Die Familie freut es. Sie haben ein besonderes Bild gesehen, weil es einen einmaligen Rekord aufgestellt hat. Die Kunstexpertin erklärt den Werdegang des Malers als beispielhaft für die Entwicklung der gesamten Moderne – wie also dieser Künstler immer mehr zu Abstraktionen gelangt ist, schließlich nur noch Farben gemalt hat, strenge gerade Flächen mit schwarzem Rand, aber voll symbolischer Bedeutung. Ob noch jemand eine Frage stellen möchte? Ja. Der Mann aus Puerto Rico möchte wissen, ob Mondrian zum Malen seiner geraden schwarzen Linien Tesafilm benutzt hat.

Sicher nicht, erklärt die Frau, »Surely not«, und versucht noch einmal darauf hinzuweisen, dass es schon in der Entwicklung der Moderne selbst gelegen hat, zu so einer Abstraktion zu gelangen, das Gegenständliche in der Malerei zu überwinden und nur noch Formen und Farben darzustellen. Die Familie nickt beeindruckt. »Why not?«, möchte der Puertoricaner wissen; warum hat Mondrian denn keinen Tesafilm benutzt, das wäre doch viel praktischer gewesen, why not? Oder gab es damals noch gar keinen Tesafilm?

Als ihre kleine Führung, die tatsächlich nichts kostet, all free, beendet ist, applaudieren sie beide vorsichtig, die Familie aus Puerto Rico zieht mit, und alle zusammen bringen einen eindrucksvollen Beifall zu Stande, die Expertin lächelt und wirkt einen Moment lang richtig glücklich.

»I appreciate that«, sagt sie, »thank you.« Damit ist die Führung beendet. Jetzt kennen sie alles; jetzt haben sie die Kunst des alten Europa gesehen und richtig verstanden.

Als der Taxifahrer hört, dass sie aus Deutschland sind, verabschiedet er sich freundlich mit »Heil Hitler!« und grinst. Es klingt, als sei es gar nicht böse gemeint, es ist wahrscheinlich alles, was ihm zu Deutschland einfällt. Einfach nur so.

Er summt leise vor sich hin. Es ist nur der Zauber der Namen, beruhigt er sie sofort – nicht etwa, dass er da wirklich hin will. Früher gab es auf seinem alten Radio Namen auf der Skala, nicht nur Zahlen. Die Namen haben sogar im Dunkeln geleuchtet. Aber er muss da nicht unbedingt hin. Da ist jedes Mal dieser Zauber: Er braucht nur einen Städtenamen zu lesen, schon fällt ihm die passende Melodie ein, als wären die Namen die Ziffern einer alten Musikbox: »I'm going to Jackson« ... »I'm going to Kansas City« ... »Won't you please come to Chicago, just to sing« ... »By the time I get to Phoenix, she'll be sleeping« ... »On a train they call the City of New Orleans I'll be gone five hundred miles when the day is done« ... »Oh, Baltimore, man, it's hard just to live« ... »Uh, the nights on Broadway! I wanna wake up in a city that never sleeps« ... »Red roses too, I see them blue, and I think to myself: what a wonderful world«. »Was soll ich denn machen?«, stöhnt er theatralisch, »mein Herz ist eine schlafende Musikbox! Keine Sorge: nicht etwa ein Autoradio, das ›Heilbronn‹ heißt.«

Ihre Cousine übrigens, aus Ostberlin, durfte ja früher nicht reisen und wäre so gerne nach Paris gefahren, wenigstens einmal. Manchmal hatte sie sich am Bahnhof Friedrichstraße auf den Bahnsteig gestellt, nur um sehnsüchtige Blicke auf den Nachtzug zu werfen, der von Moskau kommend nach Paris weiterfuhr, und das Schild »PARIS« zu sehen.

Berlin, Paris, New York, Tokio – immer wieder fallen ihnen die Namen anderer Großstädte auf, als gäbe es eine Weltparty der großen Namen, bei der sich alle auf den anderen beziehen. Für einen seiner Schulfreunde wäre es die Erfüllung eines Traumes gewesen, in New York zu leben, wenn auch nur als Kellner, ganz egal, weil ihm diese allumfassende Gleichgültigkeit alles gleichermaßen großartig erscheinen lässt. Hier haben sich alle die eingefunden, die noch spät anfangen, ein Instrument zu spielen, eine neue

Sprache zu lernen oder es noch mal mit einer ganz anderen Therapie versuchen. Sie könnten sich, wenn sie die Annoncen richtig verstanden haben, neue Papiere kaufen, a new identity, vielleicht mit neuem Namen, whatever, just like starting over – nicht zu fassen: dass so etwas möglich ist, dass die sogar falsche Papiere öffentlich anpreisen. Denen scheint wirklich alles egal zu sein.

Nicht nur, dass die Hochhäuser hoch aufragen wie aufrecht stehende Güterzüge und die Straßenschluchten dazwischen for ever im Schatten liegen lassen, sie haben auch das Gefühl, dass es noch ein unheimliches Unterleben geben muss. So gehen sie mit müden Füßen – busted flat in Baton Rouge, waiting for the train, feeling nearly faded as my jeans – über Gitter, unter denen die U-Bahn rattert, Rauch steigt aus den Gullis wie in »Taxi Driver«, sodass sie nicht mehr sicher sind, ob sie sich noch zu ebener Erde oder etwa schon im zweiten oder dritten Stockwerk befinden, vielleicht reichen ja die Keller genauso tief hinab wie diese Hochhäuser nach oben. Nirgendwo haben sie ein Gefühl für das Ganze, einen Überblick über die Proportionen, ihnen fehlt die Einstellung, die es manchmal im Kino gibt: die Totale.

Ein Menschenauflauf, sie drängeln sich in die vorderen Reihen, um zu sehen, was da los ist. Nichts ist los. Da steht ein Auto – eine Luxuskarosse – direkt vor dem Eingang eines Hotels. Ein roter Teppich liegt auf den wenigen Stufen, die von Fotografen gesäumt sind, aber es tut sich nichts. Dann öffnet sich die hintere Tür, eine Frau im Abendkleid steigt aus, gefolgt von einem Mann im Smoking; die beiden gehen die Stufen hoch zum Eingang des Hotels, drehen sich plötzlich um, lächeln und schreiten über den roten Teppich zurück zum Auto, setzen sich wieder rein und schlagen die Tür wieder zu.

Er hat noch eine Idee: Wie wär's, wenn sie einen Service einrichten, der aus Zufallsbekanntschaften richtige Liebespaare macht? So schwierig ist das nicht: Man müsste nur jedes Mal eine besondere Situation schaffen, wiederholte Begegnungen, die wie zufällig wirken, vielleicht sogar kleine Abenteuer, damit die beiden eine kleine gemeinsame Geschichte haben, damit es so ist wie im Film, wo sich die Liebenden erst nach einigen Verwicklungen finden, und solche Verwicklungen müsste man organisieren – Simulation –, sonst wird das doch nichts. Man muss was gegen die Beliebigkeit tun, die allein schon in der Menge der möglichen Begegnungen liegt. So viele Menschen sind hier unterwegs, so viele liebenswerte Menschen. Kein Wunder, wenn sich die Paare hervortun wollen. Da muss es etwas ganz Originelles sein, ausgesucht witzige Hochzeitskarten, mindestens. Es gibt Paare, die lassen sich trauen, während sie gerade mit dem Fallschirm abspringen. Andere machen es unter Wasser mit allen Mitgliedern des Tauchkurses als Trauzeugen, alles schon da gewesen.

Die Häuser sind viel zu groß – daran liegt es –, sodass sie sich wieder wie Kinder fühlen. Hier dürfen sie wieder staunen, Bauklötze staunen, hier dürfen sie wieder das Gefühl haben, noch mal von vorne anzufangen, anything is possible; da ist wieder ein fast schon vertrautes Ohnmachtsgefühl; sie dürfen sich getrost tiefe Fragen stellen, es kommt sowieso nicht drauf an. So viel Reichtum ist hier angesammelt! Muss es dazu nicht auch eine ebenso große Kehrseite geben? Genauso viel Armut? Sie sind sich sofort einig; beide haben noch das dialektische Weltbild im Reisegepäck, können sich erinnern, dass sie den dialektischen Materialismus als die höhere Weisheit gelernt haben, ohne dass sie dafür einen extra Kurs belegen mussten. Das kriegte man auch so mit. Das wird man auch so schnell nicht wieder los.

Und ihr Glück? Wie steht es damit? Muss es dazu nicht auch eine Kehrseite geben? – das Glück des einen müssen die andern beweinen! –, muss es nicht auch ein entsprechendes Unglück geben, das sie vielleicht nicht spüren, aber auf andere abwälzen können? Vielleicht müssen sie später noch für ihr Glück zahlen, come as you are, pay as you go. Gibt es denn nicht sowieso immer viel mehr Unglück als Glück? Sie sind sich wieder mal einig, dass gerade die allgegenwärtige Werbung zum Liebesglück beiträgt, indem sie überall größenwahnsinnige Scheinwelten aufbaut, in denen die Menschen allein und schwach vor sich hin träumen. Sie beide sind die Ausnahme.

Wie viele mögen es sein, die gerade todunglücklich sind, langsam an gebrochenem Herzen sterben, weil sie nicht so ein Glück haben können? Manchmal hat er Visionen, dass seine nicht ganz problemfreie Beziehung aus Berlin-Schöneberg immer noch die Bahnsteige vom Bahnhof Zoo entlangläuft und nach ihm absucht. Dabei hat er – ganz unrealistisch – ein Bild von einem völlig menschenleeren Bahnhof vor Augen. Wieder ist da diese merkwürdige Gleichgültigkeit, die er noch von früher kennt, nicht mal ein Triumphgefühl oder gar ein Gefühl der Erleichterung.

Er kennt das noch gut: Bei einer neuen Verliebtheit hatte er jedes Mal eine regelrechte Taubheit gegenüber allen anderen erlebt, eine angenehme, wenn auch ungerechte Unempfindlichkeit, als würde das Glück allein schon darin bestehen, das Unglück anderer ignorieren zu können.

Jeder Psychologe, ob nun arbeitslos oder nicht, würde ihnen raten, erst mal eine kleine Pause einzulegen, damit jeder zu sich selbst finden, sich ausruhen kann; denn Glück strengt an, sehr sogar. Auch Liebende gehen sich auf die Nerven, wenn sie immer nur zusammen sind, das weiß doch jeder. Man kann es sich nicht immer nur gut gehen lassen, als würde man das Dunkel des gelebten Augenblicks, das einen abhält, zu nah an das Geheimnis der Schöpfung heranzutreten, ständig mit einem Freudenfeuerwerk erhellen.

Eigentlich gehört eine Krankheit dazu, irgendein Haar in der Suppe. Es würde ihn jedenfalls nicht wundern, wenn er sofort krank werden würde; denn der Mensch ist einfach nicht dazu gemacht, durch die Welt zu jetten, ohne krank zu werden. Doch sie sind beide völlig gesund, obwohl man sich wegen der Klimaanlagen in New York mit Sicherheit eine Erkältung holt. Aber nichts... nicht mal ein Schluckauf oder ein Flimmern vor den Augen – Kreislaufstörungen oder ständig tränende Augen. Wenigstens eine leichte Magenverstimmung, wie er sie früher oft hatte, die ihm das Gefühl gab, als würde er nur wegen einer leichten Magenverstimmung um alle Sinnlichkeit der Welt betrogen – damit muss man rechnen, aber nichts desgleichen, lovers live longer, lediglich diese schwere Müdigkeit.

»Weißt du eigentlich, dass Raymond Roussel die ganze Welt bereist hat, ohne sich auch nur die Mühe zu machen, irgendwas anzuschauen? Im Hafen von Tahiti ist er in seiner Kabine geblieben und hat keinen Blick durch das Bullauge geworfen. In Peking hat er sich in seinem Hotelzimmer eingeschlossen und Gedichte geschrieben, immer so, dass er einen Satz hingeschrieben hat, dann einen, der so ähnlich klang, und immer so weiter.«

»Und wer ist dieser Raymond Dingenskirchen?«

»Auch so ein moderner Künstler. Sogar John Lennon hat sich mal von seinem Chauffeur durch Spanien fahren lassen, in seinem knallbunten Cadillac mit Blümchenbemalung, du weißt schon, mit verdunkelten Scheiben, und hat sich nichts angeguckt, nichts.«

Da drüben auf einem T-Shirt dieses typische M, wie man

es von McDonald's kennt, diesmal steht da aber »Marihuana«, und da ein F mit den geschwungenen Linien, wie man es von Ford kennt, für »Fuck«. Ist das amerikanischer Humor oder nur die große Beliebigkeit? Und da ein Plakat, das den Papst auf seiner Weltreise willkommen heißt, völlig veraltet – es wurde auch an dieser Stelle vom Papst garantiert nicht beachtet, hier ist der Papst sicher nicht vorbeigekommen, der ist doch nicht U-Bahn gefahren, so viel ist sicher. Schon wieder Schilder mit der Inschrift »Thank you«, ohne dass sie wissen, wofür eigentlich gedankt wird; aber bitte, keine Ursache, sie kommen immer noch nicht aus dem Staunen raus.

Wieder ein Mann, der lang auf der Straße liegt. Ein Polizist steht daneben, als warte er auf etwas. Der Mann bewegt sich. Immerhin, er scheint zu leben. I got the paranoia-blues, damm da damm… in New York City, where they roll you for a nickel und they kick you for the extra dime.

Er hat beobachtet, wie sie sich auch schon angewöhnt hat, bei den Drehtüren immer auf das Glas zu fassen, vorsichtshalber; sie haben schon viel zu viele kleine elektrische Schläge gekriegt.

So eine schnelle Stadt: Kaum steht er auf und will ihr entgegengehen, als sie gerade von der Toilette kommt, da schüttet der Kellner den Aschenbecher in die halb volle Kaffeetasse und hat alles wieder abgeräumt… ein Missverständnis, dabei hatten sie doch gedacht, in Amerika gäbe es immer so viel Kaffee, wie man wollte, immer würde nachgeschenkt, free refill, kein Ende abzusehen.

Eigentlich könnte es ihnen egal sein, aber sie haben das Gefühl, dass sie bestohlen worden sind. Man kann nicht so viel Geld innerhalb so kurzer Zeit ausgeben – oder doch? Wo soll das geblieben sein?

Sie hätten es vielleicht sogar gerne, wenn sie wirklich

ausgeraubt worden wären, nur ein bisschen, wenn sie das Opfer eines kleinen, überschaubaren Verbrechens wären, damit sie das auch hinter sich gebracht hätten, als könnten sie damit etwas abbüßen und hätten sich für New York qualifiziert.

Es gibt tatsächlich kein dreizehntes Stockwerk.

Bei der Einreise wurden sie tatsächlich gefragt, ob sie zur kommunistischen Partei gehörten, drogenabhängig oder geisteskrank seien. Kaum zu glauben. Wie stellen die sich das eigentlich vor? Vielleicht so: Szene bei der Einreise – der Beamte: Ich frage Sie hiermit: Sind Sie Mitglied einer kommunistischen Partei, drogenabhängig oder geisteskrank? – der Reisende: Nun, wenn Sie mich so direkt fragen, kann ich Ihnen sagen, dass ich nicht drogenabhängig und auch nicht geisteskrank bin, aber wenn ich ganz ehrlich sein soll, muss ich zugeben, dass ich Mitglied einer kommunistischen Partei bin und sogar für den Geheimdienst arbeite – der Beamte: In dem Fall muss ich Ihnen die Einreise leider verweigern – der Reisende: Oh, ich schätze, da habe ich wohl einen schweren Fehler gemacht – der Beamte: Allerdings, so sieht es aus – der Reisende: Äh, in dem Fall ändere ich natürlich meine Aussage und teile Ihnen mit, dass ich doch nicht Mitglied einer kommunistischen Partei bin – der Beamte: Okay, der Nächste bitte!

Die bösen Rauschgifthändler, die es auch nicht besser verdient haben, werden von Kugeln durchsiebt, offenbar dürfen die Vertreter des guten Amerikas sogar mit Maschinengewehren richten, auf dem anderen Kanal stürzen zwei Gehilfen des Bösen, die offenbar den Auftrag hatten, das Auto des Guten von der Straße zu drängeln, selber einen Abhang runter, das Auto explodiert. Sie geben sich beide ganz der Müdigkeit hin und dem Machtgefühl, mit der Fernbedienung über all die Welten zu verfügen, die ihnen vorgeführt werden. Jeder darf mal. Leiser stellen. Wieder lauter.

Sie sind einfach nur müde. Dabei soll es noch anstrengender sein, eastbound zu fliegen, wie sie von ihrem Experten in Sachen Weltreisen weiß, aber sie sind auch so müde genug. Wenn sie noch ein bisschen zappen, finden sie bestimmt ein Programm, eine Talkshow, in der es irgendwie um Religion oder Sex geht.

»Als ich mit neunzehn …«, sagt er leise, »meine erste Freundin hatte und zufällig in einer Untersuchung gelesen hab, dass ich damit im statistischen Durchschnitt liege, war ich richtig erleichtert.«

»Ich bin dran.« Sie nimmt sich die Fernbedienung. Ein Gottesdienst. Ein Werbespot. Eine Szene im Operationssaal – das scheint es hier häufig zu geben, es sei denn, es war jedes Mal dieselbe Sendung. Jedenfalls sind eindrucksvolle Geräte zu sehen, die wohl zeigen sollen, dass alles Menschenmögliche getan wird, um ein Leben zu erhalten, offenbar ein schwerer Fall.

Man muss sich die Nummern der Kanäle merken, sonst findet man sich nicht mehr zurecht. Hier werden alle Sendungen dermaßen oft von Werbung unterbrochen, dass man sein Programm nicht mehr wieder findet.

»Weißt du was: Hier kennen Dreijährige ganze Werbespots auswendig.«

»Das wundert mich nicht.«

»Das Fernsehen ist hier genauso langweilig wie das Leben.« Er zieht sich die Schuhe aus und wirft sich aufs Bett; da sind stinknormale Menschen, die in Serien und Fernsehspots mitwirken, nicht diese Auserwählten wie im deutschen Fernsehen, es sind alles eher Leute wie bei uns in diesen peinlichen Gameshows.

Er zieht sich schnell aus – ein Nackter im Hochhaus –

und kriecht unter das Laken. Wieder der Gottesdienst, inzwischen singt der Prediger in ein drahtloses Mikrofon. Vielleicht liegt es daran, dass er sich plötzlich an Roberto Blanco erinnert. Roberto Blanco erinnert ihn immer an Susanne, eine alte Freundin, mit der er mal eine ganze Nacht lang rumgealbert und die sich über deutsche Schlager lustig gemacht hat. Schließlich hat er sich mit ihr zusammen für Roberto Blanco das Lied »Ein Neger aus Kurpfalz« ausgedacht. Sie sind dann unter zwei Bedingungen, die sie ihm gestellt hat, zusammengekommen. Erstens: Er sollte sie niemals Susi nennen, und zweitens – ganz wichtig: Er dürfte zwar mit ihr schlafen, aber das sollte nicht heißen, dass er ab jetzt ein Anrecht darauf hätte. Später hat er noch mal im Scherz angefragt, ob er wieder von seinem Abo Gebrauch machen könnte, aber das fand sie gar nicht witzig, auch ihm selbst hatte es einen plötzlichen Schrecken vor der Routine eingejagt – Phase eins: fordernde Küsse, die ansteigende Leidenschaft signalisieren, dazu heftige Umarmungen. Phase zwei: Küsse auf den Hals als ritualisierte Grenzüberschreitung. Phase drei: Erregen der Brust, bis die Spitzen hervorstehen, dazu nicht allzu schnelle Streichelbewegungen – möglichst mit der ganzen Fläche der Hand, damit es ja nicht kitzelt. In der nächsten Phase umkreisen die Streichelbewegungen das Geschlecht, als gelte auch hier die bewährte Methode, dass man einen Problembereich erst mal einkreisen und abgrenzen müsste … eine Phase nach der anderen, immer schön der Reihe nach, bei Unterbrechungen wieder von vorn. Jedes Mal mit einem kleinen Haar im Mund, auch das schon ein vertrauter Bestandteil der immer gleichen Vorgänge, mit einem routinierten Ablecken auf dem Laken lässt sich das Haar wieder aus dem Mund entfernen, ohne dass dabei das Procedere unterbrochen werden muss.

To exercise, so würde man das hier nennen, sexual healing; see me, feel me, touch me, heal me, so einfach. Oder »making love«. Der Ausdruck hat ihm allerdings nie gefallen. Das klingt nach Gebrauchsanweisung. Einmal hat er sich mal verraten lassen, an welcher Stelle man die Hand auf die Bauchmuskeln legen musste, um an den Kontraktionen zu überprüfen, ob die Frau tatsächlich einen Orgasmus hat. Das kommt davon, wenn man mit solchen Übungen anfängt. Er hat sich aber immer vorgestellt, dass Leute, die mit »making love« beschäftigt sind, sich in Wirklichkeit nicht richtig lieben – sondern nur so tun. Die praktische Art der Amerikaner geht ihm gerade in dieser Frage zu weit, wie bei dem deutschen Werbeslogan: Schenken Sie Ihren Kindern Liebe und Kalzium! So sollte man das nicht sagen. Das tun sie aber. Es fällt hier gar nicht weiter auf, bei all dem, was die machen, tun und schenken: they make money, make love. Und wenn einer seine Zeit im Gefängnis absitzen muss, heißt es: to do some time. Hier kann man alles tun oder lassen, machen, haben oder ausprobieren – up to you. Dennoch kommt es ihm wie eine bloße Beschwörung vor, wenn sie alle so reden, als müssten sie es noch einmal dazu sagen: have fun, have a good time. Hold on tight to your dreams, es wird immer vorgesagt, relax, don't do it, when you want to come. Take it easy. So hat sich love durch ständige Vervielfältigung aufgelöst wie ein chemisches Element, love is in the air, es ist zwar noch überall in Spurenelementen nachweisbar, aber keiner kriegt es mehr am Stück. Love is all around, here, there and everywhere.

Can't beat the feeling. Diesen Slogan hat er schon mehrmals am Tage gehört oder gelesen, sogar er, als einer der wenigen, die nicht gerne Coca-Cola trinken. Ein Gefühl, das man nicht überbieten kann. Es ist auch mehr als ein

Gefühl, more than a feeling, she had given me something more than a feeling.

Früher hat er immer Angst gehabt, irgendetwas falsch zu machen. Nicht nur, dass all die Frauen ihre Orgasmen lediglich vortäuschen, sie verschweigen auch, dass er etwas falsch macht, später werden sie ihn problemlos verlassen, und er hat keine Chance, weil diese Frauen nicht verraten haben, was es war, das er falsch gemacht hat. Da gab es nie die Sicherheit, dass es gut so ist, wie es ist, einfach so, dass es schon alles ist und dass keinem noch mehr zusteht. Frauen verheimlichen einem auch die Leiden, all diese Frauenleiden, wie man früher dazu sagte; Leiden, von denen Männer von vornherein nichts wissen sollten, als hätten sie Angst, dass sich Männer davor ekeln würden. So schminkten sich die Frauen, behielten ihr Geheimnis, taten weiterhin so, als würden sie ohnehin das Leiden der Welt auf ihren Schultern tragen, einfach nur weil sie Frauen waren, mehr musste dazu nicht gesagt werden, und sie verrieten einem nichts von der heimtückischen Krankheit, von der sie längst befallen waren, und starben ihren Liebhabern weg, stumm und rätselhaft. Wie kann man wissen, was sie wirklich fühlen? Vielleicht müsste es eine Pille geben, eine neue Wunderpille, mit der man dem anderen genau dieselben Gefühle zuschneidern kann, die man selbst gerade hat, vielleicht ist das mit neuen Computerprogrammen sogar möglich. Da wird erst ein Gefühlsprofil erstellt und das andere entsprechend angeglichen. Wäre möglich, oder? Wahrscheinlich gibt es das längst in New York.

Lovers live longer, es ist wirklich so: Er hat mal einen Bericht gehört, dass sich häufiges Liebesspiel gesundheitsfördernd auswirkt und damit – rein statistisch gesehen – zu einer höheren Lebenserwartung führen kann, lovers live longer; auch Walnüsse sollen sich vorteilhaft auf die Lebenserwartung auswirken, wie Knoblauch, aber Liebesspiele sind eben noch besser, can't beat the feeling, ein Schnipsel Pop-Poesie aus der Dunstglocke der übertriebenen Liebesschwüre, und wenn das so weitergeht, werden sie ewig leben, for ever and ever.

Dabei glaubt man eigentlich, dass es mit den Gefühlen unabänderlich bergab geht, dass sie von alleine weniger werden, zwangsläufig, alle gegenteiligen Beteuerungen der Liebeslieder sind reine Propaganda. Jedes Kind weiß, das Gefühle nachlassen wie das Interesse an einem neuen Spiel. Dennoch hält jeder für sich eine Ausnahmeregelung aufrecht: Irgendwie glaubt man, dass für einen persönlich doch ein Wunder geschieht. Nicht nur, dass jeder glaubt, es gäbe die Richtige, man glaubt eigentlich auch, dass zumindest ein schwerer Schicksalsschlag auf einen wartet, als wäre es ein Naturgesetz; und obwohl man weiß, dass es nach diesen ungeschriebenen Gesetzen beides geben muss, glaubt man heimlich, dass man ausnahmsweise nur mit dem großen Glück davonkommen könnte – ohne das große Pech zu haben.

So wie man glaubt, dass es einen nicht treffen wird, dass man nicht verunglücken wird – ich werde nicht an Krebs erkranken, ich nicht. Alle Beerdigungen sind so schrecklich, weil es einem schwer gemacht wird, weiterhin daran zu glauben, dass es einen selbst bestimmt nicht treffen wird. Das war nur knapp daneben. Sie waren beide schon so weit, dass sie auf eine ruhige Art an den Tod gedacht hatten, das können sie getrost zugeben, beide hatten schon auf der Fensterbank gesessen, klassische Musik gehört und einfach nur geweint; beide waren nachts durch die Straßen gegangen, ziellos, und das Weltschmerzgefühl hatte sie sogar getröstet, na gut, dann passten die Liebenden eben nicht zusammen, dann gab es eben kein richtiges Glück, das war schließlich überall so, so weit man blickte, so war es eben. Jeder war ein einsamer Stern mit eigener Umlaufbahn.

Es ist ja auch eine gewisse Erleichterung, wenn all die Mühen, die eine Beziehung so mit sich bringt, nicht unbedingt sein müssen. Er hatte sich schon fast damit abgefunden, dass es mit der großen Liebe genauso ist wie mit dem Glück: Glück gibt es nicht. Nur als Propaganda, als Parole für Spielotheken – auch beim Lotto gab es fast ausschließlich Verlierer, und doch tat die Werbung neuerdings, als gäbe es das Glück zu kaufen und nicht etwa nur eine minimale Chance, vom Glück erwischt zu werden.

Er wundert sich immer noch. Erinnert sie ihn vielleicht doch an jemanden? Irgendwo muss diese verblüffende Vertrautheit herkommen, dieses Gefühl, als würden sie sich schon lange kennen. Als er auf einer Treppe in Venedig eine ganze Klasse Schülerinnen gesehen hat – fast alle mit einer Pink-Panter-Umhängetasche –, hat er bedauert, sie nicht schon als Schülerin gekannt zu haben, als Mädchen; es war fast ein wehmütiger Schmerz.

Nun ist er endlich seine alten Kleider losgeworden; er hat sie dem Boy gegeben, der offenbar neben seinem Job im Hotel noch einen Zeichenkurs absolviert – jedenfalls sitzt er immer mit einem Block mit Skizzen von Blumen im Flur – warum nicht? Why not? Ihm hat er die Plastiktüten gegeben und gebeten, das Zeug wegzuschaffen, und nun kommt es ihm vor, als wäre eine richtige Last von ihm gefallen.

Wackersteine, die er tragen musste, wie in dieser verrückten Geschichte – nur Amerikaner können sich sowas ausdenken – in der die Bewohner eines fremden Planeten ausgleichende Gewichte mit sich rumschleppen müssen, je nachdem, wie gut es ihnen gerade geht: Wer keine Gebrechen hat, muss ersatzweise schwere Gewichte tragen: wer obendrein noch glücklich ist, muss besonders schwere Gewichte schleppen. Die jeweiligen Gewichte werden dabei von einem ewig-gleichgültigen Gott festgelegt, auf dass es allen gleichermaßen gut geht. Zurzeit kämen sie mit all den ausgleichenden Gewichten, die sie tragen müssten, keinen Schritt voran.

Vor dem Einschlafen hören sie wieder einen Feueralarm, bleiben aber ruhig liegen mit der Gewissheit, dass ihnen doch nichts passieren kann, schon deshalb nicht, weil sie so müde sind, viel zu müde, tagelang immer nur im Zustand überwacher Aufmerksamkeit – time lag oder nicht, sie sind einfach nur müde, I'm so tired, I don't know what to do. I'm so tired, my mind is set on you, und vielleicht ist der Feueralarm auch gar nicht ernst gemeint, gilt zumindest nicht für sie, sie haben hier schon so viele Sirenen gehört, da kann man nicht jedes Mal aufschrecken.

»Sag mal? Bist du nicht auch ganz wund?« In den Nächten haben sie kaum geschlafen, es strengt eben nichts so an, als nur aufzunehmen und glücklich zu sein. Man merkt auch, dass sie aus Europa kommen. Sie sind viel zu viel zu Fuß gegangen in diesem viel zu großen New York. Vielleicht hätten sie sich noch schnell die kürzesten Wege zu den Feuertreppen einprägen sollen, um wenigstens etwas von dem Kleingedruckten zu beachten. Die Alarmblinkleuchten bei den Polizeifahrzeugen in Deutschland haben sich inzwischen auch geändert – erst jetzt fällt ihm das auf: Früher hatten die nur so einen kleinen Knubbel mitten auf dem Dach, inzwischen haben sie auch diese Leuchtleiste quer über das ganze Dach, als wollten sie es unbedingt so nachspielen, wie man es aus amerikanischen Krimis kennt. Die Alarmstimmung hat sich breit gemacht.

Er weiß eigentlich immer noch nicht, wie sie überhaupt

aussieht: Wenn ich sie im Notfall beschreiben müsste, denkt er, eine Personenbeschreibung abgeben, wäre ich in Verlegenheit, ich kenne nicht mal ihre Konfektionsgröße; aber es wird nicht dazu kommen, ich werde sie nicht mehr verlieren. Sie könnte sich getrost morgen ihre schwarzen Haare noch kürzer schneiden lassen oder wasserstoffblond färben – warum nicht? Er könnte aufwachen, und sie wäre rothaarig, egal: Dass so etwas immer so wichtig genommen wird, darauf kommt es doch gar nicht an – wie in dem Song über die schönsten Augen: »Excuse me forgetting, da da da da, but these things I do, you see, I forget, if they are green or blue.« Personenbeschreibungen geben die Einzelheiten an – die besonderen Kennzeichen – können jedoch nicht den Gesamteindruck wiedergeben; sie hat völlig Recht, wenn sie sich nicht gerne fotografieren lässt und längst bemerkt hat, dass sie auf Fotos nicht zur Geltung kommt: Es sind nämlich nicht die Einzelheiten, die etwas bewirken, es ist die Gesamtheit der Eindrücke, die ein Muster bilden – daran haben sie sich erkannt: Zwei Muster, die zusammenpassen wie die Hälften von einem durchgerissenen Foto aus der Kindheit, nicht nur, dass sie auf der imaginären Skala der Selbstwerteinschätzung einen ähnlich hohen Wert erreichen würden, es sind diese beiden Muster, die aufeinander abgestimmt sind, das hat er schon in Berlin gespürt, auch wenn es unterhalb der Schwelle bewusster Wahrnehmung lag, hat es in seinem Körper ein Alarmsystem ausgelöst, das vorher nie benutzt worden ist, als gäbe es da ein Element einer Kompaktanlage, das er vorher noch nie eingeschaltet hatte.

Er liegt wach und hört auf das lauernde Brummen der großen Stadt. New York klingt anders als Paris. Vielleicht gibt es inzwischen Leute, die Geräusche von Städten erkennen können und damit bei Ratesendungen auftreten.

Nun hat er doch das Gefühl, weit von zu Hause weg zu sein: In Paris waren sie immer wieder auf Erinnerungsbilder ihrer Jugend gestoßen, hier sind es nur Fernsehbilder, die ihnen bekannt vorkommen. Doch das Gefühl, noch wach zu liegen und zu warten, dass der andere endlich einschläft, kennt er noch gut. So war es, als seine Eltern ihn allein zu Hause ließen, da blieb er liegen, auch wenn sein jüngerer Bruder schon längst schlief, er passte auf, wie man damals sagte, obwohl ihm nicht klar war, worauf er aufpassen sollte, und überließ sich erst dann der Müdigkeit, wenn er das vertraute Geräusch des Autos in der Einfahrt zur Garage hörte.

Beim Einschlafen geht noch einmal ein Ruck durch ihren Körper, wie bei einer Zentralverriegelung, die durch das Auto zuckt, als hätte sie einen inneren Hauptschalter, der von Tag- auf Nachtbetrieb umschaltet.

Lied

»Es war ein verdammt langes Kleid, das Corinna jedes Mal etwas anheben musste, wenn sie einen größeren Schritt machen wollte, immer war es, als lüftete sich ein Theatervorhang ein Stück weit, kurz vor Beginn der Vorstellung, wenn man unten schon den verheißungsvollen Lichtschein sehen kann.«

Moment, gleich geht's weiter, rückt noch ein bisschen zusammen, das Feuer ist auch fast erloschen, und jedes Mal wenn das Feuer so leise vor sich hin knistert, muss ich an zerkratzte Schallplatten denken, und mir wird seltsam schwer ums Herz, tja, man sagt ja auch, Vinyl sei ein ganz besonderer Stoff, eine Mischung aus Pappe und getrocknetem Herzblut, und so will ich euch eine Geschichte von früher erzählen, wie sie ansonsten nur zum dreißigsten Geburtstag eines Revolverhelden erzählt wurde, wenn ihr wisst, was ich meine: eine Geschichte vom gebrochenen Herzen; denn die besten Geschichten sind gar nicht die mit den meisten Leichen, sondern die mit gebrochenen Herzen, und so etwas war im Westen selten – Leichen gab es jede Menge, es gab ja auch viel mehr Lagerfeuer, die Vögel haben deutlich lauter gesungen, die Blumen intensiver geduftet, und im Hintergrund heulten die ersten Kojoten, kaum dass es richtig dunkel war, denn irgendwelche Hintergrundgeräusche gab es immer, die Welt war nämlich niemals richtig still, auch früher nicht; in den Städten klagten die Leute, weil sie vom Peitschenknallen aus dem Schlaf gerissen wurden, vom Gebell der Hunde und dem Geklapper der eisenbeschlagenen Räder – wenn mal ein Ehrengast erwartet wurde, streute man schnell noch ein wenig Stroh aus, damit es wenigstens vor dem Gasthaus leiser wurde; auch bei meinen Großeltern war immer ein ziemlicher Lärm: Die Standuhr tickte durchs ganze Haus, die Dielen knarrten, der Schlüssel rumpelte unheilvoll in der riesigen Haustür, da konnte man sich nicht mir nichts, dir nichts davonschleichen, überall ein Ächzen und Stöhnen, mein Opa hat vielleicht gehustet, kann ich euch flüstern! Die waren längst schon schwerhörig, alle beide, man musste denen alles zweimal sagen. Auch Goethe war bekanntlich sehr lärmempfindlich und konnte im Alter keine knarrenden Dielen mehr ertragen, da musste jedes Mal vorher die Holztreppe eingeweicht werden, wenn der Herr Geheimrat auf und ab gehen wollte, und auch in meiner Wohnung kracht es bei jedem Schritt, als hörte man das eigene Herz schlagen, selbst wenn ich nicht nachdenke... na ja, ich wollte eigentlich nur sagen, dass es immer Geräusche gab, auch im Westen, da heulten dann die Kojoten, sodass ein jeder innerlich zittern musste, und die Cowboys zündeten hastig mit einer Zigarette die andere an, diese Wegwerffeuerzeuge mit Werbung drauf von der Paradies-Videothek gab's damals noch nicht, alle rückten näher zusammen, berührten sich wie unabsichtlich an den Schultern und sangen mutig alle Lieder durch, die sie kannten, und schon damals waren die schönen Lieder alle schon alt und immer auch ein wenig traurig, und wenn einer sein rostiges Banjo nachstimmen musste, war es jedes Mal ein kleines Abenteuer, denn es konnte leicht passieren, dass die C-Saite riss, und manchem Banjospieler hat es dabei glatt das Auge rausgehauen. Doch viel schlimmer war, dass es in der gottverlassenen Gegend keine lausigen Ersatzsaiten gab, es gab einfach keinen Ersatz damals – nichts zu machen, alles war nur einmal da, wenn überhaupt –, es wurde auch nichts gebraucht verkauft, es gab noch keine Flohmärkte, nur jede Menge Flöhe. Die Gegend war verflucht einsam, ich kann euch sagen; ein paar dieser Jäger, die früher mal Bisons gejagt hatten, irrten noch umher, aber Bisons gab es längst nicht mehr, nur die Jäger stolperten noch durch die trostlose Gegend und fingen vor Verzweiflung an, das Büffelgras zu essen, bis sie dann mit Schaum vorm Mund am Präriefieber starben, so war das.

Nur äußerst selten ratterten Postkutschen über die staubigen Wege, die man kaum als Wege bezeichnen kann, und die Räder sahen immer so aus, als drehten sie sich rückwärts, da musste man einfach das Gefühl haben, als bliebe die Zeit stehen.

Ist denn noch Wein da?

Tja, leider nur diese Plastikbecher, tut mir echt Leid, eigentlich müssten wir aus rostigen Konservendosen trinken, aber Hauptsache, es wirft mir keiner einen Becher ins Feuer – Plastikbecher im Feuer! –, da bin ich echt empfindlich. Es gibt gewisse Kleinigkeiten, die alles verderben, es soll ja auch Frauen geben, die keinen Liebhaber dulden, der seine Socken anbehält, nicht mal im Winter. Mit dem Musikgeschmack ist es noch viel schlimmer: Wenn es da Differenzen gibt, kommen die Paare nie zusammen. Ahnungslos geht sie kurz ins Wohnzimmer, sieht eine LP von Simon & Garfunkel – aus, das war's. Alles schon vorgekommen – also, wo war ich stehen geblieben?

Ah ja, ich weiß wieder: Da saßen sie also rund ums Feuer, nagten gedankenverloren an ihren Knochen, stimmten vorsichtig das Banjo nach und dachten an Küsse – ja, was denn sonst?

Alle stellten sich vor, wie die Küsse nach Rindern und Präriegras schmeckten, und bei der Gelegenheit... was heißt denn hier romantisch? Ein Kuss, den man sich sowieso bloß vorstellt, macht noch lange keine Romantik. Nein, das war gar nicht romantisch. Nicht jeder Cowboy hatte eine Liebste, es gab einfach viel zu wenige Liebste im ganzen Westen, Frauen waren eine Rarität. Die meisten mussten froh sein, wenn sie 'ne Mundharmonika hatten. Zwar waren die Frauen nicht gar so selten wie im alten Australien, da entwickelte sich bekanntlich die komplette weibliche Bevölkerung aus einer Schiffsladung von 222 vorbestraften Nutten – reichlich betagte Damen, nebenbei bemerkt, die man in England loswerden wollte. Daraus ist dann das Vorurteil entstanden, dass es in Australien die hässlichsten Frauen der Welt geben soll, das mag ja alles nur Legende sein, aber es fällt schon auf, dass bis auf den heutigen Tag auf allen Reiseprospekten Frauen immer von hinten abgebildet sind. Kängurus von der Seite – so, nun unterbrecht mich nicht dauernd, sonst komm ich gar nicht voran, also:

Es war einmal ein Cowboy. Der hieß John. Mehr nicht. So hießen sie alle. Alle hatten möglichst einsilbige Namen damals, damit man nicht so viel reden musste; es wurde nämlich verdammt wenig geredet im Westen. Also hießen sie Jim oder Jack – irgendwas mit J. Auf den Satteldecken stand auch noch ein J, manchmal auch ein R, das passte dann schon irgendwie. Selbst wenn einer George hieß, oder Paul, egal, da war man nicht so pingelig; dieser Wahn, dass alles ganz genau passen muss – it's got to be perfect –, hat sich erst später entwickelt und bis ins Extrem kultiviert. Heute dagegen haben die Männer in Filmen und Romanen möglichst ausgefallene Namen. Früher nicht. Es war sowieso nicht ratsam, einen Cowboy nach seinem Namen zu fragen. Die Pferde hatten schließlich auch keinen Namen.

Ihr kennt doch das Lied von dem Pferd ohne Namen, ganz allein in der Wüste: Well, I've been to the desert on a horse with no name – kennt ihr, oder? Ein Cowboy konnte nämlich nie wissen, wann er sein Pferd essen musste. Da lag das Problem. Die Griechen glaubten ja noch, dass ihre heldenmütigen Toten in Gestalt von Pferden weiterleben würden, Cowboys glaubten so etwas nicht, die hielten im Grunde nicht viel von ihren Pferden, so brauchten die auch keine Namen. Denn ein Tier mit Namen konnte man später nicht essen. Verständigen konnten sich die Cowboys sowieso nicht mit ihren Rössern. Indianer konnten das womöglich, jedenfalls unterstellten ihnen die Cowboys das, wussten es aber auch nicht genau, weil sie sich mit den Indianern genauso wenig verständigen konnten, die konnten sich nicht einmal die Namen merken und die meisten auch nicht richtig aussprechen. Doch die Frauen, falls es welche gab, hatten wunderbare Namen, wenn es auch oft das Einzige war, was an ihnen schön war.

Ich kann so etwas nur in aller Vorsicht sagen. Wenn nämlich heute jemand auf einer Party zu bemerken wagt, dass anwesende Frauen nach jedem Schluck schöner und schöner erscheinen, kriegt er womöglich das volle Glas ins Gesicht gekippt, so ist das, man muss da sehr vorsichtig sein, doch damals – das darf ich schon sagen – waren die Namen noch richtig schön: Loretta, Angelina, Rebecca, Virginia, Alberta, Laura, Elaine, Corinna. So hieß auch die große Liebe von John …

Wie bitte? Wieso das denn?

Das ist doch ganz egal, ob ich eine Corinna kenne oder nicht, das hat doch mit meinem privaten Liebesleben nichts zu tun. Wieso muss denn auch immer alles etwas mit mir zu tun haben? Ja, natürlich kenne ich eine Corinna. Das tut doch schließlich jeder.

Also gut, wenn es denn sein muss: Es ist im Grunde so etwas wie das Märchen vom modernen Mann, der trotzdem an die große Liebe glaubt. Eigentlich sollte man das nicht ausplaudern, aber ich kann so viel sagen: Dieser John interessiert mich schon sehr – nebenbei bemerkt: auch seine Gitarrentechnik –, weil er noch jemand ist, der mit alten Gefühlen durch die Neue Welt torkelt, so wie ich, außerdem habe ich schon immer gerne versucht, mit die geheimen Spielregeln der Welt mithilfe von Geschichten zu erklären, auch wenn ich weiß, wie aussichtslos das ist. Fast so, als würde ein Betrunkener versuchen, einen runden und einen viereckigen Bierdeckel deckungsgleich übereinander zu legen, es klappt nie, trotzdem versucht man es doch immer wieder. Die Geschichten handeln alle von der wahren Liebe, sowieso, ob es dabei um Raubtiere geht, um Maschinen oder Musik. Je ausführlicher man sie erzählt, desto wahrer werden sie – seltsam, nicht wahr? Das liegt vermutlich an den vielen Kleinigkeiten, auf die es nämlich doch ankommt.

Also: John war keiner von denen, die man eher auf Beerdigungen als auf Hochzeiten sah, wie man so sagt; keiner dieser vernarbten Helden, deren Gesicht ein Leben lang im Halbschatten ihres lausigen Hutes lag. John hatte aber eine bemerkenswert schnelle Rechte.

Auf der Gitarre. Er war Musiker. Habe ich das schon erwähnt?

Das hätte ich übrigens nicht sagen dürfen... vorhin... ihr wisst schon, da habe ich mich hinreißen lassen... Also, John war Musiker. Er kam aus einer gottverlassenen Gegend, dennoch hatte er das Gefühl, dass ausgerechnet auf ihn das große Glück in der Liebe warten würde und dass die Musik ihm sogar dazu verhelfen könnte. Er konnte ja nicht ahnen, dass alle Musiker so denken und sich im Stillen für etwas Besonderes halten. Er traf auch nur selten andere Musiker, und wenn, dann redeten sie kaum, der eine sagte vielleicht, »Hä? Was is das denn für 'ne lausige Dobro-Klampfe?«, und der andere stöhnte missmutig, »Hat vier Dollar gekostet«. Mehr wurde damals nicht geredet, schon gar nicht unter Musikern, so musste sich John seine Vorstellung von der Liebe ganz alleine zusammenreimen; Fernsehprogramme, in denen alles vorgekaut wurde, gab es noch nicht, auch keine Zeitschriftenbeilagen mit Psychotests und natürlich keine Fachgeschäfte für Ehehygiene, so stellte er sich die Liebe als etwas unheimlich Großes vor, groß und unheimlich, wie gesagt, und weit wie diese Landschaft, wie an bestimmten Tagen, wenn die Luft so merkwürdig flimmert und man das Gefühl hat, die Berge würden direkt in die lausige Unendlichkeit übergehen.

John spielte damals bei einem Quacksalber, der mit seinem lumpigen Planwagen durch die gottverlassene Gegend tingelte und den Leuten Mottenpulver oder Klapperschlangenserum andrehte. Die Musik, die John dazu machte, war Medizin gegen Einschusswunden ganz anderer Art, wenn ihr wisst, was ich meine. »House of the rising sun«, zum Beispiel, in diesem Stück lag eine ungeheuer starke Verheißung: diese aufgehende Sonne und dazu die Akkordfolge a-Moll, C-Dur, D-Dur, F-Dur... Bob Dylan war bekanntlich richtiggehend elektrisiert – hier kann man das wirklich so nennen –, als er zum ersten Mal die Version von Eric Burdon & The Animals hörte, er kannte das nämlich vorher nur als Folksong vom Lagerfeuer und hat sich dann sofort 'ne E-Gitarre angeschafft – nebenbei bemerkt: auch eine elektrische Schreibmaschine –, und schon redeten alle von einem völlig neuen Dylan. Wir kennen das Lied sowieso nur in der aufgemotzten Version, aber es hat schon immer sehr stark gewirkt. Auch John weckte damit eine tiefe Sehnsucht, dabei hatte er keine Ahnung, was das eigentlich für ein Haus sein sollte. Egal, Hauptsache er konnte da ordentlich Feeling reinlegen, das übertrug sich dann auf die Zuhörer, und schon hatten alle diese Sehnsucht. So war das damals: Man suchte Trost in alten Liedern oder im Anblick der unverbauten Landschaft. Tröstungen aller Art wurden immer schon mit Musik verkauft, und Tröstungen hatten die Leute bitter nötig – für einen Musiker vom Land war es, nebenbei bemerkt, so ziemlich die einzige Möglichkeit, einen Job zu finden. Mit Licht lockt man Motten, und mit Musik Kunden, die Mottenpulver oder Klapperschlangenserum kaufen sollen. Damals nannte man das noch nicht biologisch-dynamisch oder naturbelassen, es gab ja nichts anderes, aber ein bisschen Geklimper gehörte schon damals dazu, das Zeug musste schließlich verkauft werden. Natürlich wusste John selber, dass diese Mittelchen den Leuten nicht helfen würden, doch er dachte sich, dass seine heimliche Liebe ihn von der Verlogenheit des Geschäftes, an dem er tagsüber berufsmäßig mitwirken musste, freisprechen konnte.

Was er so den ganzen Tag lang machte, war ja der reine Missbrauch der Musik, das war ihm schon klar, so blöd war er auch nicht. Das Leben war knallhart. Er musste froh sein, überhaupt einen Job zu haben. Karriere machen konnte man nur, wenn man sich mit Schuhcreme einschmierte und auf Minstrelsänger machte, so albern das auch sein mochte, damit konnte man sich ein paar lausige Dollar verdienen. Bekanntlich hat auch der Großvater von John Lennon so angefangen, als Musiker musste man sich einfach als Neger verkleiden, der Markt verlangte das; es war nun mal Black Music. Es wird ja auch behauptet, dass

Billy Preston in Wirklichkeit nur angemalt war. Man hat auch seit dem legendären Abbey-Road-Konzert kaum mehr etwas von ihm gehört, nur bei Ringos All Stars war er wieder dabei und wirkte verdächtig blass. Selbst die Stones haben inzwischen einen Quotenneger als Ersatz für Bill Wyman. Es muss einfach ein Schwarzer dabei sein. Das war schon immer so – jedenfalls bei Musik. Auch wenn es ziemlich riskant war. So einer wurde gerne mal von der Bühne runtergeschossen, einfach so, damit die Revolver nicht einrosteten, auf einen mehr oder weniger kam es da nicht an, im Westen war man zumindest in diesem Punkt ziemlich großzügig.

John hatte das ungute Gefühl, dass dies die heimlichen Spielregeln des Lebens waren: Entweder wollte man was werden, dann musste man voll auf Risiko gehen, oder man zog sich aus dem mörderischen Konkurrenzkampf in vorauseilendem Gehorsam zurück und versuchte, sich irgendeine Nische zu suchen, in der man in Ruhe an seiner Gitarre zupfen konnte. Was sollte er denn machen? So gut wie Jelly Roll Morton oder Scott Joplin konnte er sowieso nicht mehr werden. Dann konnte man es eigentlich gleich lassen – oder? Musiker neigen grundsätzlich – spätestens seit Paganini – zur zweiten Möglichkeit und ziehen sich gerne in den nächstbesten Windschatten zurück, wo sie ungestört träumen können; John also auch, auch wenn er dort nicht gerade die große Liebe finden würde; denn die Frauen mit den schönen Namen wollten lieber einen Mann, der auch mal losballerte, wenn es nötig war und der sie zuverlässig beruhigen konnte, wenn die Kojoten heulten.

Es ist nicht gerade leicht zu erklären, aber ihm war, als würde ihn seine aufgesparte Liebe irgendwie schützen, als würde ihn seine heimliche Hingabe zu dieser Corinna zu einem anderen Menschen machen, sodass er nichts mehr mit all den Kranken um ihn herum zu tun hatte. Also hockte er oben auf dem eingestaubten Planwagen und spielte die alten Lieder, um die Kunden anzulocken, doch in Gedanken war er ganz woanders, und nach der Arbeit probierte er ein eigenes Lied aus, das all die Kranken in seinem Publikum nichts anging. Es sollte ein einmaliges Lied werden, das er nur ein einziges Mal für nur einen einzigen Menschen spielen wollte.

Richtig: Für Corinna, die er schon so lange, for a long, long time, nicht mehr gesehen hatte. Es ging ungefähr so ... Ich kann das nur andeutungsweise ... ihr wisst schon ... ganz ohne Begleitung, also: »Corinna, Corinna, girl, where've you been so long?«

Natürlich kommt dir das bekannt vor, das kommt jedem bekannt vor, aber es stimmt trotzdem: Er wollte es nur seiner Corinna vorspielen, nur ein einziges Mal. Die anderen brauchten das gar nicht mit anhören, er hatte erst neulich am Flussufer gesehen, wie tausend blaue Schmetterlinge aufgestiegen waren, blau wie Filzstifte, dabei gab es damals noch keine Filzstifte, und alle waren sie paarweise aufgeflogen, da hatte er sich den Text ausgedacht: I've got a bird that whistles, I've got a bird that sings, but if I ain't got Corinna, life don't mean an thing – gewagte Zeilen, muss man schon sagen, wenn auch etwas undeutlich, Musiker haben sowieso kein Verhältnis zu Texten, die wissen oft nicht mal, in welcher Sprache sie eigentlich singen: Donovan zum Beispiel, der bekanntlich trällern kann, als hätte er einen Vibrator verschluckt, betont in jeder Strophe mindestens ein Wort auf der falschen Silbe. Das hat eine lange Tradition bei den Singer-Songwritern, mit Worten können die sich einfach nicht so recht verständlich machen, ganze Textpassagen wurden immer gleich so hingenommen, wie sie gerade kamen, irgendwas mit »ruby red lips« mit »forever and ever«, »only you« oder »ten times a day«, das passte dann schon so ungefähr. Es war wie nach einem schweren Sturm, wenn man erst mal die größten Schäden beheben musste und schnell die Bretter verwendete, die verstreut in der Gegend herumlagen, egal, wie die Scheune später aussah, so waren auch die frühen Texte hastig aus alten Brettern zusammengenagelt – denn was sollte das bedeuten: ein Vogel, der flötet; ein Vogel, der singt?

John hatte sich das alles ganz alleine ausgedacht. Auch die Musik. Die war gar nicht mal so schlecht, da war so ein Auf und Ab in der Melodie, wie bei der Linie am Horizont, vielleicht war es auch von den Hügeln abgeguckt, irgendwie nachgebildet, so wie die großen Eisenbahnlinien, die über die Rocky Mountains führten, bekanntlich auch der Natur nachgebildet waren, denn die Eisenbahngesellschaften hatten keine Zeit, sich den besten Pass auszusuchen, da haben sie die Schienen einfach auf die Trampelpfade gelegt, auf denen die Bison-Herden jedes Jahr die Berge überquerten, als wüssten die schon, welches der beste Weg ist, und da sie die Schienen …

Kommt noch! Geht doch erst richtig los, wartet mal ab! Wie auch immer, John wollte das Lied nur ein einziges Mal spielen und hoffte, damit das Herz von Corinna zu brechen. Ihm war selber irgendwie mulmig zu Mute, er bekam richtig weiche Knie, wenn er das Lied übte, und dachte natürlich, Corinna müsste es genauso gehen, wenn sie das Lied hörte. Jeder Gitarrist, der gerade mal von a-Moll nach G-Dur umgreifen kann, glaubt noch an die herzensbrechende Wirkung von Musik. John auch. Er hoffte, Corinna würde ihn sofort heiraten, ohne großen Worte, nur mit einem Wort, dem Ja-Wort. Im Westen, wie gesagt, sprach man kein Wort zu viel, da wurde noch nicht endlos über Beziehungskisten diskutiert, da musste man nicht alles ehrlich und vor allem rechtzeitig sagen, da dachte noch keiner, dass man Probleme lösen kann, indem man offen darüber redet, womöglich unter Aufsicht von Therapeuten, da wurde alles noch anders gelöst, wie genau, weiß ich auch nicht, notfalls mit dem Revolver. Corinna sollte auch nicht so viel reden, die sollte Ja sagen und gelegentlich John, das reichte. John wusste sowieso nur wenig von Frauen, er kam vom Land, da wurde über so etwas nicht geredet, dennoch war ihm, als hätte er unter der Hand mitbekommen, dass die Sehnsucht der Frauen von der Zartheit eines Regenbogens wäre. Deshalb hatte er versucht, ein bisschen mehr auf Regenbögen zu achten, doch er konnte sich nicht allzu viel drunter vorstellen, auch als Musiker nicht. Jedenfalls übte er lange an seinem Lied, damit er sich bei der einmaligen Vorführung nicht verhaspeln würde... was ist denn daran romantisch?

Im Westen war überhaupt nichts romantisch. Ein Lagerfeuer war immer auch ein Vorgeschmack auf die Hölle, wenn das Holz noch feucht war – dieser ständige Rauch, dieses allseitige Gehuste. Da gab es Kerle, die haben mit bloßen Füßen das Feuer ausgetreten, weil sie es nicht mehr aushalten konnten, so war das.

Nein, der Westen war nun wirklich nicht romantisch; die Cowboys haben derart gestunken, dass selbst die Pferde ohnmächtig wurden – so war das, ich will da gar nichts beschönigen.

Endlich sah John seine Corinna wieder; ihre Lippen waren rot wie Klatschmohn ohne Geschmack, wahrscheinlich alles nur billiger Lippenstift, das konnte er aber nicht wissen, dazu hätte er sie erst einmal heftig küssen müssen und im Vergleich dazu eine Mohnblume – beides hatte er bisher versäumt; sie hatte auch so ein herzblutfarbenes Kleid, mit Rüschen hier und hier und hier, ihr wisst ja, im Westen hatten die Frauen manchmal Kleider, dass man sich wundern musste, wie die je in einen Reisekoffer passten, denn diese Reisekoffer waren nicht gerade groß und oft noch schwerer als der Inhalt, die mussten aus extra dickem Leder sein, damit die Indianerpfeile daran abprallten, zack, ab; so jedenfalls sahen die Frauen aus, und als John seine Corinna in diesem Kleid sah, war er viel aufgeregter, als das im Wilden Westen gesund sein konnte. Es war ein verdammt langes Kleid, das Corinna jedes Mal etwas anheben musste, wenn sie einen größeren Schritt machen wollte, immer war es, als lüftete sich ein Theatervorhang ein Stück weit, kurz vor Beginn der Vorstellung, wenn man unten schon den verheißungsvollen Lichtschein sehen kann. Manchmal trugen diese Frauen sogar hellblaue Schleifchen an den Knöcheln; keiner wusste, wozu die gut sein sollten und wie das alles noch weitergehen würde. Man konnte sowieso nie wissen, ob sie diese Schleifchen tatsächlich trugen oder nicht, denn meistens sah man davon nichts, und wenn doch, konnte man nicht sicher sein, ob man sich nicht verguckt hatte. Viele fielen ja sofort in Ohnmacht, wenn sie solche Schleifchen erblickten.

»So, Corinna«, sagte John und seine Stimme zitterte leicht, »ich hab ein Lied gemacht. Nur für dich. Mich soll auf der Stelle der Geier fressen, wenn ich das Lied ein zweites Mal spiele.« Mehr sagte er nicht, das war schon mehr als genug, dann packte er seine Gitarre aus.

Corinna fragte mit belegter Stimme: »Ein langes?«

Er schüttelte den Kopf. Es waren einundzwanzig Strophen, mehr nicht. Er fing an, sorgfältig seine Gitarre zu stimmen, als Corinna unterbrach: »Musst du noch lange an diesen Knöpfen drehen, oder gehört das schon dazu?«

Dabei sah sie ihn ungeduldig aus dunklen Augen an – dunkel, wie die Löcher dieser gefürchteten Doppelflinten, wenn ihr wisst, was ich meine. John fing sofort an, sein Lied herunterzusingen, viel zu hastig. Als er bei der neunten Strophe angelangt war, hörte er tatsächlich von draußen Pferdegetrappel. Corinna sprang sofort auf und sagte irgendetwas wie: »Tut mir Leid! Ich hab heute noch was vor. Aber, schön ist das Lied, doch... Äh, ja... da ist was dran, irgendwie, äh, wirklich. Gefällt mir, doch, doch. Vielen Dank auch. Tja, was soll ich sagen? Jetzt muss ich aber, du weißt schon, vielen Dank noch mal und tschüss!«

John wusste sofort, was los war: Wenn dermaßen viel geredet wurde, war das kein gutes Zeichen, und er sah erst gar nicht hin, wie Corinna noch einen letzten Blick in den Spiegel warf, gleich neben der Tür war so ein ovaler Spiegel, der von zwei Kerzen erleuchtet wurde, und er merkte auch nicht, wie sie die Tür einfach zufallen ließ, wie die Kerzen flackerten, als wollten sie verlöschen, dann war dieses Pferdegetrappel zu hören, dann diese Stille wie in einem Sarg, wenn ihr wisst, was ich meine. John spielte das Lied weiter, bis zum lausigen Schluss, er hatte sich das vorgenommen, und normalerweise macht ein Cowboy auch, was er sich vorgenommen hat, nicht mehr, aber auch nicht weniger, und ihm war, als hätte eine riesige Uhr aufgehört zu ticken, aber es gab nicht mal Uhren in diesem gottverlassenen Raum. Es musste eine Uhr in seinem Inneren sein, aber da war im Grunde kein Platz für eine so große Uhr; John war ziemlich schmächtig. Die Kerzen gingen auch nicht aus, obwohl sie stark geflackert hatten. Tja, das war's dann wohl, dachte er. Schluss aus, Ende. Sicher war dieser Mann einer von denen, die sieben Kerben im Revolver haben; einer, bei dem die Kojoten freiwillig verstummen; einer, der gleich zwei Gürtel umhängen hat – vielleicht ist euch das auch schon aufgefallen: Es gibt gewisse Cowboys, die mindestens zwei Gürtel umhängen haben. So einer musste das sein. John hatte ihn noch nie aus der Nähe gesehen und hatte auch jetzt keine Gelegenheit, ihn sich anzuschauen, weil er erst sein Lied zu Ende bringen musste, außerdem wusste er sowieso, dass es einen anderen gab, auch im Westen, das hatte sich rumgesprochen, man konnte so viele erschießen, wie man wollte, es gab immer noch einen zu viel. Also, warum sollte er rauslaufen und nachgucken? Da hätte er sich gleich das Gesicht mit Schuhcreme einschmieren können. Er zog also sein Lied in voller Länge durch, nicht mehr ganz so hastig, Musiker sind da auch ... Ich weiß es nicht, die müssen ein anderes Verhältnis zur Zeit haben, die improvisieren manchmal mit einer Ausdauer, besonders in E-Dur, das hört einfach nicht auf, als hätten sie sich in Geheimverträgen dem Herzschlag eines anderen Lebewesens anvertraut.

Nein, das kann man so nicht sagen: Natürlich war er nicht total deprimiert! Das kam erst später. Damals war niemand frustriert oder so. Das gab es alles noch nicht. Nicht mal die Gedanken in seinem Kopf hatten aufgehört, von alleine weiterzudenken: Nur nicht fluchen, dachte er, nicht fluchen, er hatte seiner Mutter auf dem Sterbebett versprechen müssen, niemals zu fluchen, da war sogar noch was gewesen, was seine Mutter hatte sagen wollen, aber das hatte er nicht mehr verstanden, weil die nur noch ein Röcheln herausbekam, aber dass er nicht fluchen sollte, das hatte er noch gehört, und daran hielt er sich. Er hatte auch bisher nie geflucht und immer schnell weggehört, wenn andere in seiner Nähe anfangen wollten – und es wurde verdammt viel geflucht im Westen, das kann ich euch flüstern, da musste er ständig weghören, und jetzt, dachte John, jetzt fluche ich auch nicht, jetzt erst recht nicht, er wusste ja selbst, dass er sein Lied nicht gut genug gespielt hatte, das brauchte ihm keiner zu sagen, vielleicht war da was, das Corinna gestört hatte, die Gitarre war nicht richtig gestimmt gewesen, manchmal verderben solche Kleinigkeiten alles, das Picking war viel zu holperig, der Übergang von G-Dur nach D-Dur hatte nicht immer reibungslos geklappt, jedenfalls am Anfang nicht, als Corinna noch mitgehört hatte, später war es etwas besser geworden, er hätte die Bässe mehr mit dem Daumen abdämpfen müssen, vielleicht war es auch ein Fehler gewesen, dass er gebadet hatte, er hatte sich irgendwie fremd gefühlt in seiner Haut, doch nun war das Lied gespielt, einmal durch, und das war's.

Gevögelt? Ich hör wohl nicht richtig. Ob die gevögelt haben? John und Corinna gevögelt? Als wenn es darauf ankommt. Das passt doch hier überhaupt nicht hin. Ihr seid ja dermaßen … um es mal auf den Punkt zu bringen – oder wie? So nennen sie das, in diesen Sendungen, wo Hörer ihre erotischen Erlebnisse erzählen, wie sie mal am Strand und alle Griechen haben zugeguckt, und dann säuselt der Moderator mit seiner Schlafzimmerstimme: »Ja, äh, seid ihr auch auf den Punkt gekommen?« Was soll das überhaupt für ein Punkt sein? Ich war selber mal bei so 'ner Sendung bei Radio Hamburg, das muss ich unbedingt erzählen – »Schmusestunde«, »Liebesgrüße in der Nacht«, oder: Mausi grüßt ihren Spatzi, und Spatzi ist unterwegs mit seinem Brummi und Mausi hofft, dass er sie hören kann, und hat ihn ganz, ganz doll lieb und wünscht sich von den Pet Shop Boys »Always On My Mind« – ich weiß nicht. Warum kann diese Mausi ihrem Spatzi nicht einfach so sagen, dass sie ihn ganz, ganz doll lieb hat und ihm meinetwegen die CD zu Weihnachten schenken? Was ist mit dieser Mausi los? Sie wirkt auch so seltsam erregt und richtig dankbar, dass sie ihren Spatzi grüßen darf und alle, die sie kennen, und auch das Team vom Sender – nur mich macht das irgendwie traurig. Ich frage mich, warum diese Mausi möchte, dass nicht nur ihr Spatzi hören kann, dass sie ihn ganz, ganz doll lieb hat, sondern ich auch, obwohl sie mich gar nicht kennt, ausgerechnet ich soll das mit anhören, außerdem noch tausend andere, die gerade keine Mausi haben, nicht mal einen Brummi und auch die Pet Shop Boys nicht ausstehen können, und die Tränen laufen einem direkt in die Ohren, wenn man angezogen auf dem Bett liegt und die Risse in der Decke anstarrt, das könnt ihr mal ausprobieren, und diese kleinen Schaumstoffpolster am Kopfhörer vom Walkman erinnern mich immer an diese Schaumstoffröllchen, diese Tropfenfänger da an den Teekannen.

Ich muss allerdings zu meiner Verteidigung sagen, dass ich nicht zum Schmusen im Studio war. Es ging um ein sensationelles neues Lied, das noch keiner kennen konnte. Das durfte auch erst am nächsten Morgen gespielt werden. Da wurde ziemlich viel Tamtam drum gemacht. Wie in alten Tagen bei »All You Need Is Love«, als der Song weltweit per Satellit übertragen wurde, so sollte nun – quasi zum letzten Mal – überall gleichzeitig dieses Lied gespielt werden, und am Abend zuvor, als alle so taten, sie würden schon ungeduldig warten, durfte ich kurz etwas dazu sagen. Da wird manchmal ein Theater gemacht, man glaubt es kaum. Eine Michael-Jackson-CD wurde an alle großen Sender im Tresor angeliefert, und erst zum richtigen Termin wurde der Code durchgesagt, aber die Jungs konnten gerne schon vorher versuchen, den Tresor zu knacken. So entstehen künstliche Anekdoten, als gäbe es doch so etwas wie eine Geschichte zu den Songs. Zumindest ist was da, worüber man reden kann. Auch bei den Rolling Stones hatten sie sich 'ne ganz tolle Aktion ausgedacht, bei der man Backstagepässe gewinnen konnte, wenn man einen möglichst schweren Stein ins Studio rollte – originell, was?! Dazu wurde dann 'ne Waage aufgebaut, die stand natürlich im Weg, und als die noch mal verrückt werden musste, haben sich glatt zwei der Moderatoren einen Bruch gehoben.

Wo war ich stehen geblieben?

Ach… ich weiß auch nicht, früher haben die Leute besser zugehört, da waren die Lagerfeuer viel eindrucksvoller, es gab längere Sommerabende, das Wetter war wesentlich besser, das Wasser durchsichtig, die Luft war klar und pustete einem ohne Nebenwirkungen die Kopfschmerzen weg, die Schiffe waren noch aus Holz, und im Sternenhimmel schwirrten noch keine Abfälle aus der Weltraumfahrt herum, ja, die Stille der Nacht war so gewaltig, dass man die Maschinen des Sternenraumes arbeiten hörte, wie die Dichter sagten, jedenfalls in besonderen Nächten in abgelegenen Gegenden, aber das stimmte schon damals nicht, das waren schöne Dichterworte, in denen sich die Sehnsucht nach Stille ausdrückt, es war aber in Wirklichkeit nie wirklich still, wie schon gesagt, aber seht mal hoch: Man sieht es zwar von hier aus nicht, auch nicht, wenn man sehr lange darauf starrt, aber man weiß es: Da fliegen überall Abfälle herum, auf immer und ewig.

Was heißt denn hier zu lang?

Das Lied oder die Geschichte?

Wieso das denn? Das geht doch erst richtig los, ihr seid so ungeduldig geworden; das hängt bestimmt mit den Schlagern zusammen, die immer kürzer geworden sind, selbst die klassische Musik wird heute viel hastiger gespielt als früher, als müssten die Musiker dringend wieder weg, weil sie einen noch wichtigeren Termin wahrnehmen müssen. Karajan hat ja, wie ihr wisst, ordentlich aufs Tempo gedrückt und alles viel zu schnell eingespielt, zum Dirigieren hat er nicht mal seinen Mantel ausgezogen oder auch nur aufgeknöpft; er war bekanntlich ein gefürchteter Raser und hat in geschlossenen Ortschaften ständig die Geschwindigkeitsbeschränkungen überschritten, das ist aktenkundig, kein Wunder, wenn die Menschen ungeduldig geworden sind, richtig kribbelig, als würden sie immer was verpassen. Als Phil Spector damals »You've Lost That Loving Feeling« produziert hat – das kennt ihr, oder?

Schönes Stück, kann man nicht anders sagen, da hat er absichtlich die falsche Zeit auf die Platte drucken lassen, denn mit drei Minuten fünfzig war der Song viel zu lang für damalige Verhältnisse, sodass er sich nicht getraut hat, die richtige Zeit anzugeben, da das Lied sowieso schon klingt, als läge ein schwerer Stein auf der Scheibe. Ich habe die Sachen alle noch auf Tonband, auf einem Grundig-Gerät, mit den berühmten drei Geschwindigkeiten vier Komma sieben-fünf, neun-fünf und neunzehn, selbst aufgenommen, Mikro direkt vorm Lautsprecher, nach Highfidelitymaßstäben nicht doll, aber darauf kommt es gar nicht an; John Lennon hat auch nur einen billigen Kassettenrekorder mit eingebautem Mikro benutzt, obwohl er weiß Gott Geld genug gehabt hätte, sich das beste Studio zu leisten, aber der hatte diesen tragbaren Rekorder irgendeinem Schnorrer geklaut, der sich ständig vor seinem Apartment in New York herumdrückte, und dazu hat er einen völlig veralteten Schlagzeugcomputer eingesetzt, den ihm Yoko Ono mal zu Weihnachten geschenkt hatte, na ja, es war vermutlich nicht leicht, John irgendwas Originelles zu schenken, das man einwickeln und unter den Tannenbaum legen konnte. Yoko Ono kannte sich auch nicht sonderlich gut aus mit diesen modischen Drum-machines, da hätte John gleich seine Mutter in einen Computerladen schicken können, wenn er noch eine gehabt hätte – eine Mutter, meine ich. Das hat dann den restlichen Beatles später enorme Schwierigkeiten gemacht, den Nachlass so aufzubereiten, dass man ihn wenigstens halbwegs anhören kann, bei manchen Aufnahmen hatte John nicht mal seinen Rasierapparat ausgeschaltet. Was dagegen heute so aus dem Radio kommt, ist zwar vom Sound her perfekt und glatt – dennoch der reine Sondermüll, tut mir Leid, wenn das etwas hart klingt, aber der Abfall im Weltall macht sich bemerkbar. Entweder ist es Passivschmusen, Porno für Blinde – we both surrender to the touch, I remember the smell of your skin –, oder es ist Marschmusik für die Paraden der Neunziger. Manchmal frage ich mich im Ernst, wie lange die Kids bei dieser Musik überhaupt überleben können. Ständig die wummernden Bässe in den unteren Frequenzbereichen, die wie Abrissbirnen klingen, dazu das digitale Piepsen wie von Computerkassen an Großtankstellen. Man hat ja schon Versuche gemacht, mit Mäusen. Eine Versuchsgruppe hat man ständig mit Hardrock und Techno beschallt, davon bekamen die ein unangenehm struppiges Fell. Der anderen Gruppe wurde Mozart vorgespielt, davon kriegten die ein seidiges Fell, aber noch wichtiger ist, dass die Mäuse, die immer Techno hören mussten, keine Lust mehr hatten, sich fortzupflanzen, während die Mozartmäuse ein recht lebendiges Paarungsverhalten an den Tag legte, und nun hat man schon überlegt, ob man nicht die Getreidesilos in Amerika mit der entsprechenden Musik beschallen soll, damit die Mäuse wegbleiben, oder, falls sie trotzdem kommen, langsam degenerieren.

Früher mochte ich alles, was aus dem Radio kam, na ja, fast alles, selbst so ein Geschnulze wie von den Bee Gees –

aber heute? Ich denke jedes Mal, dass die Musiker längst am Ende sind. Die wiederholen sich nur noch. Die Lieder haben keine Geschichte mehr und erinnern an gar nichts. Was glaubt ihr wohl, was es für mich bedeutet, wenn ich zufällig »Guantanamera« höre? Für euch mag das ein lächerlicher Klampfenklassiker sein, der an evangelische Gemeindehäuser erinnert, mit holzgetäfelten Gruppenräumen und einem Dual-Plattenspieler mit Wachsflecken auf der Abdeckhaube, mich erinnert es immer daran, wie ich stundenlang in Santiago de Cuba auf ein Taxi gewartet habe, das nie kam. Auch dieser eine Musiker von Grateful Dead – nein, nicht Jerry Garcia – hat mal gesagt, dass wir uns, wenn wir ein altes Lied hören, nicht etwa an das erste Mal, als wir es gehört haben, erinnern, sondern an das letzte Mal, sodass sich auch unsere Erinnerung ständig ändert, dass sie überlagert wird von neuen Rückblenden und Wachsflecken, versteht ihr? Wenn man heute in die Südsee reist, findet man in den Hotelzimmern Reproduktionen von Gauguins, der schon zu seiner Zeit die Szenerie so gemalt hat, wie sie längst nicht mehr war, doch das prägt auch unseren Eindruck; und wenn wir uns an einen Menschen erinnern wollen und haben zufällig ein Foto, dann sehen wir vor unserem inneren Auge immer dieses Foto. Das hat man alles erforscht. Unsere Gehirnströme reagieren nämlich indirekt, jeweils auf schon vorhandene Begriffe. Wenn man einer Versuchsperson ein leeres Blatt Papier zeigt, tut sich noch gar nichts; erst wenn man »Die Farbe Weiß« sagt, kommt in unserem Oberstübchen ein bisschen was in Bewegung.

Wir reden da gerne von der berühmten rosaroten Brille, doch das Problem bei dieser beliebten Metapher ist, dass man die Brille nicht einfach abnehmen kann wie 'ne Easy-Rider-Sonnenbrille und dass bei uns sowieso viel zu viel über die Ohren reingeht, aber es gibt keine Ohrenlider, mit denen wir unsere Ohren zuklappen könnten. Es gibt höchstens Ohrenstöpsel – doch dann ist es schon zu spät. Diese Oldies aus dem Radio überlagern unsere Erinnerung wie ein Bild, das ständig neu übermalt wird, und jedes Mal versucht der Maler es so hinzukriegen, wie es war, da kann man sich ja vorstellen, was da für ein Geschmiere herauskommt, so wird einem durch diese Oldiesender das Alte vertuscht, die Geschichte wird einem wieder weggenommen, schon allein weil diese Sender auch ein viel zu engherziges Repertoire haben, sodass man heute öfter »San Francisco« zu hören bekommt als damals, als das Lied noch neu war.

Früher konnte man noch die Hörer einteilen in diejenigen, die »First Cut Is The Deepest« von Cat Stevens kannten und welche, die es nur von Rod Stewart kannten, heute verschwimmen auch diese Unterschiede immer mehr. Früher habe ich manchmal eine ganze Woche warten müssen, bis etwas kam, das ich aufnehmen wollte. Heute nehme ich nichts mehr auf und alles kommt sowieso viel zu oft. Dazu gibt es ständig diese Coverversionen. Die sind immer schlechter. Alle. Da sind keine richtigen Gefühle mehr drin, nur noch Schatten von alten Gespenstern. Deshalb wird ja die Musik heute zum größten Teil von Maschinen gemacht. Ein lebender Musiker könnte gar nicht so oft immer dasselbe spielen, ohne verrückt zu werden. Inzwischen gibt es auch Schlagzeugcomputer mit Randomfunktion, die unmerkliche Unregelmäßigkeiten einbauen, damit es irgendwie menschlicher klingt, Humanizer nennt man die, doch davon wusste Yoko Ono nichts; und Barry Gibb sieht völlig alterslos aus, wegen der vielen Operationen wahrscheinlich; seine Bee Gees spielen immer noch in Originalbesetzung, kaum zu glauben, immer noch stürmen die

Frauen zur Bühne, legen ihnen Blumen, Teddys und Tagebücher zu Füßen, nur dass sich Barry nicht mehr danach bücken kann, wegen seinem Hüftleiden, der kann nur noch kerzengerade auf der Bühne stehen, wie früher diese HB-Männchen vor den Zigarettenläden – wisst ihr, was ich meine?

Auf den Bürgersteigen standen doch Pappfiguren, diese berühmten HB-Männchen. Inzwischen sind die auch wieder aus dem Verkehr gezogen worden, na ja; ich sollte da lieber keine Scherze machen, ich hab es auch mit dem Rücken, wie alle von uns, die zu viel sitzen, hier, an dieser Stelle. Deshalb fangen die Bee Gees immer im Dunkeln an; Barry muss von zwei Helfern auf die Bühne getragen und vorne hingestellt werden, an eine zuvor markierte Stelle, dann geht das Licht an, und zum Schluss tragen ihn die Helfer wieder weg, Zugaben gibt es natürlich nicht.

Was wollte ich denn sagen?

Wiederholungen, genau, ich glaube, dass diese Wiederholungen ein altes Onanietabu berühren... Lasst mich doch mal ausreden! Ein Teenager würde mir sofort Recht geben, besonders beliebte Platten oder Kleider werden aufgehoben und zurückgelegt, als würde das Gefühl, das sie auslösen, mehr und mehr abgenutzt und als gäbe es vielleicht sogar eine Strafe für zu häufigen Genuss, tausend Schuss, dann ist Schluss, sagte man bekanntlich im Westen. So stellt sich ein Teenager das Gefühlsleben vor – wie eine Taschenlampenbatterie: Das Licht wird dünner, im fahlen Schein kann man kaum mehr die Buchstaben erkennen, man wird selbst immer mehr zum Verbrecher unter der Bettdecke: Herzklopfen, Abenteuer, Schätze, Mord, Eifersucht, verbotene Nacktheit, Morsezeichen. Auch bei Filmen habe ich lange gedacht, ich dürfte die kein zweites Mal ansehen, nicht mal so einen Schinken wie »Kampf um

Troja«, als würde ich damit dem Tod den kleinen Finger reichen.

So, noch ein Schluck Wein, aus Plastikbechern, wenn es gar nicht anders geht, leider.

Etwa zehn Jahre später war John so routiniert, dass er auch bei schwierigen Akkordwechseln ins Publikum lächeln und obendrein die Bässe abdämpfen konnte, ohne dabei aus dem Takt zu kommen. Er spielte in einer ehemaligen Goldgräberstadt, in Clarksville, da gab es schon recht stabile Häuser, in denen sogar Klaviere standen, auf denen einmal im Jahr »Happy Birthday« gespielt wurde, immer in C-Dur, die schwarzen Tasten wurden praktisch gar nicht benutzt, gar nicht mal so sehr aus rassistischen Gründen, die musikalische Entwicklung war einfach noch nicht so weit, in New Orleans vielleicht, aber nicht in Clarksville; und der lokale Sheriff hatte einen Stern an seinem Hemd, bei dem schon ein Zacken abgeschossen war, der Ort war sowieso halb so groß und doppelt so tot wie der Zentralfriedhof von Chicago, wie man heute sagen würde – doch damals galt das Nest als Metropole.

Nun hab ich ja schon gesagt, dass früher nicht über solche Sachen geredet wurde, dennoch war unserem John, als hätte er mal gehört, dass noch mehr am Leben dran sein müsste – was genau, wusste sowieso keiner – einfach nur, dass noch mehr dran sein müsste, als gäbe es geheime Schwingtüren, durch die man unvermutet tritt, und plötzlich, schwupp, schwupp, wäre man in einer Welt, die alles schöner und leichter erscheinen lässt, schwupp, schwupp, schon wäre man in einer Welt, in der man mit bloßem Auge den Abglanz der Sterne sehen kann. Natürlich nicht auf dem Land, da nun gerade nicht, das Leben auf dem Land kannte John besser, als ihm lieb war, da gab es keine geheimen Schwingtüren, nirgendwo, da gab es überhaupt keine

Schwingtüren, nichts wirkte leicht oder ging wie von alleine, manchmal war schon eine riesige Kraftanstrengung nötig, am frühen Morgen die Haustür auch nur einen Spaltbreit zu öffnen.

Aber in der Stadt. Und nun lebte er in der Stadt, hatte allerdings noch keine geheimen Schwingtüren gesehen und hatte immer noch ein bisschen Angst vor dem Leben in der großen Stadt: Er hatte mal gehört, dass man sich vor den Frauen, die es da geben sollte, in Acht nehmen müsse, besonders vor Frauen, die nur Vornamen hatten. Es wurde zwar nicht gerade viel darüber geredet, aber es war trotzdem durchgesickert: Es sollte Frauen mit vergiftetem Lippenstift geben, von denen durfte man sich nicht küssen lassen, auf keinen Fall, man würde sofort in Ohnmacht fallen, und wenn man aufwachte, hätten einem die Frauen alles geraubt, nicht nur das Geld und den Gürtel, einfach alles. Da musste man höllisch aufpassen.

Als nun eines Abends ziemlich viel Whiskey den Abgrund des ewigen Vergessens geflossen war, wobei ich noch hinzufügen muss, dass die damals ein Zeug getrunken haben, dass sich einem die Haare auf der Brust kräuselten. Feuerwasser nannten die Indianer das, die Cowboys nicht, die machten sich überhaupt keine Gedanken, wie man das Zeug nennen soll, die kippten es einfach runter, dann war's weg, dann brauchte man sich erst recht keine Gedanken mehr zu machen, so ein Whiskey schmeckte immer irgendwie nach verbranntem Pferdehaar. Jedenfalls hatte er nur noch eine Zuhörerin, die er so lala fand, sie fand ihn ganz, ganz toll, zeigte sich äußerst angetan von seinem Gitarrenspiel, wollte eine Zugabe nach der anderen und rief immer: »Mehr! Mehr! Mehr!«, sodass er echt in Verlegenheit kam, denn er hatte sein Repertoire aus alten Quacksalberzeiten schon sechsmal wiederholt, ohne dass ihr das aufgefallen war, er hatte geschickt die Reihenfolge der Stücke geändert, die Tonarten gewechselt – ohne Kapodaster, wohlgemerkt! –, doch nun wusste er echt nicht mehr, was er noch spielen sollte.

Doch seine Zuhörerin forderte: »Mehr! Mehr! Mehr!«, und überkreuzte ihre Beine, sie trug schwarze Netzstrümpfe, die wie prall gefüllte Fischernetze aussahen, und eine künstlich rote Rose an ihrem lausigen Strumpfband – tja, da sagt ihr nichts mehr, was? Vorhin dazwischengeredet, immer nur rumgemeckert, romantisch und so, lalala, nicht richtig zugehört, nun seid ihr still. Das hab ich mir gleich gedacht. Schließlich sagte John:

»Ich kenne keine Lieder mehr. Nur noch Instrumentalstücke!«

Darauf sagte sie: »Dann mach doch mal ein Lied für mich.«

Aber John sagte nur: »Ich kann keine Lieder schreiben. Ich habe noch nie eins geschrieben und werde auch nie wieder eins schreiben«, dabei dachte er im Stillen: Also, was sich diese Flittergirls heutzutage einbilden, die denken glatt, dass man eben mal so ein Lied für sie machen könnte. Doch sie kreuzte ihre Beine: »Mehr! Mehr! Mehr! Na los! Probier doch mal! Ein Lied für mich. Ich heiße übrigens Corinna, nun mach schon!«

John war so verblüfft, dass er vier Takte ins Leere starrte. Er war leicht angetrunken, wie ich bereits angedeutet habe, aber er hatte ernsthaft den Eindruck, dass es zwei Corinnas im Wilden Westen geben musste, obendrein zwei, die verschieden aussahen und verschiedenen Sachen anhatten. Es konnte also nicht daran liegen, dass er eventuell alles doppelt sah.

Wieso dumm?

Was heißt hier: So dumm kann einer alleine gar nicht sein?

So kann man das auch nicht sagen. Erstens war es im Westen niemals gut, wenn einer zu viel wusste, und zweitens hat ein Cowboy das, was andere im Kopf haben, eben woanders. Dumm kann man das jedenfalls nicht nennen, irgendwie einfältig sind Musiker schon, das muss ich zugeben, ich weiß auch nicht, woran das liegt, die sind einfach nicht so ganz von dieser Welt, denen kommen noch die Tränen, wenn sie ein Weihnachtslied singen, schon bei den Proben mitten im August, aber dumm kann man das nicht nennen. Diese Corinna lächelte auch so merkwürdig und spielte mit ihrer Schleife am Ausschnitt, hier so, an dieser Stelle, und sagte: »Nun hab dich nicht so, mach ein Lied für mich, ein klitzekleines.«

John fragte noch: »Sind irgendwelche Geier gesichtet worden in der Gegend?« Corinna kicherte nur.

Na ja, einmal wiederholen, ist doch egal, dachte er und spielte alle acht Strophen, an die er sich erinnern konnte. Es lief recht flüssig, wie von allein, die Akkordwechsel kamen wie geschmiert, nur hatte er überhaupt keine Vibrations mehr, aber es klappte gut. Er hatte mit leeren Patronen geschossen, wie man im Westen sagte, und genau getroffen. Corinna war total begeistert, sprang an ihm hoch, küsste ihn mit ihrem lila Lippenstift, erst seine Wangen, dann seinen Gitarrenkasten und sagte schließlich:

»Ach, wie schön, ein Lied für mich! So ein schönes Lied! Das hat noch keiner mit mir gemacht.«

Das kann ich gar nicht leiden – Zitate! Bitte nicht! Nun spielt die Geschichte extra in einer Gegend, wo man nicht überall auf literarische Anspielungen stößt, wo man noch richtig naiv sein konnte und die meisten Männer auch entsprechend aussahen – so etwas kann heute keiner mehr, das kriegen selbst die Italiener nicht mehr hin, die hatten ja nicht zufällig so einen kleinen Wortschatz. Im Westen gab es eben noch Blockhütten ohne Gedenktafel und Gräber ohne jede Inschrift; die Berge waren keine Kulissen, und um zwölf Uhr mittags war es einfach nur zwölf Uhr mittags, nicht etwa High Noon, und kein Mensch hat auf die Uhr gesehen. Muss es denn unbedingt zu jeder Geschichte ein Zitat geben? Aber habt ihr zufällig schon von Huddie »Leadbelly« Leadbetter gehört?

Nein?

Das hab ich mir gleich gedacht. Der hat schon im Alter von sieben Jahren – sieben! Jawohl. Ich sagte: sieben! Hör doch mal zu! Da hat er seinen Vater mit dem Luftgewehr bedroht und ist weggelaufen und hat dann – aber da muss er schon etwas älter gewesen sein – eine Frau geschwängert und musste ins Gefängnis.

Natürlich. Er wollte die ja nicht heiraten, nur schwängern, und das war streng verboten. Dann ist er aus dem Gefängnis ausgebrochen und hat dieselbe Frau noch mal geschwängert – das müsst ihr euch mal vorstellen, zweimal dieselbe, außerdem hat er bei der Flucht einen Mann erschossen, das kam noch strafverschärfend dazu, obendrein konnte er zwölfsaitige Gitarre spielen, von ihm ist zum Beispiel »Good Night Irene«.

Das kennt ihr, klar, das hat jeder schon mal gehört, aber jetzt kommt es: Wegen seines Gitarrenspiels haben sie ihn begnadigt. Huddie hat kurzerhand zur Gitarre gegriffen, alle Geschworenen mussten heulen und haben ihn begnadigt, wirklich wahr.

Nein. John war gar nicht zufrieden. Ihr wisst ja selber, wie diese Hotelzimmer ausgesehen haben: kahle Wände, Petroleumlampe, eine spanische Wand, diese Wasserkanne mit einem Sprung drin, dazu eine passende Schale, und solche Fenster, die man nach oben aufschieben konnte, und natürlich dieser Messingspucknapf auf Hochglanz poliert, sag ich euch, blitzblank, darin spiegelte sich das ganze Zimmer, verzerrt irgendwie, durfte man gar nicht so genau hinsehen, konnte einem ganz schlecht von werden.

Er hatte das Gefühl, als hätte ein Wirbelwind in seinem Inneren getobt und alle Gefühle rausgeblasen und alle Gedanken. Dass es überhaupt eine zweite Corinna geben musste, die er schon am nächsten Morgen nicht mehr leiden mochte, war merkwürdig genug. Er wusste auch genau, dass ihm da kein Klapperschlangenserum helfen konnte, dafür hatte er lange genug beim Quacksalber gesungen.

So stieg er vor dem Morgengrauen auf sein namenloses Pferd – schon wieder nicht geflucht, dachte er bitter, und schnitzte sich zwei Kerben in seinen Revolver, und als diese andere Corinna aufwachte, war er schon weit, weit in den Westen geritten und hatte sich nicht mehr umgedreht, wie sich das gehört, es war keine Staubwolke mehr am Horizont, darauf könnt ihr euch verlassen, da war nur noch diese weite, leere Landschaft und sonst gar nichts.

Er hatte nur eine Erklärung: Sein Gitarrenspiel war wesentlich besser geworden, jeder Musiker hätte ihm sofort Recht gegeben, die Rechte war deutlich schneller geworden, und endlich hatte es mal mit der Synkopierung einigermaßen geklappt. Er hatte sich zwar nur noch an einen Bruchteil der Strophen erinnern können, glaubte aber sowieso, dass es gar nicht so sehr auf den Text ankam. Jetzt, wo es zu spät war, fiel ihm sogar noch eine Strophe ein: Tell the world, I love Corinna – gut, dass er die weggelassen hatte, wieso sollte die Welt zur Kenntnis nehmen, dass er Corinna liebte, auch die Strophe, in der es hieß: I love Corinna, way across the sea – was eher symbolisch gemeint war; denn John hatte das Meer nie gesehen und konnte sich nichts Genaues darunter vorstellen, das Meer war für ihn so etwas wie die Abwesenheit von Staub, dennoch wäre er vermutlich gerade an dieser Stelle haltlos in Tränen ausgebrochen, da konnte er eigentlich froh sein, dass ihm das nicht auch noch eingefallen war, Cowboys weinen bekanntlich nicht und haben – wie schon gesagt – kein Verhältnis zu Texten. So wie deutsche Schlagersänger. Deshalb wurden bei uns schon seit den Fünfzigern konsequent Ausländer eingesetzt. Für die Schlagerindustrie war jemand wie Peter Maffay ein echter Glücksfall. Der kam aus Siebenbürgen, wusste ungefähr, wie Deutsch klingen muss, hatte aber keine Ahnung, was er da über die Lippen bringt, also konnte er die Lieder mit einer Hingabe vortragen, zu der kein Deutscher, der noch alle Tassen im Schrank hat, überhaupt fähig wäre. Auch bei den Songs von Herbert Grönemeyer oder Heinz Rudolf Kunze wird der Sound so abgemischt, dass man den Text nicht genau versteht, englische Mischung nennt man so etwas, denn sonst könnten die gar nicht so erfolgreich sein, die Texte sind dermaßen schrecklich, doch es fällt nicht so auf, man nimmt nur so ein undeutliches Grunzen wahr und erkennt womöglich, dass der Text höchstwahrscheinlich deutschsprachig ist, was schon problematisch genug ist, weil Autofahrer bekanntlich von deutschen Texten aggressiv werden. Das ist wissenschaftlich erwiesen: Wenn Autofahrer deutsche Texte hören, werden sie aggressiv, Tatsache. Dabei gelten deutsche Fahrer sowieso schon als besonders aggressiv und fahren rein statistisch mehr Kinder tot als in anderen Ländern, nun kommen noch die Texte dazu. Das hat man diesmal nicht mit Mäusen erforscht, sondern mit Deutschen, deswegen laufen bei uns fast ausschließlich englische Songs, obwohl wir keine Prärie haben, keine Bisons und eigentlich eine völlig andere Gefühlswelt, bei uns gibt es auch keine Frauen, die ihre karierten Blusen über der Brust zusammenknoten und sich die Achselhöhlen rasieren, nichts dergleichen. Madonna ist, nebenbei bemerkt, die einzige Popsängerin, die sich nicht täglich die Achselhöhlen rasiert. Und wir sind wahrscheinlich das einzige Volk, das gegen die eigene Sprache allergisch ist, und das einzige Volk, dem nichts wichtiger ist als Auto fahren. Dabei ist Deutschland gar nicht sooo groß, dass man ständig mit dem Auto fahren müsste, und, ehrlich gesagt, auch nicht sooo schön, dass man unbedingt alles mal gesehen haben sollte.

So, die Steaks sind fertig, die müssen sofort gegessen werden, Pappteller sind da vorne, kann die mal einer rüberreichen... Die müssten jetzt richtig durch sein, echte Westernsteaks, leicht angebrannt, so schmecken die am besten. Wir können den Wein noch mal rumgehen lassen. Ist der auch von Aldi?

Ich unterbreche die Geschichte mal an dieser Stelle. Wer hat noch kein Steak? Bitte melden.

Aber die Steaks sind nicht von Aldi, oder?

Ihr wisst ja, wie man im Westen gerne gesagt hat: Was ist besser als ein Steak? Na? Wer weiß es?

Zwei Steaks! Genau! So war das bei den Cowboys. Als später die GIs noch weiter westlich in den Krieg zogen, nach Vietnam, galt bekanntlich Palmer's Law als Parole.

Kennt ihr Palmer's Law?

Why fuck one if you can fuck two! Dazu hörte man die Musik der Doors. Aber jetzt wird das Radio nicht angestellt, das stört wie ein Kaktus im Wäschesack, wie man früher gesagt hätte, verdirbt einem gleich die ganze Stimmung. Denn wenn heutzutage keine Geschichten mehr erzählt werden können, liegt das unter anderem daran, dass ständig Musik im Hintergrund läuft. Habt ihr denn nicht auch manchmal das Gefühl, dass davon eine unheimliche Bedrohung ausgeht, jetzt mal ehrlich? Echt nicht?

Immer muss es der beste Mix der schönsten Hits sein oder der schönste Mix der besten Hits – ein Programm direkt aus dem Glitzerpalast der Schneekönigin. Ihr kennt das Märchen noch, oder?

Da ist alles wunderbar perfekt, aber eben lieblos – und für den Rest der Welt haben die Bewohner des Palastes nur Verachtung übrig. Da fragt man sich doch, ob die nicht wenigstens am Montagvormittag, sagen wir mal von zehn bis halb zwölf, einen eher durchschnittlichen Mix spielen könnten von Hits, die womöglich nur ein paar wenige, treue Leute hören wollen? Vielleicht ist euch schon aufgefallen, dass die Preise in letzter Zeit unheimlich hochgegangen sind – ich meine, die Preise, die man gewinnen kann. Früher konnte man vielleicht einen Hunderter gewinnen, wenn man der dritte Anrufer war und raten konnte, ob vierzig Prozent der Belgier Kopfschmerzen vortäuschen, wenn sie keine Lust auf Sex haben, oder eher mehr. Wenig später konnte man schon ein neues Auto im Wert von über dreißigtausend Mark gewinnen, wenn man angerufen wurde und den Spruch zur Eigenwerbung wie in Trance aufsagen konnte. So wurden tausende von Anrufbeantwortern besprochen: Ich höre Radio Schleswig-Holstein. Top Hits, Classic Hits, alle Hits für Schleswig-Holstein.

Da kann nun wirklich keiner sagen, dass Radio wirkungslos bleibt, das greift voll ins Liebesleben ein. Der Rechtsweg ist natürlich ausgeschlossen, aber späte Rache ist jederzeit möglich. Es gibt schon erste Selbsthilfegruppen von Hörerinnen und Hörern, die nie etwas gewinnen. Ich fürchte, dass sich da noch ordentlich was zusammenbraut. Man kann doch den Leuten nicht ständig irgendwelche Trauben vor die Nase halten und immer höher und höher hängen. Neuerdings gibt es sogar Karten zu gewinnen, die an eine Flugreise gebunden sind; man kriegt also nicht etwa nur Tickets für die Stones im Sendegebiet, sondern in Honolulu, und die Reise dahin ist im Preis inbegriffen. Da legen die einem die ganze Welt zu Füßen. Das sind Preise, die man gar nicht annehmen sollte. Stellt euch vor, einer kriegt alles, der kriegt womöglich die Liebe des Lebens und obendrein die ganze Welt als Werbegeschenk hinterhergeworfen. Merkt da denn keiner, dass die Größe der Gewinne zum Maßstab geworden ist, mit dem man den Abgrund zwischen den Menschen beschreiben kann. Man rechne die Strecke Hamburg–Honolulu und zurück, plus Hotelkosten und Eintrittskarten für die Stones, dann weiß man, was für tiefe Gräben durch unsere Herzen gerissen sind. Bei Kafka war es noch ein Ozean, der die Menschen trennte. Heute ist es deutlich mehr. Deshalb senden die rund um die Uhr ohne Pause, als müssten sie ununterbrochen Wasser nachfüllen, um einen Brand zu löschen, der gar nicht zu löschen ist, auch nicht, wenn es doppelt so viele Sender geben würde.

Oder anderes Beispiel: Ich hatte das Autoradio an, lief noch ein bisschen in der Stadt rum, als ich zurückkam und wieder einsteigen wollte, hatte ich plötzlich wieder dasselbe Stück im Kopf, als hätte es die ganze Zeit lang wie ein unsichtbarer Schatten auf mir gelegen – erstaunlich, wie lange man von so einem Lied befallen sein kann, und richtig gespenstisch wird es in Situationen, die einem nahe gehen, da stehe ich am frischen Grab, und in meinem Kopf leiert es immerzu: sing me, sing me your sweet song, sing me, sing me your sweet lovesong. Ist das nicht wie ein Fluch?

Jedenfalls bleibt das Radio aus. Die Musik könnt ihr doch jeden Tag hören, die ist immer da, allgegenwärtig, wie schlechtes Wetter; ihr verpasst nichts. Radiowerbung ist sowieso die schlimmste Form der Werbung; ich wollte es nur mal kurz erwähnt haben. Im Kino sehe ich mir das ja alles gerne mal an, bei Illustrierten kann ich weiterblättern, aber im Radio ist es einfach nur lästig. In den Sechzigerjahren haben sie mal »Things Go Better With Coca-Cola« von den Bee Gees oder den Boxtops nachsingen lassen. Das ist im Augenblick das einzige Beispiel, das mir einfällt, wo man versucht hat, Radiowerbung so zu machen, dass man sie auch anhören mag; Deutschländerwürstchen ... Da werden selbst die gefühlvollsten Liebeslieder wieder lächerlich gemacht, Deutschländerwürstchen ... Papierservietten müssten auch noch irgendwo rumliegen, ah, da sind sie schon.

Eines muss ich noch zu den Bisons sagen: Die sind ausgestorben. Das hatte ich schon angedeutet. Die waren schlicht im Weg. Als die ersten Züge fuhren mit ihren Wagons, auf denen mit goldenen Buchstaben »Union Pacific« geschrieben stand, oder »Western Union«, in goldenen Buchstaben, die eindrucksvoll in der untergehenden Sonne funkelten, und die Lokomotiven hatten alle einen Schieber vorne? So jedenfalls sahen die Lokomotiven aus, und auf den Dächern hockten die Hobos, die keinen Dollar hatten, um sich eine lausige Fahrkarte zu kaufen, und dann ging's los, ich kann euch sagen, da kamen die gefürchteten Railroadmen und schubsten einen nach dem andern runter, bei voller Fahrt, dazu hatten die Railroadmen besonders lange Stangen. Die waren auch froh, dass sie überhaupt einen Job hatten, wenn es auch kein besonders guter war, Schwarzfahrer in den Tod zu stoßen, aber so war das, das Leben war knallhart, und die Railroadmen sahen sich der Härte ganz unmittelbar gegenüber, ohne dafür Eintritt zahlen zu müssen, das war irgendwie auch ganz reizvoll. Natürlich waren sie nicht gerade beliebt bei der Bevölkerung. Aber die Eisenbahnen mussten gnadenlos Geld einbringen, und als diese Züge nach Westen dampften, waren die Bisons im Weg, die trampelten immer noch auf ihrem Pfad über die Berge. Doch nicht nur, dass die Bahn ihnen jetzt den Weg weggenommen hatte, die Bisons hatten auch die falsche Verhaltensweise für den Wilden Westen. Es war nämlich so: Wenn ein Bison angeschossen wurde, rannten die anderen nicht etwa weg, im Gegenteil, die liefen zum verletzten Tier hin und versuchten, irgendwie zu helfen, und wurden dann auch abgeschossen. Da hatten die Jäger ein leichtes Spiel; oft haben sich die Passagiere der Luxusklasse einen Jux gemacht und einen Bison nach dem andern abgeknallt, nur weil es so schön knallte, gar nicht mal so sehr aus Spaß am Töten – obwohl: das natürlich auch, aber hauptsächlich, weil es so still war, die Leute konnten die Ruhe nicht ertragen, wenn die Dampfmaschine mit einem gigantischen Seufzer abgestellt wurde …

Nee, das kann ich nun nicht leiden: Die Geschichte ist noch nicht zu Ende – nein, eben nicht –, schon sind die ersten Interpretationen fertig: Perfektionismus, also bitte! Als wenn das heute noch ein Thema wäre unter Musikern. Dafür haben sie doch ihre Maschinen. Wir lieben sowieso immer das, was nicht perfekt ist. Es ist euch sicher schon aufgefallen, dass die Venus von Milo keine Arme hat. Sonst wäre sie nicht so schön. Aber solche Begriffe wie Perfektionismus oder technische Reproduzierbarkeit sind alle wie Trockenpulver – griffbereit in Tüten – muss man nur noch in Wasser auflösen; doch damit kann man mehr Schaden anrichten als mit Schießpulver, ich sag's euch! Wo waren wir denn nun?

Wieso denn auch beide gleichzeitig?! Ihr habt vielleicht Ideen. Weil ich Palmer's Law erwähnt habe, oder wie kommt ihr drauf? Wie soll denn der Arme, bitte schön, mit beiden Corinnas gleichzeitig ins Bett? Das geht doch nicht. Da liegen viele, viele Meilen dazwischen, fast möchte man sagen, wenn es nicht gar so staubig wäre: ein stiller Ozean.

Na gut, ich geb's zu. Ich weiß auch nicht, was mich da hingelockt hat. Ich war jedenfalls nicht enttäuscht, dass es mir auch nicht sonderlich gefallen hat: Ganz New Orleans war irgendwie peinlich. Damals fehlte mir noch der Begriff, mit dem ich das erklären konnte: Peinlichkeit. Es war noch nicht Mode, sich an den verschiedenen Formen von Peinlichkeit zu ergötzen, das war noch lange vor Guildo Horn und vor der Zeitschrift »Titanic«, in der jeden Monat die Liste der peinlichsten Persönlichkeiten erstellt wurde. New Orleans war einfach so peinlich, ohne dass es schon Kult war. Alles schien am falschen Ort zu sein oder zur falschen Zeit stattzufinden, das Jazzmuseum hatte auch gerade geschlossen. Dixie war zu einer Biersorte geworden, billiger als Budweiser, Dixiemusik wollte ich auch nicht mehr hören, nicht in den Siebzigerjahren dieses Jahrhunderts, vor allem nicht »When The Saints Go Marchin' In«, genau das bekam man aber dauernd um die Ohren gehauen. Das wurde da mit einer traurigen Verbissenheit durchgezogen, da fehlte einfach jegliche Leichtigkeit. Vielleicht lag es auch daran, dass man bei Blasmusik nicht lächeln kann, und daran, dass das Wetter so drückend war, schwül und irgendwie bedrohlich wie vor einem großen Gewitter. Aber – andererseits – eine herzlich schlechte Punkband und eine müde Reggaegruppe, die nebenan in der Hurricanbar spielten, passten genauso wenig in die Altstadt mit den schmiedeeisernen Patios und den Pferdewagen, in denen die Touristen durch die Bourbon Street kutschiert wurden. Nichts war »in sync«, wie man damals sagte. Ich war natürlich ziemlich stolz, dass ich so einen

Ausdruck kannte. Jedenfalls hatte ich nicht auf Peinlichkeit geachtet, sondern darauf – es war ja die Zeit der Liedermacher –, ob auch wirklich alles echt ist. Die Raddampfer waren zum Beispiel nicht echt, aber in Originalgröße nachgebaut, und man konnte sich ein T-Shirt kaufen, als wäre man selber Kapitän. So kamen wir an der Stelle vorbei, wo die berühmte Battle of New Orleans getobt hatte; eine Schlacht, zu der es nur gekommen war, weil die Nachricht vom Friedensschluss nicht rechtzeitig eingetroffen war. Die Franzosen knipsten das sofort: eine Wiese, auf der es nichts, aber auch rein gar nichts zu sehen gab. Doch die »Endstation Sehnsucht« gab es. »Desire« hieß der Endpunkt einer alten Straßenbahnlinie; im Original heißt das Stück bekanntlich »A Streetcar Named Desire« – diese Straßenbahn stand da noch. Als Denkmal. Die fuhr natürlich nicht mehr. Die war wirklich am Ende angekommen: eine Straßenbahn, ohne Werbung darauf in einem militärischen Grünton – und oben stand ganz klein: Desire.

Ja, ja, kommt noch, keine Sorge, ihr kriegt schon noch eure Sexnummern: Als ich dann im House of the Rising Sun war, warteten da zwei – na? Wie nennt man die? – Mulattinnen in Bikinis und mit Stöckelschuhen. Ihr dürft mich nicht falsch verstehen, aber ich war richtig erleichtert, dass es keine besonders attraktiven Frauen waren, ich hatte irgendwie noch das Gefühl, als würde ich sonst eine heimliche große Liebe betrügen, die auf der Wartebank des Glücks durchhalten musste...

Ich kann das auch nicht besser erklären. Jedenfalls kostete eine »Basic Massage« 25 Dollar, außerdem gab es eine orientalische, eine schwedische und eine komplette im Angebot. Die waren etwas teurer, aber die genauen Preise hab ich jetzt nicht mehr im Kopf. Und es gab noch zwei Extras, die man sich auf Farbfotos ansehen konnte – daran kann ich mich erinnern: auf Farbfotos. Das haben die beiden wiederholt betont: auf Farbfotos. Die durfte man aber erst angucken, wenn man 25 Dollar gezahlt hatte. Ich wollte die natürlich vorher sehen. Ich kam mir ziemlich clever vor, als ich sie fragte, ob sie nicht mal eine Ausnahme machen könnten, wenn ich mir doch nur ein einziges Extra vorstellen könnte. Aber nein, das machten sie nicht. Ich konnte mir tatsächlich nur ein Extra vorstellen – da sieht man es wieder. Ich hatte einfach keine Ahnung. Ich war sogar im »Letzten Tango von Paris« und ahnte überhaupt nicht, was es bedeuten sollte, als Marlon Brando sagte: »Reich doch mal die Butter!« Na ja, ich war eben jung – und schnell wieder draußen; denn wie heißt es so schön: don't do what I have done, don't spend your life in sin and misery in the house of the rising sun. So ähnlich war es später auch in der Abbey Road, da war ich kurz nach »Let It Be«, und ich dachte: Man kann es ja mal versuchen, da kam ich mir auch ziemlich clever vor: is it possible to visit a studio? Da haben die natürlich No gesagt, ich hab gleich noch mal nachgefragt, wie man das so macht, da haben die wieder No gesagt, und das war's, ich bin ganz schnell wieder rausgelaufen. Im Grunde war ich froh, dass ich noch mal drum herum gekommen war. Das hätte ziemlich peinlich werden können. Ich hatte es aber versucht.

Und dann kam ich zur kleinsten Bar der Welt – die müssen einfach immer einen Superlativ bieten, egal was für einen, die Amis sind wahrscheinlich schon ganz wund von ihren ewigen Superlativen. In der kleinsten Bar der Welt gab es als zusätzliche Attraktion eine lebende Musikbox – einen Straßenmusiker, der eine Repertoireliste hatte, von der man sich was aussuchen konnte. Der Typ wirkte derartig bemitleidenswert, dass ich mir sofort was aussuchen musste. Immerhin war »When The Saints Go Marchin' In«

nicht dabei, er war ja auch Gitarrist – er erinnerte mich sofort an jemanden, ich kam allerdings nicht drauf, an wen. Er wirkte sehr unglücklich. Dabei hatte er die Liste selbst zusammengestellt und schön mit Filzstift aufgeschrieben. Vielleicht hatte er nur einen schlechten Tag, aber ich war ziemlich sicher, dass man als lebende Musikbox grundsätzlich nicht glücklich werden kann in der kleinsten Bar der Welt. Es war auch nicht so einfach, sich einen Song auszusuchen, mit dem man ihn nicht noch trauriger machen würde. Zum Glück war »Mister Bojangles« auf der Liste, darin geht es, wie ihr vielleicht wisst, um einen Hund, dessen Tod ausführlich beklagt wird. Ich dachte, das bringt vielleicht sogar eine lebende Musikbox auf andere Gedanken.

Ja, ihr kriegt eure Nummern; die kommen schon noch. Ich war danach in so 'ner Art Spielhalle, die in verschiedene Räume abgetrennt waren, in denen Adult-movies liefen. Die ganze Anlage erinnerte irgendwie an eine Herrentoilette – doch, ich hatte ernsthaft überlegt, ob es früher mal ein Pissoir war, das umgerüstet wurde. Es war ziemlich schmuddelig. Da liefen mürrische Männer herum, als wären sie auf der Flucht, und gingen auch schnell wieder. Es war kein Ort, der zum Verweilen einlud. Was mich da am meisten beeindruckt hat, waren eben gerade diese Nummern. Irgendein Pendant hatte die Filme systematisch geordnet, über den Eingängen stand so was wie: 1 Mann / 2 Frauen oder: 2 Männer / 2 Frauen oder: 1 Frau / 2 Männer. Damals ging es mir noch nicht so leicht über die Lippen zu sagen: typisch männlich oder: typisch weiblich; aber als ich diese Nummern sah, war mir klar: Das war Männersache.

Die Filme schienen keinen Anfang und kein Ende zu haben, sie hatten diesen bekannten Saunarealismus – wären sie nicht so gut sortiert gewesen, hätte man sie tatsächlich leicht verwechseln können, da fehlte jegliches Drumherum. Kennt ihr eigentlich noch das schlechte Gewissen von Lenor?

Da gab es doch diese Werbung, bei der das schlechte Gewissen sichtbar gemacht wurde, man sah, wie sich ein Schatten aus der Hausfrau rausbewegte, sich hinter sie stellte, als würde ihr jemand über die Schulter gucken und sagen: Siehste, jetzt hast du ein schlechtes Gewissen. Weil sie nicht gleich mit Lenor gespült hat, da nur Lenor die Reinheit bringt, die einem ein gutes Gewissen macht. Ja, ich merke, ihr erinnert euch. Als später die bleifreien Tankstellen aufkamen, gab es bei den Schildern an der Autobahn auch immer so einen Schatten hinter der Abbildung der Zapfsäule, der das bleifreie Zusatzangebot anzeigte, als wäre es das schlechte Gewissen. So ging es mir, als ich diese Filme sah. Ich stand plötzlich neben mir und blickte auf dieselbe Sache aus einem nur leicht veränderten Blickwinkel, als wenn man, wie man so schön sagt: beiseite tritt – als hätte ein leicht zerstreuter Gott die Entfernung falsch eingestellt. Plötzlich sah alles ganz anders aus. Was eben noch ungeheuerlich wirkte – Warnung, nur für Erwachsene –, wurde mit einem einzigen Augenzwinkern gänzlich unbedeutend. All die aufgestaute Aufregung fiel von einem ab und hinterließ nichts.

Aber am schlimmsten – ob ihr mir glaubt oder nicht – war die Musik. Natürlich war alles andere auch schlecht: Dramaturgie, Dialog, Beleuchtung, you name it… alles minderwertig. Auf Musik haben die bestimmt am wenigsten geachtet. Das merkte man sofort. Die war nämlich noch minderwertiger als alles andere. Es war – im Ernst – die schlechteste Musik, die ich je gehört habe. Mir hat auch mal einer erzählt, dass in diesen Swingerclubs Heino-CDs laufen. Vielleicht auch: »When The Saints Go Marchin' In«.

Na ja, nach drei weiteren Jahren war John völlig abgebrannt. Sein Quacksalber war zwei Meter unter der Erde, wenn ihr wisst, was ich meine, auch der Saloon in Clarksville war niedergebrannt, ja, ganz Clarksville war eine Geisterstadt geworden, in der nur noch ein paar Fledermäuse rumhingen, und auf dem Zentralfriedhof saß bis um Mitternacht ein alter Mann, sabberte furchtbar und schwärmte davon, wie toll die Zeiten früher waren. John hatte keinen lausigen Dollar mehr, sein Gitarrenkasten war sein letzter Freund. Er spielte in einem Saloon in Springfield, doch auch da hatten sich die Sitten geändert, eine Kugel kehrt nie zurück, wie man früher gerne sagte. In den Saloons hörte man längst nicht mehr richtig zu, wenn ein Musiker sein Repertoire an Country-&-Western-Tunes abzog, dabei hatte John inzwischen eine ausgefeilte Hammer-on- und Pull-off-Technik, wie sie in der gottverlassenen Gegend kein zweites Mal erreicht wurde. Aber der Lärmpegel war enorm angestiegen, leise Gitarrentöne gingen völlig unter, selbst mit einem Honky-tonk-Klavier wurde es langsam schwierig. Dabei war John richtig gut geworden.

Eines Tages stand ein gut gekleideter Mann mit fliederfarbener Weste und speckiger Fliege an der Bar und sprach ihn an: »Hör zu, Junge«, sagte er, »man sagt, du hast 'ne schnelle Rechte, willst du dir nicht ein bisschen was dazuverdienen?«

Klar wollte John das. Er hatte das bitter nötig. Er wunderte sich längst nicht mehr, dass in der Stadt manchmal solche saublöden Fragen gestellt wurden. Da konnte man vielleicht was erleben, einmal hatte er einen Jungen getroffen, der Sue hieß, man musste mit allem rechnen.

»Also«, sagte der Mann, »ich bin Produzent, wir machen Aufnahmen für die Firma ›His Masters's Voice‹, falls dir der Name was sagt. Wenn du was kannst, können wir es gleich in die Kiste packen.«

»Na ja«, sagte John, »ich kenne natürlich jede Menge Traditionals.«

Aber da unterbrach ihn der Produzent sofort und sagte, dass er die alle schon satt hätte und dass er neuen Stoff brauchte, er wäre schließlich nicht Allan Lomax, er wollte Geld verdienen, also brauchte er was mit Herz, richtige Tränenzieher, wo die Frauen reihenweise hinschmelzen, es könnte ruhig ein bisschen dick aufgetragen sein und müsste irgendwie an alte Tage erinnern, »nichts Politisches«, sagte er noch, »und nicht so kompliziert mit verminderten Akkorden, Dominant-Septim, A-Major-Sieben, oder so.«

»Hä? Mit was für Akkorden?«, fragte John.

»Ja, ja, ich merke schon, du bist genau der Richtige, no jazz, wir verstehen uns«, sagte der Produzent schnell und boxte ihm freundschaftlich auf die Brust, sodass gleich eine kleine Staubwolke aufstieg.

Nun ja, John wollte natürlich gerne seine Hammer-on- und Pull-off-Technik vorführen, und er war inzwischen so weit, dass ihm die Kuhscheiße bis zum Hals stand, wie man damals so schön sagte, und außerdem hatte er das Gefühl, dass er das Corinna-Lied sowieso schon einmal zu oft gespielt hatte, vielleicht sogar schon zweimal – wer wollte das wissen? Er hatte längst aufgehört, alles durchzunummerieren.

»Wie sieht es denn aus?«, fragte John, »gibt es hier Geier? Ach, egal«, und er spielte alle drei Strophen, an die er sich noch erinnern konnte, in ein Aufnahmegerät, das extra aus Nashville herbeigeholt wurde, und dachte nur: Hoffentlich seh ich diesen Produzenten nie wieder, der war dermaßen schmierig, dass selbst ein Pferd sofort gekotzt hätte. Na so was, dachte John, jetzt kann ich schon fehlerfrei spielen und gleichzeitig an was anderes denken, ja, ich kann sogar schon daran denken, dass ich nebenbei an was anderes denken kann.

Der Produzent war zufrieden. Mit seinem neuen Aufnahmegerät hatte er schon so manchen Musiker geködert, wenn man denen ein neues technisches Spielzeug hinstellt, machen die alles; Caruso ging bekanntlich nur nach Amerika, weil es da die besseren Geräte für Gesangsaufnahmen gab, ganz Italien war entrüstet, könnt ihr euch sicher vorstellen – wie kann dieser Halbgott von Sänger seine heiß geliebte Heimat verlassen und in die staubige Provinz ziehen, nur weil da solche modernen Geräte rumstehen? Alle waren dagegen, die Mafia, die Cosa Nostra, seine Familie, sämtliche Musikkritiker, alle, sogar der Papst, aber da war nichts zu machen. Caruso wollte unbedingt in diese neumodischen Geräte hineinsingen, als hinge seine Seligkeit davon ab, schließlich musste er die komplette Familie mitnehmen, anders ging's nicht. Kennt ihr den Witz, wo Caruso mit seinem Chauffeur durch den Wilden Westen fährt und sein Auto kaputtgeht, als sie gerade in der Nähe einer verlassenen Farm sind?

Jedenfalls war der Produzent zufrieden, zog an seiner Zigarre und grunzte ziemlich undeutlich: »Junge, aus dir wird noch mal was. Und wenn aus dir was geworden ist, dann hab ich's gleich gesagt. Für so was hab ich 'nen Riecher.«

»Was, 'nen Riecher?«, fragte John. »Echt? Ich dachte immer, Musik hört man mit den Ohren.« Dabei musste er daran denken, dass früher, als er noch beim Quacksalber gespielt hatte – lang war es her –, dass es da manchmal einen Verrückten gab, der sich immer die Nase zugehalten hatte, sobald er anfangen wollte zu spielen. Es gab übrigens viele Verrückte im Wilden Westen, das hätte ich vorher schon mal erwähnen sollen, John hatte sogar den Eindruck, dass Musiker die Verrückten regelrecht anlockten.

Der Produzent grinste: »Ach was! Wie kommst du darauf. Lass gut sein, Junge, ich hab da ’nen Riecher. Deine Nummer kommt gut an. Die hat Feeling. Da werfen wir gleich tausend Stück raus.«

John schüttelte ganz langsam den Kopf. »Tausend Stück? So viele Corinnas gibt es im Westen?«

Da grunzte der Produzent ungeduldig: »Junge, du bist wohl vom Land?«

»Klar!«, sagte John, »aus einer gottverlassenen Gegend, wo nur selten Postkutschen über die staubigen Wege rattern, wenn man die überhaupt als Wege bezeichnen will, und immer sieht es aus, als würden sich die Räder rückwärts drehen, also hat man das Gefühl, als müsste die Zeit für immer stehen bleiben.«

»Ja, ja, schon gut, Junge«, unterbrach der Produzent ungeduldig, »lass das mal bitte meine Sorge sein mit diesen zehntausend Corinnas. Eine klitzekleine Unterschrift hätten wir noch gerne, hier unten, drei Kreuze genügen auch, oder auch nur zwei, reine Formsache, verstehste, Junge.« So war das.

John konnte zufrieden sein. Er hatte Geld, das für zwei Frauen und dreieinhalb Flaschen Whiskey reichte. Das war doch mal ein Schuss in die richtige Richtung, wie man im Wilden Westen gerne sagte. Da hatte ihm das Lied noch mehr eingebracht, als er sich jemals vorgestellt hatte. Heiraten wollte er sowieso nicht, auf dem Sattel ist nur Platz für einen. John hatte auch das Gerede vom Ehefrauenrodeo nie so richtig verstanden. Dabei war das an jeder Bar Gesprächsthema Nummer eins. Leider. Da gab es ein ziemliches Geschwätz. Wenn ihr wüsstet, was die Musiker alles so hinter der Bühne reden – am schlimmsten sind die Bassisten und Schlagzeuger. Aber unser John konnte damit irgendwie nichts anfangen und nie richtig mitreden...

Aber wenn ihr es unbedingt wissen wollt. Also, das geht so: Der Mann nimmt die Reiterposition ein und fasst der Frau von hinten an die Brustspitzen und hält sich daran fest, und dann – da kommt es auf die Sekunde an –, sagt man: Genau diese Stellung mag meine kleine, geile Sekretärin auch so gerne.

Das ist nun mal die Wahrheit über Sex, ihr wolltet es ja wissen, na gut, in New Orleans, wenig später. Ich war gerade zurück in meinem Hotel, zappte durch die Programme und wusch dabei meine Socken in dem kleinen Waschbecken neben dem Bett.

Da lief so 'ne Seifenoper am Nachmittag, ihr wisst ja, wie so was ist. Ich wusste auch, dass es so was gibt, hatte es aber nie bewusst angeguckt. Also: Da war ein Schnucki, der kniete vor einer Frau und beteuerte, dass er einzig und allein eine weitere Frau, die gerade nicht im Bild war, liebte und sonst keine auf der ganzen weiten Welt. Dazu muss man noch Folgendes wissen: Die Frau, vor der Schnucki kniete, war die beste Freundin dieser Frau, die er liebte; und diese beste Freundin hatte die Aufgabe, ihm genau dieses Geständnis zu entlocken. So etwas geht immer über zwei Ecken mit den jeweils besten Freundinnen, die ins Vertrauen gezogen werden, ihr kennt das ja. Diese beste Freundin war noch nicht zufrieden und forderte: »Sag es, als würdest du es aber noch so meinen.« Das machte Schnucki dann, so gut er konnte. Natürlich musste ich sofort an die Rolling Stones denken, von denen bekanntlich ein Kritiker geschrieben hatte: Die Rolling Stones spielten, als wären sie die Rolling Stones. Ich dachte noch mehr. Ich stellte mir vor, wie plötzlich bei einem Pornofilm der Produzent abbrechen lässt und so was sagt wie: »So, nun bitte noch mal von vorne«, und dann gibt er der weiblichen Darstellerin die Anweisung, wenigstens so zu tun, als würde sie einen Orgasmus vortäuschen.

Nein, im Ernst: Schnucki war Schauspieler, obendrein ein schlechter – wie kann man von so einem erwarten, dass er in einer Nachmittagsserie irgendwas so sagen kann, als würde er es so meinen – doch ich will nicht ablenken. Die Grausamkeit kommt noch. Diese beste Freundin, die mich irgendwie an Isabella von Kastilien erinnerte, öffnete das Adressbuch von Schnucki und las genüsslich vor, was er da notiert hatte: weibliche Vornamen und Telefonnummern. Daraufhin beteuerte Schnucki, dass er sich alles nur ausgedacht hatte: sowohl die Nummern als auch die Namen.

Da dachte ich auch im ersten Moment: Prima, da muss ich mir gleich ’ne Kerbe in mein Tagebuch ritzen, so was Bescheuertes hab ich ja noch nie gehört: Da erfindet einer Telefonnummern. Die Szene zog sich quälend in die Länge; alle Namen und Nummern wurden in voller Länge vorgelesen. Dabei stellte sich heraus, dass Schnucki sich tatsächlich ein Phantasieadressbuch zusammengestellt hatte, um das Gefühl zu haben, dass er irgendwie ein ganz toller Hecht ist, der jede Mengen Frauen kennt. Isabella fragte ihn darauf voller Verachtung, ob er das denn nötig hätte. Schnucki hatte es offenbar nötig. Allerdings hatte er damit großen Schaden angerichtet. Denn diese besagte Frau, die gerade nicht im Bild war, hatte dieses Büchlein zufällig in seinem Jackett gefunden – dabei weiß doch jeder, dass Frauen immer die Jacketttaschen der Männer kontrollieren –, jedenfalls war sie sofort in eine tiefe Krise gestürzt worden; sie litt furchtbar, weil ihr Schnucki Telefonnummern von anderen Frauen notiert hatte, von denen sie nichts wusste. Deshalb hatte sie sich an ihre beste Freundin gewandt, die mit ihrer konsequenten Befragung den Fall klären sollte und dem armen Schnucki deutlich machte, dass er Wiedergutmachung leisten musste. Nachdem Schnucki alles zugesagt und mehrfach so wiederholt hatte, als würde er es auch so meinen, durfte er sich erheben.

Dann flackerte Werbung, ich konnte in Ruhe weiter meine Socken waschen. Da ist mir plötzlich ein Gefühl gekommen, wie es vielleicht die Mondfahrer hatten, als sie die Erde zum ersten Mal so fotografiert hatten, dass man alles auf einen Blick sah. Damals war ganzheitliches Denken noch nicht so weit verbreitet, dass es bis zu mir vorgedrungen war. Ich war es gewohnt, alles viel zu eng zu sehen. Ich hatte noch viel zu sehr den Lenor-Blick: Ich stand neben mir bei den Filmen für Männer und hatte genauso den Lenor-Blick auf Frauen. Ich stellte mir die frisch gewaschen vor und hatte keine Ahnung von den Intrigen und Machtspielen, zu denen sie fähig sind. Aber ich wusste schon, dass es richtig ist, in scheinbar banalen Sachen wie solchem Fernsehprogramm nach Botschaften über das Befinden der modernen Menschen zu suchen und nicht immer nur in den Bibeln der Hochliteratur. Mir war plötzlich, als hätte ich ein offenes Geheimnis entdeckt. Eigentlich konnte es jeder sehen, wenn er nur hingucken würde – wie bei Naturgesetzen, die man so schwer erkennt, weil sie so offensichtlich sind. Alles fügte sich nun zu einem Bild. So wie Charlie Chaplin unsere Träume sichtbar gemacht hat – Albträume zumeist – mit den ewigen Verfolgungsjagden, bei denen sich die Verfolger karnickelhaft vermehrten, so wurden hier die Phantasien der Frauen anschaulich gemacht – ihre Ängste und Machtgelüste. Adult-movies und Seifenopern gehörten zusammen wie zwei Hälften von einem Apfel, den man durchgeschnitten hatte. Es war klar, dass sich nur Frauen solche Soaps ansahen, ich war da versehentlich reingeraten, weil ich gerade meine Socken waschen wollte. In dieser öffentlichen Anstalt dagegen, wo die Filme nach Zahlenkombinationen vorsortiert waren, standen ausschließlich Männer herum. Da waren alle Darsteller nackt – manche hatten vielleicht noch Schuhe an, aber da wollen wir mal nicht so pingelig sein –, in den Frauenfilmen kleideten sie sich für jede Szene komplett neu ein: Wenn sie gerade einen Orangensaft tranken, mussten sie schnell das Kleid wechseln, damit der Farbton des Saftes seine Entsprechung in einer der Farben der neuen Garderobe wieder fand. In Männerfilmen fanden praktisch nur sexuelle Handlungen statt, in Frauenfilmen gar nicht. In Männerfilmen gab es keine Eifersucht, in Frauenfilmen Eifersucht pur. In Frauenfilmen waren die Kulissen frisch gestrichen und der Teppichboden war gesaugt worden, es war der perfekte Haushalt der Schneekönigin – warum nennt man das wohl Seifenoper? In den Männerfilmen wurde bedenkenlos ein ziemlicher Dreck gemacht. In Männerfilmen konnten die Kerle beliebig viele Frauen kennen; in Frauenfilmen wurde das strenge Gebot aufrechterhalten, dass es keine zweite geben durfte – nicht mal als bloß ausgedachte Telefonnummer. Beide Sorten von Filmen zeigten keinerlei Zärtlichkeit – das ging auch gar nicht, die hätten sich sofort das ganze Make-up versaut. Vielleicht kamen mir deshalb die Menschen wie Raubtiere vor. Beide Filmsorten waren herzlich schlecht, ohne jede Verfeinerung, ohne jedes Augenzwinkern. Auf einer nach unten offenen Minderwertigkeitsskala – falls man sich so etwas vorstellen kann – lagen sie beide etwa gleichauf. Die Zuschauerinnen und Zuschauer in beiden Lagern konnten einem im Grunde Leid tun. So ging es mir auch. Ich hatte vorhin nur vergessen, das zu erwähnen, aber die Männer in dem Pissoir taten mir schon Leid. Ich war eben noch jung und arrogant und dachte, ich müsste zwar speziell die Ausdrucksformen populärer Kultur zur Kenntnis nehmen, aber gleichwohl immer und überall auf Qualität achten. Damit lag ich in New Orleans ziemlich daneben. Ich habe sogar mit einem Mann auf der Straße diskutiert, der mir ein Flugblatt mit einer Werbung für ein Lokal in die Hand gedrückt hatte, wo als Attraktion original griechischer Bauchtanz angeboten wurde. Ich war dermaßen treuherzig – kaum zu glauben –, ich habe ernsthaft versucht, dem guten Mann zu erklären, dass Bauchtanz ursprünglich nicht aus Griechenland stammt.

Dennoch: Die Bilder lügen nicht. Schon deshalb nicht, weil man nicht von so etwas wie einer schauspielerischen Leistung sprechen kann. Die Männlein und Weiblein zeigen sich so, wie sie sind. Die können gar nicht anders. Die Männer in den Adult-Filmen sind garantiert auch im richtigen Leben solche Arschlöcher, denen muss man nur ein Gewehr in die Hand drücken, die knallen alles ab, egal ob Bison oder Kojote – die Frauen scheinen das zu wollen. Bei den Frauen aus den Seifenopern hat es mich genauso gegruselt. Ich hab immer nur gedacht: Gut, dass ich nicht in die verliebt bin, nur gut! Das sind doch keine echten Frauen mehr. Das sind narzisstische schwarze Löcher. Man könnte sich die nicht als Mutter vorstellen, schon gar nicht als eine Frau, die irgendwas arbeitet. Auch als Geliebte sind sie garantiert glatte Nieten. Was sind das auch für Ziegen, die garantiert rein zufällig einen Kerl haben, der zwanzig Jahre älter und obendrein stinkreich ist. Die kennen nur ein einziges Problem auf der Welt: Man könnte sie nicht genug lieben. Umgekehrt hätte kein Mann jemals das Gefühl, von so einer Frau geliebt zu werden. Das sind Vampire –

wie nennt man davon eigentlich die weibliche Form? Vampiretten? –, die sich vom Herzblut unglücklicher Männer ernähren; sie hinterlassen auf jeder Party, bei der sie aufkreuzen, eine breite Schleimspur von Liebesleid, und viel mehr, als ständig auf Partys aufzukreuzen, können die auch nicht – außer sich ständig umzuziehen, sich unendlich zu schminken, ununterbrochen zu telefonieren und dabei in den Spiegel zu schauen und im Hintergrund solche Sendungen laufen zu lassen, die sie womöglich auch noch gut finden.

Ich wurde richtig wehmütig, als ich später versuchte, am Ventilator meine Socken zum Trocknen aufzuhängen. Wie nur, dachte ich, sollen unter diesen Umständen die Männer und Frauen jemals wieder zusammenfinden? Inzwischen sang Barry Gibb in dieser eunuchenhaften Stimmlage, als hätte er viel zu lange eine viel zu enge Lederhose angehabt: »I'am a man, not a fish«, und ich überlegte mir, warum er das extra betonen muss.

Vier Jahre waren inzwischen vergangen, oder fünf. John war in Hartford und bettelte um eine Stelle bei einem Barbier, inzwischen gab es in den Saloons kaum noch lebende Musiker, kein Wunder, es war viel zu gefährlich geworden; Pianisten wurden kurzerhand von hinten erschossen, egal ob sie mit Schuhcreme angemalt waren oder nicht, die wurden sofort niedergeknallt, wenn einer der Gäste den Eindruck hatte, er hätte da einen falschen Ton gehört – übrigens immer noch das Trauma eines jeden Musikers: beim ersten falschen Ton von hinten erschossen zu werden; im Wilden Westen war man da nicht gerade pingelig, da wurde auch mal ein Pianist erschossen, weil er versucht hatte, was Neues zu spielen, eine Eigenkomposition womöglich, oder eine relativ unbekannte Nummer von Jelly Roll Morton.

Deshalb waren überall diese Grammofone aufgestellt, die ein und dasselbe Lied spielen konnten, immer fehlerfrei, damals waren das wärmeempfindliche Wachsplatten, die durfte man nur im Schatten oder kurz nach Einbruch der Dunkelheit auflegen, wenn es nicht mehr so heiß war.

Immerhin gab es Barbiere. Die meisten Männer sahen zwar immer noch so aus, als wären sie frisch vom Pferd gefallen, aber es gab mehr und mehr Barbiere, die auch mal einen Musiker engagierten, und allein schon die Tatsache, dass es Barbiere gab, wurde allgemein als kultureller Fortschritt angesehen – viel mehr war da auch nicht zu erwarten. Nicht so wie im alten Europa. Da gab es bekanntlich Handwerksburschen, die mit einem Bollerwagen mit dem maßstabsverkleinerten Nachbau des Gartenhauses von Goethe über die Dörfer zogen und kleine Spenden für die Besichtigung verlangten. Davon konnten sie leben, nicht gerade gut, aber es ging, ein gewisses Engagement für Kultur wurde eben allgemein anerkannt. Im Westen wäre das unmöglich gewesen. Als Edison sein Grammofon im Weißen Haus präsentierte, war sich keiner darüber im Klaren, was für eine bahnbrechende Erfindung da gemacht worden war, dass damit das Gefühl der Verliebten, die sowieso immer glauben, dass es nie aufhört – the heart does go on and on – auf die Musik übertragen war, nun konnte man das Verklingen aufhalten, als wenn man versucht, einen Geist am flatternden Hemd zu packen: Halt, Freundchen, hier geblieben – ihr kennt doch solche Effekte in Schwarzweißfilmen, wenn irgendwelche Toten in weißen Gewändern durch den Raum schweben – jedenfalls konnte man zum ersten Mal eine Aufzeichnung machen, a recording, und keiner der Anwesenden hat bei der Gelegenheit leise geseufzt: »Verweile doch, du bist so schön!«

Doch was noch schlimmer war: Die wussten gar nicht, was sie aufnehmen sollten: Es fand sich im ganzen Regierungsbezirk niemand, der für eine Probeaufnahme ein bisschen Klavier spielen konnte. Zum Glück wurde der Deutsche Carl Schurz aufgetrieben, der noch das Abendland in den Knochen hatte und ordentlich was vorlegen konnte. So kam es, dass ein vorbestrafter Radikaler von 1848 eine der ersten Plattenaufnahmen gemacht hat. Zwar gab es Wohntrakte nur für die Mätressen des Präsidenten, aber eine gute Adresse für Kultur war das Weiße Haus schon damals nicht, das hat sich auch nicht grundlegend geändert, als dort die Beach Boys auf Einladung von Ronald Reagan aufgetreten sind.

Eines Tages kam John also an so einem halb verfallenen Saloon vorbei, nur ganz kurz, um sich nach einem Barbier zu erkundigen – weiß Gott ein lausiger Saloon mit einem einzigen Flittergirl, das schon deutlich in die Jahre gekommen war, John sah sofort, dass da ein Grammofon rumstand, überall standen neuerdings diese Dinger, und er wollte auch sofort wieder gehen, doch da war ihm, als würde eine alte Wunde, die sich nie so richtig mit Whiskey ausspülen ließ, plötzlich aufbrechen. Da hörte er doch aus dem lausigen Grammofon – richtig! Ihr wisst wirklich schon alles: Corinna Corinna, girl, where you've been so long?

Er stand wie vom Blitz getroffen. Moment... Moment... war da nicht was gewesen? Er konnte sich kaum erinnern. In der gottverlassenen Gegend, aus der er kam, die er aber doch irgendwie mochte, je weiter er sich davon entfernt hatte, wurden den Pferden manchmal die Ohren abgeschossen, nur so, als kleine Schießübung, das hätte ich schon mal erwähnen sollen, habe ich aber vergessen, sorry, jedenfalls gab es Pferde ohne Ohren, schließlich mussten die Jungs das Schießen üben, falls es ernst wurde, und John dachte noch: Ach, wenn ich doch ein Pferd wäre. Langsam trottete er zur Bar, stellte seine Gitarre auf diese lange Bar, ihr wisst schon, diese Bar, die sie früher hatten, wo man die Gläser nur so lang kegeln konnte, die sahen inzwischen tatsächlich so aus wie aus den Westernfilmen, und John fragte den Barkeeper:

»Wie viel ist das hier wert? Mit Koffer?«

»Tja«, sagte der Barkeeper und zuckte unwillig die Schulter, »wer will denn heute noch so 'ne Gitarre? Das ist doch völlig aus der Mode.«

Und das war noch eine richtige Gibson, das müsst ihr euch mal vorstellen, eine original Gibson, keine von diesen Ovations aus Fiberglas. Der Gitarrenkoffer war noch echte Handarbeit. Ein Musiker hängt daran wie an einem Haustier. »'Ne halbe Flasche Whiskey«, sagte der Barkeeper trocken, »und dazu 'ne Flasche Soda, mehr ist nicht drin.«

Okay, okay, John lehnte – Corinna, Corinna – an der Bar wie eine windschiefe Scheune in Oklahoma, über die unzählige Stürme – Corinna, Corinna – hinweggefegt waren. Er soff so schnell – Corinna, Corinna – wie möglich, spuckte zwischendurch auf den Gitarrenkasten, schließlich lallte – Corinna, Corinna – er nur noch, und im Hintergrund – Corinna, Corinna – wiederholte sich immer dasselbe Lied.

»Nehmen wir mal an«, lallte John, »nehmen wir ruhig mal an, es gäbe tausend Corinnas im Westen, kann ja sein, vielleicht haben sich die Corinnas inzwischen vermehrt wie die Ratten, und nur ich hab wieder mal nichts davon gemerkt, mir sagt ja auch keiner was. Nehmen wir mal an, jede Corinna kauft sich so 'ne Musikscheibe, tausend Corinnas, warum auch nicht? Ich kenne selber eine oder zwei, aber sag mal …«, er sah sich um, er war fast allein an der Bar, wie gesagt, da war nur dieses Flittergirl. »Sag mal!«, John zeigte mit wackeligem Zeigefinger auf das Girl. »Du heißt doch nicht etwa auch Corinna?« Dann sah er dem Barkeeper fest in die Augen. »Oder etwa du?«

Das Flittergirl kam langsam auf ihn zu und säuselte in einer Stimme, bei der sofort alle Blumen auf jeder Wiese verwelkt wären: »Mein Name ist McGill, ich selber nenne mich Lill, aber die meisten hier kennen mich als Nancy.« Sie lächelte dabei, dass man alle Zahnlücken sehen konnte, und klimperte heftig mit ihren Armreifen, denn Klimpern gehörte damals schon mit dazu. Sie erinnerte John irgendwie an eine Milchkuh, die sie immer Minnie genannt hatten und die qualvoll am Fleckfieber gestorben war.

»Schon gut«, unterbrach John und musste daran denken, dass schon mal eine Frau versucht hatte, ihn mit einem falschen Namen zu betrügen.

»Nenn mich doch, wie du willst«, sagte das Flittergirl und hob ihren langen Rock ein Stück weit in die Höhe, »nenn mich so, wie du willst, Süßer.« Das Flittergirl hob ihren Rock noch höher. »Schau mal, Süßer!«, rief sie, »Schau mal!« und hob den Rock so hoch, dass man schon die lausigen Strumpfbänder sehen konnte. »Guck mal, Süßer!«

John nahm hastig einen Schluck aus der Flasche.

»Rate mal, was ich darunter habe!«, sagte sie, lächelte wieder und schlenkerte ihren hochgehobenen Rock hin und her, hin und her, wie einen Putzlappen. »Rate mal, was ich da drunter habe!«

John nahm noch einen kräftigen Schluck. Er hatte mal gehört, dass die Frauen im alten Europa sich am Kai aufstellten und ihre Röcke hoben, solange »The Leaving of Liverpool« gespielt wurde, um die Männer an Bord daran zu erinnern, wo ihre wirkliche Heimat sein sollte, aber – wie gesagt – er hatte eigentlich keine Vorstellung vom Meer und den Sehnsüchten, die damit zusammenhingen, er hatte nur mal kurz dieses Lied gehört von einem Bottleneck-Gitarristen, den er nicht besonders leiden mochte.

»Nichts!«, rief sie, »nichts drunter, nichts, nichts, nichts!« Wieder lächelte sie so… na so, wie ich vorhin schon gesagt habe. »Soll ich's dir mal zeigen?«, fragte sie.

John sagte nur: »Nichts, soso, hab ich mir gleich gedacht, nichts, nichts, nichts, das gab es bei uns auf dem Land auch immer nur, nichts, überall nichts!« John schwankte hin und her. »Ach, ich hab das schon damals nicht verstanden mit diesen tausend Corinnas, das waren mir einfach zu viele«, lallte er, »eins, zwei, drei, vier«, und er schwankte bedenklich, »einfach zu viele.«

Vielleicht ist euch auch schon aufgefallen, dass John inzwischen vergleichsweise gesprächig geworden war, ja, fast schon geschwätzig, aber – mal ehrlich: Ist das etwa besser?

»Ich muss euch was verraten«, fing er wieder an, »wisst ihr, ich hab nie in meinem Leben geflucht, nie, ich hab meiner Mutter auf dem Sterbebett versprochen, nicht zu fluchen, und das habe ich auch nie getan.«

Das Flittergirl sagte: »Oh, das ist verdammt anständig von dir, verdammt anständig.« Wieder klapperte sie mit ihren Ringen, als würde sie eine Blechdose voller tödlicher Kugeln schütteln. Im Westen gab es bekanntlich Leute, die tödliche Kugeln in Blechdosen sammelten, das war auch so 'ne blöde Angewohnheit damals.

»Einmal aber«, sagte John, »hatte ich so 'ne Lust zu fluchen, Lust… was heißt Lust? Ich fühlte, ich müsste fluchen, oder ich würde zerplatzen, aber da ist mir überhaupt kein Fluch eingefallen, nichts, kein einziger Fluch, nichts!«

Das Flittergirl sagte: »Pech, mein Lieber!« Klapper-klapper-klapper.

»Aber geplatzt bin ich auch nicht«, fügte John hinzu und kippte beinah um.

»Sieht man«, sagte das Flittergirl, klapper-klapper-klapper.

Schließlich mischte sich der Barkeeper ein: »Mir scheint, du hast Liebeskummer, dagegen hilft ein guter Schluck. Warum denn auch Kummer wegen einer einzigen Frau? Du hast selber gesagt, es gibt tausende. Stimmt auch. Zehntausende sogar, besonders westlich von hier, in diese Richtung, und dann immer geradeaus. Mit den Frauen ist das nämlich so: Man sieht immer diese langen Kleider und denkt, dass da wunder was dran sein müsste, doch wenn man näher herangeht, riecht es doch nur nach Mottenpulver.«

»Diesen Geruch kenn ich nur zu gut«, John fiel fast um. »Ich glaube, es gibt überhaupt keine Corinnas mehr, ausgestorben. Alle ausgestorben. Ein richtiger Cowboy verwechselt nur einmal sein Lasso mit einer Klapperschlange, so was macht man nur einmal, da gibt es kein zweites Mal«, dabei hatte er das Gefühl, dass ihm der Whiskey aus den Augen sprudeln müsste. Plötzlich dachte er an die Bisonjäger, die selber das Büffelgras aßen und mit Schaum vor dem Mund starben.

»Na gut«, sagte das Flittergirl mit den vielen Namen und ließ den Rock wieder runter, »wenn du nicht gucken willst, dann höre, ich kann auch singen!« Und bevor John noch die Chance hatte, irgendeine Geste der Ablehnung oder auch nur einen Ton... seine Reaktionen waren gefährlich langsam geworden, schnell war er sowieso nur auf der

Gitarre, da fing sie an: »I've got a bird that whistles. I've got a bird that sings, but if I ain't got Corinna, life don't mean a thing«, und dabei war sie der Wachsscheibe immer ein wenig voraus, sie hatte das schon zu oft gehört und sang viel zu schnell…

Oh nein: Jetzt hab ich schon die ganze Zeit dieses Sing-me-sing-me-your-sweet-song im Kopf, ich kriege das nicht mehr weg, nur weil ich das vorhin erwähnt habe, ich werde das nicht mehr los, sing me, sing me your sweet song. Meist sind es die blöden Songs, die sich festsetzen wie ungebetene Gäste.

Richtig, das hätte ich fast vergessen, ich wollte erzählen, wie es bei Radio Hamburg war, als der neue Song der Beatles vorgestellt wurde. Ich hatte mich schon gefreut, da könnte man bestimmt eine tolle Sendung machen, bei der man schöne Beatles-Stücke ausgraben konnte: »For No One«, »No Reply« oder »I've Just Seen A Face«, so ein Sender ist ja ein wahres Musikparadies, da ist alles da, da fliegen einem die gebratenen Tauben direkt ins Ohr, aber – leider – durften die nur die größten Hits spielen, ich hatte vor lauter Begeisterung ganz vergessen, wie totalitär das Programm inzwischen geworden war, wie verlogen die Euphorien der Moderatoren, die einem den Verlust jeglicher Selbstständigkeit als Triumph verkaufen. Es war alles viel schlimmer, als ich mir vorgestellt hatte. Es wiederholte sich alles viel zu oft. Als hätte man eine Schlinge um den Hals, die enger und enger gezogen wurde. Die Raumtemperatur war sofort unter Null. Man spürte förmlich die Herablassung, die alle zur Schau trugen wie eine Art Berufsuniform. Die Deutschländerwürstchen waren auch allgegenwärtig. Es gab viel Glanz, aber keinen Zauber. Es war der Palast der Schneekönigin – nicht etwa ein Musikparadies.

Na gut: »I Want To Hold Your Hand«, als meistverkaufte Single, konnte man einsetzen, das mochte ich zwar nicht, es wurde aber gespielt, »Hey Jude« fast genauso oft verkauft, war ihnen zu lang, »Day Tripper« – eine der meistverkauften Singles, passte ihnen vom Sound her nicht mehr ins Repertoire. »She Loves You« ging. Alle anderen Hits kamen gar nicht erst in Frage. Und das bei einer Sondersendung über die Beatles! Die taten geradezu, als hätten die damals elitären Jazz gemacht, den man heute keinem mehr zumuten kann.

Trotzdem. Ich hatte mich vorbereitet, meine Beatles-Stiefeletten angezogen…

Natürlich sieht man die nicht im Radio. Das weiß ich auch. Ich war mal in Südafrika bei Suidcap Stereo, um ein Interview zu geben über Käpt'n Blaubär und über ein Buch, das ich gerade schrieb, bei dem verbotene Bücher auf Segelschiffen nach Namibia gebracht werden sollten. Ich war mit einem Freund da, über den gleichzeitig ein Porträt gemacht wurde und der die Frage beantworten sollte, welche fünf Bücher er auf eine einsame Insel mitnehmen würde. Da denkt ihr vielleicht auch, dass es gereicht hätte, die fünf Titel zu notieren, aber nein: Er musste die Bücher unbedingt mitbringen. Eins davon war ein Atlas. Eins war gar kein Buch, sondern ein Bild. Das war so groß, das passte gar nicht in den Fahrstuhl. Wir waren uns aber einig, dass es notwendig war, die Sachen anzuschleppen, es wirklich zu tun und nicht nur darüber zu reden.

Wahrscheinlich hatten wir beide diese Story von Salinger in Erinnerung. Da geht es um einen jungen Mann, der bei einem Rundfunksender arbeitet und sich jedes Mal ein weißes Hemd anzieht – mehr noch: Er stellt sich eine Frau vor, die seine Sendung hört und es merken würde, wenn er sich nicht extra fein gemacht hätte.

Ja, kann man schon so sagen, wie eine ideale Leserin, jedenfalls so in der Richtung, nur dass die nicht idealisiert wird. Er stellte sich nämlich vor, dass es eine alte Frau ist, kränklich, dick und zänkisch. In der Geschichte ist es so, dass es gerade der Trick an der Sache ist, so zu leben, als würde man alles für diese alte Frau tun, die man weder kennt und die es auch nicht merken kann, dass man sich ihr zuwendet. Das ist dieser berühmte östliche Einfluss bei Salinger, ihr kennt das ja, diese Vorstellung, dass es in Wirklichkeit keine vergebliche Liebesmüh gibt, weil Liebesmüh auch eine Form von Energie ist und Energie nicht verloren geht. So was fand ich immer schon toll. Jedes Mal, wenn ich daran, will ich auch so liebesbemüht werden, ich kriege sofort ein starkes Mitgefühl für alle dicken, übellaunigen Mausis der Welt, und es tut mir dann richtig Leid, dass ich jemals abfällig über Musik gesprochen habe, die womöglich die Lieblingsmusik von jemandem ist. So wie mit den Blumen in dem Film »Die Farbe Lila«, wie überhaupt mit all den Schönheiten: Die wollen angesehen werden. Die Lieder wollen gehört werden, wollen gemocht werden. Das muss man anerkennen, auch wenn es sich um Marius-Müller Westernhagen handelt.

Das Gemeine war aber, dass der Mörder von John Lennon, dessen Namen ich mir nie merken wollte, in seinem Abschlussplädoyer Auszüge aus »Catcher In The Rye« vorgetragen hat. Das muss echt ein ganz übler Typ sein. Der wollte einem einfach alles verderben. Nicht nur, dass er John Lennon erschossen hat, da muss er das auch noch mit Salinger begründen.

Wir hätten in Schwarz kommen sollen. Es ist ein dermaßen trauriges Lied, schon wenn John wie aus dem Grab heraus anfängt: »Free as a bird…«, können einem die Tränen kommen. Gut, es fängt zwar so an, »free as a bird«, als wäre es auch nur so ein Brett wie »ruby red lips«, doch schon in der zweiten Strophe geht es mit »home and dry« weiter, noch so ein Brett, denkt man zuerst, nur dass beide Bretter schlecht zu ein und demselben Gefühl, zu ein und demselben Gebäude passen – was denn nun, möchte man dazwischenfragen. Gilt etwa beides?

Eben! Das ist es ja. Das ist wie bei den CD-ROMs für Kinder, wenn es heißt: Willst du das Programm wirklich beenden? Dazu sieht man das freundliche Ja-Tier, das immer nickt, und das nette Nein-Tier, das andauernd den Kopf schüttelt. Beide sind so niedlich. Beide haben gleichermaßen Recht. Wie soll man sich da entscheiden? Die Beatles waren auch so: pathetisch-zwiespältig. Das war ihr Trick.

Wie bei »Real Love«. Na ja, schon gut, dass alle immer nur die wahre Liebe suchen, klar, das hört man auf allen Sendern rund um die Uhr, aber wann klingt jemals die dazugehörige Angst mit, wann wird mit so einem Glücksgefühl unsere Einsamkeit besungen: only to be alone, only to be afraid! Wir hätten vielleicht eine Schweigeminute einlegen sollen, two minutes of silence. Hemingway hat dreitausend Dollar geboten, wenn er noch mal »Huckleberry Finn« lesen könnte, ohne es schon zu kennen. Ich hätte viel, viel mehr geboten, wenn ich noch mal einen neuen Beatles-Song hören könnte. Einen ganz neuen Song – als würde ich ihn zum ersten Mal hören.

Aber eine dermaßen wehmütige Stimmung passte nicht zu der Dauereuphorie, zu der sie bei Radio Hamburg verpflichtet sind; das passte einfach nicht zu den Deutschländerwürstchen. Die Moderatoren fingen schon an, Witze einzuüben, damit es am nächsten Tag so wirken sollte, als hätten sie spontan jede Menge geistreicher Einfälle. Einer meinte, dass man sich auf die Mörder heutzutage nicht mehr verlassen könnte, der Lennon-Mörder hätte keine ganze Arbeit geleistet, er hätte Paul und Ringo auch umbringen müssen, besonders George, der viel zu weinerlich sei. Dabei turnten sie locker an dieser Waage rum, die da seit der Rolling-Stones-Aktion rumstand, und tranken Sekt aus Plastikbechern. Sie redeten dabei so oft von John Lennons Papagei – ob sie da nicht gut einen Scherz machen könnten, dass es nämlich gar nicht John selber ist, der da singt, sondern sein Papagei, mit dem die Restbeatles demnächst auf Tournee gehen wollten –, jedenfalls sprachen sie so oft von diesem blöden Papagei, dass mir das gar nicht mehr unwahrscheinlich oder scherzhaft vorkam, denn ich hatte sofort ein Bild vor Augen. Ja, ich glaube, es gibt tatsächlich ein Foto, das John mit Papagei zeigt. Jedenfalls hatte ich das die ganze Zeit lang vor Augen.

Ich hatte mir ein paar Stichworte gemacht.

Aber ja, klar, ich hatte mir ein bisschen was überlegt, was ich sagen wollte – und zwar: Es gibt auch in unseren Herzen den Kalten Krieg. Wir sind immer hin- und hergerissen: Wie wollen alles für uns haben und dann wiederum wollen wir alles gerecht verteilen. Die heimlichen Gesetze, nach denen sich die gegenseitige Verlockung abspielt, spiegeln auch den alten Systemstreit von Kommunismus und Kapitalismus wider. Wenn man zufällig gerade richtig voll drin ist, voll in die Liebe gefallen, wie es so schön heißt – falling, yes I am falling –, denkt man vor lauter Überschwang, dass man alle anderen auch lieben könnte; alle, die liebenswert sind, die der Liebe wert sind, wenn ich diesen Begriff mal auskosten darf – das sind 'ne ganze Menge, eigentlich ist es jeder, da wollen wir nicht so kleinlich sein, Verliebte sind auch nicht kleinlich, die wollen – ja, müssen! – es ausleben, wenn ihnen das Herz überläuft. Da kommt es einem dann so vor, als könnte man tatsächlich alle haben.

Und es stimmt!

Verliebte leuchten irgendwie von innen wie diese Gänse, die man manchmal als Lampen auf dem Fensterbrett stehen sieht, Verliebte senden heimliche Signale aus, ihr Glück breitet sich automatisch aus. So funktioniert das nämlich: Je mehr Zuwendung man kriegt desto größer wird die Attraktion. Wenn ein Mann eine Frau erobert hat, kommen die anderen von ganz allein dazu. Echt wahr. Vielleicht habe ich auch in meinem Studium zu viel von dem Zeug lernen müssen: ursprüngliche Akkumulation; Lohn, Preis, Profit, ihr kennt das vielleicht. Aber es ist so. Genau wie bei Monopoly: the winner takes it all. Es ist das Gefühl, als könnte man die ganze Welt umarmen, als wäre die ganze Welt nur für einen alleine da. Dann wiederum meldet sich bei den Verliebten das soziale Gewissen der anderen Art und sie werden merkwürdig sozial und wollten nicht nur glücklich, sondern auch gut sein. Die möchten nicht immer nur Zuneigung für sich alleine raffen, sondern legen genauso Wert darauf, dass alle anderen ebenso glücklich sind, weil man nun mal nicht froh sein kann, wenn um einen herum alle anderen im Elend baden, also fangen sie an, den gesamten Bekanntenkreis so zu verkuppeln wie in guten Filmen, in denen am Ende alle so gepaart sind, wie man gleich zu Anfang gedacht hatte. Diese Ambivalenz war auch in der Musik der Beatles. Die wollten möglichst alle glücklich machen. Deshalb haben sie so unterschiedliche Musik gespielt, die für jeden etwas sein könnte. Deshalb heißt es auch: she loves you – nicht etwa: she loves me. Das ging alle an. Das war nicht nur was from me to you. Da herrschte noch ein ganz anderes Klima, damals. Heute würde so ein Lied von einer Frau gesungen werden mit dem aktualisierten Text: »He loves me, yes, yes, yes.« Dazu gäbe es einen Videoclip, in dem man überprüfen kann, wie schön sie aussieht.

Das Gute an den Beatles war stets ihr Ja. Paul hat es selbst einmal gesagt, wusste aber auch nicht, wie er es ausdrücken sollte, er meinte, dass es immer so was wie einen guten Geist gab. Bekanntlich hat Yoko Ono John Lennon genau mit diesem Ja verführt. Sie hatten sich auf einer Kunstausstellung kennen gelernt, bei der Yoko Ono irgendetwas unter der Decke in einer kleinen Kiste versteckt hatte. Da musste John extra auf eine Leiter steigen und die Kiste öffnen, um nachzusehen, was da stand: nur ein Wort: Yes. Deshalb gab es dann später solche Zeilen wie: »Yes is the answer, yes is surrender.«

Das ist deshalb so bemerkenswert, weil das Schlagwort der Zeit eigentlich No war. Oder No More. Protest. Opposition. Nein danke. Da kamen die Beatles und sagten Ja, nicht nur Yes, sondern Yeah und nicht nur Yeah, sondern Yeah, Yeah, Yeah. Dreimal. Wie eine Zauberformel.

So ähnlich wollte ich das formulieren. Aber dann sah ich nur kurz von meinem Zettel auf durch die Scheibe und sah die Jungs mit ihren Plastikbechern und den Splittern vom Spiegel des Teufels in ihrem Herzen. Natürlich fanden die alle die Beatles scheiße. Megascheiße sogar. Die waren ihnen nicht gut genug. Nichts war denen gut genug.

Es ging los. Zuerst hat mich die Moderatorin gefragt, ob ich denn überhaupt ein richtiger Fan war. Das hat mich ziemlich in Verlegenheit gebracht. Es war eine Fangfrage. Ihr zuliebe musste ich Ja sagen, sonst hätte sie mich gar nicht erst einladen müssen. Sie hatte mir selber vorher erzählt, dass sie mal zum Anwesen von George Harrison gereist ist, über den Zaun gegriffen hat, um sich ein Blatt aus dem Garten zu holen, aber das wollte sie nicht über den Sender sagen. Das fand sie lächerlich. Wenn ich jetzt gesagt hätte: Ja, ich war ein echter Fan, dann wär ich auch eine lächerliche Figur gewesen, das war mir klar, da musste ich nicht extra durch die Scheibe gucken.

Ich mochte auch nicht Ja sagen, weil es in Wahrheit anders war, ich weiß es noch, als wäre es gestern gewesen: Wir haben nach der Schule in einem Plattengeschäft »Revolver« angehört und gedacht: Ach, nö, lohnt nicht – wir hätten uns, nebenbei bemerkt, keine LP leisten können, aber richtig begeistert waren wir nicht, schade eigentlich, denn wir wären es gerne gewesen, aber da waren vielleicht zwei, drei gute Stücke drauf, fanden wir, doch der Rest... Die Beatles wurden mit jeder Veröffentlichung schlechter, es ging nur noch bergab, der Glanz war weg, jede neue Single war eine Enttäuschung, kein Grund, in Ohnmacht zu fallen. Dieses Gekreische der Frauen war uns sowieso unheimlich. Was mochten das für Frauen sein? Ich wusste nicht, ob von den Mädchen, die ich so kannte, welche kreischen würden – eher nicht.

Wahrscheinlich kreischten die sowieso nie, das richtige Leben fand immer woanders statt oder war gerade vorbei. Erst im Nachhinein erschienen mir die Neuerscheinungen wie das Glück der Jugend, vergoldet im Abglanz der Sterne.

Doch als die Platten noch frisch waren, fanden wir, dass George nicht richtig Gitarre spielen konnte, Ringo war sowieso eine Flasche, der gar nichts konnte und außerdem beschissen aussah. Bob Dylan war auch faul, der hätte viel bessere Lieder machen können, wenn er nur gewollt hätte, aber er war faul – solche Urteile konnten wir lässig aus der Hüfte schießen.

Dennoch. Es war unsere Musik. Unser Schatz, mit dem

wir – das muss ich natürlich zugeben – ziemlich achtlos umgingen. Wie Verliebte das auch oft genug tun. Die wissen nie, was sie haben. Die reizt es immer wieder, alles aufs Spiel zu setzen, als wollten sie unbedingt mit einem zerbrechlichen Glas ein bisschen jonglieren üben. Wir wollten uns andererseits auch nicht in unsere Musik reinreden lassen. Denn alle anderen hatten erst recht keine Ahnung. All die Lehrer, Kritiker, die versuchen wollten, sich dieses interessante Phänomen zu erklären – lagen natürlich voll daneben.

Heute kommt es mir so vor, als hätten die Beatles ins Menschenleere gesungen, als hätten sie für alle und niemanden gespielt, for no one. Der größte Teil ihrer Wirkung beruhte offenbar auf Missverständnissen. Damals verstand man ja auch das meiste schon rein akustisch nicht. Diejenigen, die wirklich halbwegs begriffen hatten, was da vorging, bildeten eine verschwindend kleine Minderheit, auf die es auch nicht ankam.

Viel später bin ich erst – zwar nicht zum Fan – aber zum Fachmann geworden und weiß zum Beispiel, was »fish and finger pies« bei »Penny Lane« bedeutet, doch damit hab ich mich immer weiter vom Kreischen entfernt, als hätte ich mein Picking verbessert, meine Hammer-on-&-Pull-off-Technik. Warum soll man auch immer alles verstehen? Picasso hat mal gesagt: Die Leute wollen immer ein Bild verstehen – aber warum? Sollen sie doch versuchen, den Gesang der Vögel zu verstehen. Eben.

Einer singt und einer flötet.

DIETRICH SCHWANITZ

»Schwanitz kann glänzend schreiben,
geistreich und eloquent, manchmal tiefernst,
meist witzig, böse, sarkastisch.«
Die Zeit

»Ich bin für dieses Buch.
Ich freue mich, daß ich es gelesen habe.«
Marcel Reich-Ranicki

43349

GOLDMANN

GOLDMANN

Das Gesamtverzeichnis aller lieferbaren Titel erhalten Sie im Buchhandel oder direkt beim Verlag.
Nähere Informationen über unser Programm erhalten Sie auch im Internet unter:
www.goldmann-verlag.de

★

Taschenbuch-Bestseller zu Taschenbuchpreisen
– Monat für Monat interessante und fesselnde Titel –

★

Literatur deutschsprachiger und internationaler Autoren

★

Unterhaltung, Kriminalromane, Thriller
und Historische Romane

★

Aktuelle Sachbücher, Ratgeber, Handbücher und
Nachschlagewerke

★

Bücher zu Politik, Gesellschaft, Naturwissenschaft und Umwelt

★

Das Neueste aus den Bereichen
Esoterik, Persönliches Wachstum und Ganzheitliches Heilen

★

Klassiker mit Anmerkungen, Anthologien und Lesebücher

★

Kalender und Popbiographien

★

Die ganze Welt des Taschenbuchs

★

Goldmann Verlag • Neumarkter Str. 18 • 81673 München

Bitte senden Sie mir das neue kostenlose Gesamtverzeichnis

Name: ______________________________

Straße: ______________________________

PLZ / Ort: ______________________________